北京流光

北漂青年故事集

黄西蒙 著

译林出版社

图书在版编目（CIP）数据

北京流光：北漂青年故事集／黄西蒙著．—南京：译林出版社，2022.11
ISBN 978-7-5447-9335-3

Ⅰ.①北…　Ⅱ.①黄…　Ⅲ.①短篇小说－小说集－中国－当代　Ⅳ.①I247.7

中国版本图书馆 CIP 数据核字（2022）第 135267 号

北京流光：北漂青年故事集　黄西蒙／著

责任编辑　焦亚坤
装帧设计　陆　莹
校　　对　戴小娥　王　敏
责任印制　颜　亮

出版发行　译林出版社
地　　址　南京市湖南路 1 号 A 楼
邮　　箱　yilin@yilin.com
网　　址　www.yilin.com
市场热线　025-86633278
排　　版　南京展望文化发展有限公司
印　　刷　江苏凤凰通达印刷有限公司
开　　本　850毫米 ×1168毫米　1/32
印　　张　10.75
插　　页　2
版　　次　2022 年 11 月第 1 版
印　　次　2022 年 11 月第 1 次印刷
书　　号　ISBN 978-7-5447-9335-3
定　　价　58.00 元

这些故事是虚构的，但也是“真实”的。每个故事最后出现的人物，是下一个故事的主角。这样的结构或许可以呈现一个复杂的北京：每个人都是故事的主角，每个人也都是故事的旁观者。我们在北京互不熟悉，却又彼此相关。

——题记

目录

第一章
秋夜畅春园

一

柏望舒从蓝旗营出来的时候，天色已经暗淡下来。他随着密集的人群缓缓走向五道口地铁站，手机上的备忘录发出提醒：有一个非常重要的活动即将开始。不过，要在五道口乘地铁的人比他预想的还多，他想到去年在香港上环金融实习的时候，也是如此：年轻的白领们急匆匆地进入地铁，自己在黑压压的人群里显得异常渺小。只是五道口并非金融街，北京地铁13号线也不是港岛线，五道口的高楼大厦还是太少了。

等待许久，柏望舒终于坐上了地铁。说是坐上，其实就是拼命地挤上，身材瘦削的他感到车厢内的空气都要凝固了。他习惯性地扶了扶金丝边眼镜，心里嘀咕着，这个从香港旺角买的廉价货要被挤坏了……柏望舒在北京，总会想起好多在香港上学时的往事，他和前女友最初在旺角逛街的时候，他们买的第一个东西就是这副眼镜。可是，爱情时常经不起时光和距离的考验，柏望舒从上一段感情里走出来，也花了很久的时间。他不知道今晚会不会遇到新的缘分。

他的手机微信上再次弹出消息:“快到了吗?活动要开始了。”发信人是活动的召集人和主持人,一个外表像洋娃娃的女孩,柏望舒忘了她的名字,也不好意思问,只好在微信上备注为“卡哇伊”。“卡哇伊”告诉柏望舒,今晚的相亲活动主打高端群体,参与者都是清一色的名校毕业、高颜值、好家世和工作佳的女生。柏望舒不太相信这些夸张的说辞,但想到自己并无相亲经验,还是抱着试试看的想法报了名。

列车很快来到西直门,这是换乘大站,有不少乘客下车,却也有更多人挤了进来。不少乘客都变成了“低头族”,就算不看手机的,也是一脸疲倦。他心里明白,这里面有太多都是跟自己一样的工作繁忙的北漂,下班路上披星戴月也是常态。

他有些困倦了,眼前的景象逐渐模糊起来。就在他昏昏欲睡之时,耳边却淌入一阵轻柔的声音:“有人喜欢诗歌吗……有人看我的诗吗……”

一个头发散乱、戴着眼镜、瘦高身材的男青年迎面走来,一边走一边自言自语。他拎着一个麻布材质的白色挎包,包里似乎有几本书……在沉闷的车厢里,他的模样显得十分格格不入。

二

从西直门站向北算起,地铁4号线会纵贯北京海淀高校云集的地带。他记不清楚自己是第几百次乘坐这条线路了。在他北漂的五年里，几乎是从地铁4号线开通的时候算起，他青春里大把大把的精力和无法计数的时光，都消耗在这一次又一次的往返途中。

他已经二十七岁了，但依然一事无成。起码以世俗的观点看，他恐怕是做不到“三十而立”了。他很少想起自己来北京前的往事，因为前二十二年的人生，他自认为是无意义的，是活在压抑与苦闷里的。

他已经记不清自己真实的名字了，或者说早已刻意遗忘了它，但总有人叫他“诗人”。每逢别人用好奇而异样的眼神打量自己的时候，他起初还会觉得不自在，但很快就觉得无所谓。毕竟，相比他心底很多真实的想法，表面的言行举止，并不算夸张。

他漫无目的地在车厢里走着，从西直门到魏公村这几站，车上的乘客越来越多。虽然已是晚上八点多，但有不少从外地回京的人，在地铁里进行着他们国庆长假旅行的“最后一程”。他低头看了看手机上的日历，发现明天竟是阴历的寒露。

“哎，难熬的深秋终于要来了。”他心里犯着嘀咕。若在几年前，他面对寒露这样的节气还能想到“寒露时节天渐寒，农夫天天不停闲。小麦播种尚红火，晚稻收割抢时间”这样的歌谣，可现在他只会想起北京秋末冬初的寒风。漫长的寒冬让他总有种说不出的压抑感，而在浓重的雾霾里，难以言说的窒息感更加强烈。

他其实已经远离农事许久了。有时在特别无助的时候，他会想起自己的故乡，那个几乎终年都浸泡在潮湿水汽里的岭南小山村。初来北京时，别人问他老家在哪里，他便说在广东。这时常会换来对方的艳羡表情，好像来自广东就等于来自富庶的珠三角地区的富裕家庭一样。他没法告诉每一个人，自己只是个粤北山区里的孩子，整个家族都以极其艰苦的农事为生。而他自己，这个不肖子孙，并没有按部就班地读大学，寒窗苦读多年却没考上本科，家里为数不多的积蓄都给哥哥交了大学学费，哪怕他只比自己大三岁。

“谁让我出生晚呢？活该没钱继续读书。”他总是这样安慰自己。可是心里也明白，自己如果能考上一个好大学，家里再困难，也会想办法让自己读上大学。他只怪自己底子薄、基础差，高考状态也不好，只能被迫提前进入社会。

他曾经的梦想是去北京读大学。但现实逼迫他只能一次又一次地远离最初的梦想。在本该进入大学的那一年夏天，他随着一个网上认识的“朋友”去深圳打工。从在餐厅洗碗刷盘子干起，再到话务员、快递员，甚至还在别人的怂恿下当过两个月的保安，但因为自己身形羸弱，实在不是干体力活的料，没少受别人的白眼，甚至他小臂和大腿上的几个伤疤，也跟那几年自己不愿意回忆的经历有关。

他不喜欢那些年，不喜欢那些看起来发达却十分压抑的地方。他曾经无限向往城市，他那么毅然决然地抛弃了生养他的原生环境，却又落入了一个陌生而残酷的牢笼里。他恨自己没有能力，没有见识，没有文化——直到他遇到了那个让他十分佩服的人。

那是一个寒冷的冬天。在常年温暖的深圳，稍有阴风阵雨，寒气就会逼着他穿上厚厚的大衣。他似乎是真的怕冷。但在那年冬天的市民文化讲堂里，他见到了一个跟他一起来旁听讲座的中年人。他至今都不知道对方的名字，只知道他是个大学教授，至于在哪个大学和哪个专业，就更不知道了。

“小伙子，你是哪个大学的？我看你有点眼熟。”

“我没读大学。”他怯怯地说，“高中毕业就出来打工了，我抽空听听讲座，挺好玩的。”

“好好读书总归会有出息的！”

“太难了。家里人觉得我没考上好大学，毕业了也找不到工作。不如现在出来打工赚钱了。”

“不不，英雄不问出处。你想想自己到底想做什么。说实话，我真的很少见到你这么好学的年轻人了。今天多冷啊，还出来听讲座。”

“瞎听的。俺没啥文化。”

“别这么说自己。你如果真喜欢读书，我或许还能帮上你……我有个朋友在北京开了个小书店，正在招聘仓库员工，你有没有兴趣干这个？”

他已经不记得自己当时是怎么回答对方的了，但生活的确有了转机。他随后和书店的管理员通了电话，对方很快便和他约定了面试时间。后面的事情超出他的预期，他竟然幸运地找到了一份可以安身立命且工作环境满意的工作。他清楚地记得，他在北上的火车里熬过了几十个小时的硬座“体验”，在二〇〇九年的冬天，终于来到了北京。

可是，这一切回忆都变得似乎没有意义了。在北京的这五年里，他以为自己可以找到不一样的生活，但快乐的生活总是短暂的。京城里爱读书的年轻人像家乡的茶树在雨后长出的新芽一样，每年都会成片地长出来，却没有一株茶树和自己有关。他在书店里见到了太多本以为可以成为朋友的年轻人，却始终没找到一个能理解自己过往的人。

他开始变得不喜欢和人谈及自己的生活，更不会谈及未来的梦想，甚至不会告诉别人自己的名字。直到有一天，他突然明白自己不被人理解，是因为自己的思想太独特了，那些近乎传奇的经历，让他变得与众不同。他看了一些书，想清楚了一个道理：只有做一个诗人，才能找到真正的知音。即使找不到，这孤独也不是可耻的。

去年冬天，他把自己关在出租屋里三天三夜，除了靠泡面填饱肚子，没有离开“诗歌”半步。他似乎耗尽了自己全部的才华，耗尽了所有的心力，终于写了十几首诗，然后近乎狂喜地跳出小屋，去旁边的打印店做了两本“诗集”。他明白自己没法与往事和解,也没法融入这个喧闹浮华的大城市,他只有在这些精神的“结晶”里,才能寻找到一丝快慰。

他已经在地铁4号线上坚持做“行吟诗人”一年了。他逢人便推荐自己的诗作,也毫不怀疑地认为自己是有天赋的,尽管它并未得到他人的认可。他相信地铁4号线的乘客里有很多都是北京名牌大学的学生,他始终对他们有所期待:来看看俺的诗吧!咱们能不能做个朋友呢?

可惜,直到今天,依然没有人对他的才华感兴趣。他一直在车厢里嘟囔着:“有人喜欢诗歌吗……有人看我的诗吗……”

突然,车厢里传来一阵温柔的女声:“圆明园站到了,请下车的乘客……”他这才发现自己得赶紧下车了,毕竟晚饭也没吃,“这附近有北京大学,大概有吃饭的地方吧……”他心里犯着嘀咕,“诗人也有饿肚子的时候……”

他下地铁后走了一段路,便看到了北大西门。不过,门口的保安告诉他,没有北大证件无法进校。他只好向身后的方向走,因为他闻到对面院子里竟然有露天烤串的味道。

“羊肉、心管、板筋、大虾……同学,你来几串?”一个操着山西方言的中年大叔向他挥挥手,“晚上啦,现在最便宜,来几串吧!”

“我不是同学啊!”他近乎本能地说着。

“那你就是畅春园的居民咯。这边小区的人也常在我这撸串……”

“不,不……我也不知道我是谁了……”

“哈哈,你这孩子真有意思。不管你是谁,来咱家撸串开心就好……”

三

王大叔正忙着招呼几个顾客,全然不顾“诗人”的郁闷。“诗人”对撸串时的侃天说地兴致不大,此时只想填饱肚子。他随便点了几根羊肉串,便坐在小马扎上,自顾自地吃了起来。

此刻的北京已经熬过了漫长的酷暑,秋夜的丝丝凉意让不少人抓住这最后的“舒适”契机,来品尝北京有特色的露天撸串。卖烤串几年来,王大叔见过各式各样的顾客,有住在附近的北大学生下课后来“撮一顿”的,也有畅春园小区的居民来吃夜宵的。像“诗人”这样不想说话,仅仅是顺路填饱肚子的顾客,也并不少见。他总是能敏锐地抓住对方的特点,搞清顾客的喜好,然后烤出味道独特的肉串。

王大叔并没有什么烤串秘方,原料还是那些原料,他能引来这么多回头客,别人觉得可能跟他热情好客有关,但他心里知道,他自认为的那些并不传奇的经历,让不少顾客觉得他很有料,用时髦的话说,这是个有故事和有趣的人。

但王大叔在很长时间内都觉得自己是个无聊的人,他过去五十多年的人生经历时刻提醒他，不能太把自己当回事，哪怕自己深受他人喜爱，他也不太喜欢主动聊起很多往事。不过，今天这些年轻的顾客兴致很高，他们非要跟王大叔聊天，他也只好奉陪。

“大叔，听你这口音是山西人？”

“算是吧！其实俺老家山东的，但在山西待的时间很长！”

“听我们师兄说，您在这露天烤串好多年啦。这么晚了还出来，真是辛苦啊。”

“没啥，俺小老百姓做小本生意，白天卖，晚上也卖。赚辛苦钱呗！”

“在我们同学眼里，您的烤串挺有名的。主要是便宜，我们这些还没收入的穷学生，在这儿吃挺方便的。”

“不敢当啊！你们是天之骄子。”

年轻的食客们发出一阵哄笑。一个戴着厚重镜片、肤色黝黑、身材瘦小的男生抬起头说：“好多年没听过这个词啦。北大学生出去从不敢说自己是天之骄子。”

“嘿嘿，俺看你们都是国家的栋梁啊。想当年俺也念过几年书……”

听到这里，几个顾客便缠着王大叔讲讲他过去的读书经历。这群文质彬彬的学生不知道，自己平日最容易接触的学习资源，对绝大多数人来说，却是难以拥有的珍宝。王大叔不敢怠慢其他顾客，只好一边烤串，一边回答学生们的问题。

“其实俺只读到了高中，你们别笑话啊……”王大叔清了清嗓子，“俺虽然文化程度低，但知道畅春园这地方以前是康熙皇帝建的园林……但过了四百多年，只剩下恩佑寺山门这一个遗迹了。”

这番话让其中几个顾客眼前一亮：“我们在这上学几年，都还不知道这个遗迹呢。”

“你们光忙着学习啦。坐公交车从北大西门站下来就能看到那个遗迹，你们肯定见过的，就是没留意哩。”

“噢……”顾客们恍然大悟，“就是那个红色的古建筑啊，都围起来了。”

“可不是嘛。旁边还有个公厕，知道公厕的人比知道古迹的人还多呢……”

“大叔，您观察真细……您以前应该也读过不少书吧？”

“唉，说来话长……”

王大叔清了清嗓子说：“想当年，俺也是个有志青年哩……你们的父辈，跟俺是一代人，好多人都是从穷山沟沟里走出来的。只是俺没真正走出来，有人高考成功，换了购粮证，才有了后来的好日子……”

几个小伙子见王大叔说话卖关子，便嚷嚷着说：“大叔，您快讲讲吧，我们不打断您说话了。”

王大叔听闻此话，神色突然严肃起来，他拿铁棍拨弄了一下烤炉里的木炭，压低声音开始讲起自己的故事：

“俺出生的时候，你们都不能想象那时候有多穷哩……俺知道有个成语叫‘家徒四壁’，俺家当时的房子，连这都不如，就是鲁西北以前那种最穷的人家住的土坯房，现在来看就是土坷垃，根本不是人住的……俺是家里的老大，还有三个弟弟，两个妹妹，干农活的时候觉得人多好，吃饭的时候又觉得人多了也是累赘。俺娘生了这几个孩子后，实在熬不过家里的穷日子，年纪不大，就想办法逃回河北的娘家了，后来再也没回来，俺爹也是个怪脾气，媳妇跑了，也不想办法找回来……好在俺家庭成分不错，世代贫农，俺也一直读到了高中，到县城上了中学。以前觉得推荐上大学没俺家的份，但恢复高考后俺还是没啥出息……

“俺忘不了七八年第一次参加高考的事。俺觉得自己还挺用功的哩，咋能跟那些忒拼的人一样呢？俺数理化不错，就是语文太差，而且命不好。上一年高考作文是《难忘的一天》，这个多好写啊，俺在农村的故事太多了，好多事情都挺难忘。本来挺好的邻居偷了俺家的狗，俺骑着大舅家的洋车子到镇上给俺娘买药，俺还有次在地里干活，不小心踩到了别人家地里的苗……你说这些事是不是都能写啊？俺那一年的高考作文题目，俺现在还记得很清楚，是缩写《速度问题是一个政治问题》这篇文章，这到底是啥意思啊，俺根本不明白啥是缩写，这文章也没怎么看懂。因为语文考得不好，后面考试状态也不行，第一年就落榜了。

“不过那时候考大学很难，好多人都落榜了，俺们附近几个村子，就考上了两个人。一个是知青，还有一个家伙是个忒聪明的小子，在村里就是出了名的鬼点子多，脑袋瓜子聪明得很。人家后来过得可好了，考上大学后，一开始分配得也不错，在一个煤炭大国企，后来下海自己做生意，赚了不少钱。还有几个知青跟俺一起考，也没考上，但人家当时命好哩，都陆续想办法走了顶替的路子，回城当工人了。不过后来命也不好，除了一个当上了领导，其他几个都下岗了……

“第一年高考落榜后，俺赌气想再考一年，俺看见好几个同学都去城里开的补习班上课了，当时想着只要坚持就有希望啊！但家里当时穷得快揭不开锅了，弟弟们还小，要吃饭，家里的地得有人种啊！俺只能白天在地里干活，晚上抽空看看书，就这样又耗了一年。到了七九年高考，又在语文上出了问题，记得那年作文是改写一篇文章，叫什么《陈伊玲的故事》。俺都没读懂题目是啥意思，不知道咋改写，这个陈伊玲气得俺够呛。俺考试心态也不行，语文考得不好，后面的也是一塌糊涂，出了考场，俺就知道又得落榜了。

“俺跟家里人说，这次得专门复习，才有可能考上大学。俺当时已经认识了几个城里的学生，知道换购粮证有多重要，真的就是换命啊！记得那个夏天跟家里人争吵了无数次，他们总算同意让俺专心复课一年。正好当时镇上开了个复课班，班上的一个老师跟俺家有点亲戚关系，俺才能在那顺利复课，主要就是学语文。

“到了八〇年高考，这回作文总算是好写了点，好像是写一个读后感，关于那个画家达·芬奇的故事……都记不得当时写了啥玩意儿了，只记得考数学的时候，自己突然头疼，可能是太累了，差点晕倒在考场上。数学没考好，语文考得也一般，更不用说其他了。考完最后一门，俺当时就哭了。俺知道，自己换不了购粮证了，这辈子都换不了了。”

四

说到这里，王大叔突然顿了顿，好像在沉思什么。他面前的几个年轻人已然听得入神，纷纷央求着他继续讲下去。王大叔突然想到，他从来没跟别人这么详细地讲过自己的过往，他本来是想把这些故事带到坟墓里去的。但他时常又觉得自己执拗，对一些事看不开，想到这里，他又要劝自己：何必这么固执己见呢？或许讲出来会更好些呢？

王大叔把羊肉铁签挪到一边，从旁边搬了个小马扎，坐下来继续说道：

“高考落榜了，俺只能继续在地里干活了。俺那边是武松打虎的地方，大名鼎鼎的景阳冈，当时却是真的穷。当然也有不穷的，后来农村的政策好了，有能人在村里搞了厂子，加工石材。种地真是太辛苦了，俺后来就跟着人家厂子里的人干活了，家里几个弟弟也长大了，他们接了地里的活。

“说实话，当时村里的厂子真是稀罕玩意儿，也真能赚到钱，几个邻村的能人也过来学习。但没过七八年，厂子效益不行了，很快就垮了。那时候俺钱也赚了点，本来能娶个媳妇，但都把钱给家里老人和弟弟们了。俺那两个妹妹上到初中就不上了，长得又不行，也没能嫁个好人家。本想着能多收点彩礼哩，谁想到一个嫁的是酒鬼，其实就是个穷光蛋。一个当时看着还行，后来丈夫赚了点钱，外面找了新女人，就只好离婚了，后来又找的男人倒是老实，但也没啥本事，就这样过一天算一天呗……

“那几年最愁的就是帮着弟弟娶媳妇，俺家穷啊，几个孩子都没出息，本来都是要打光棍的，多亏老天爷可怜俺们，让三个弟弟都找上媳妇了。一个找的是邻村的傻姑娘，那女人虽然长得丑，但心是真的好，自从嫁过来就老老实实地伺候老人，伺候俺弟弟，他真是有福气啊！俺三弟的媳妇长得模样还行，就是心眼子忒多，花花肠子多，总想着外面乱七八糟的事，自己没啥本事，还想过上富贵日子。她年轻时候毛病事忒多，后来年纪大了，也不疯了，这几年对家人也挺好的。俺最小的弟弟命最好，自己啥本事也没有，从小就被俺们这些兄长保护得很好，爹娘也溺爱他，最后弄得他一点不学好，就知道偷鸡摸狗的事，当时整天想着做大老板，当万元户，可是他哪有这本事？最后给他花了不知道多少钱，快把家里的底子掏空了，才给他娶上个媳妇，他凭自己本事哪里找得到？光在媒人那里浪费的钱，都数不清了！好在这小媳妇人也不错，对他用心伺候。你们说他们仨是不是命很好？”

王大叔见顾客们不说话，便自顾自地继续讲起来：

“转眼就到了九一年，农村的日子真是一天比一天难熬，俺觉得实在赚不着钱，正想着出路，邻村有几个胆大的小伙子，跟俺说可以跟着包工头去广州打工，赚的钱真不少，一个月赚的钱顶俺在农村干半年的！俺当时觉得自己年纪大了，都三十出头了，还是个老光棍，怕人家招工的不要，没想到在广州，像俺这种农民工多着哩！你们都想象不到，那时候去个广州有多难，没有直达火车，每次都是先坐长途汽车到郑州，再坐几天几夜的火车到广州。现在的火车分什么硬座、硬卧、软卧，那时候俺就只知道坐票和站票。赶上春运，有座位那是稀罕事，能挤上火车就算命好的！俺不像那些拖家带口的，没媳妇一身轻松，不用整天担心老家的女人会不会被人惦记，俺在广州打工那几年啊，一年就春节才回家一次。可是就这春运时候的火车让人受不了，尤其是节后回广州的火车，能挤上算命好，能坚持坐下来也得丢个半条命！

“你们不知道当年那长途的绿皮火车是啥样，上人的时候，爬窗户能进去都是本事，更别说从门里进了。打工的爷们还能找地方抽烟解闷，那些打工妹就更惨了，没地方休息是小事，解手都难啊，火车上的厕所里都挤满了人。俺当时还挺精，一上车就占着厕所的空。就这么小的空，还能挤进来三四个人，都是跟俺一样去广州打工的，还有去深圳、东莞、佛山那些地方的，都是从全国各地农村出来赚钱的。

“到了广州，俺算是开了眼了，虽说在建筑工地干活很累，但总还有休息时间。广州城多大啊，好玩的是真多，俺要是年轻几岁，肯定更自在。当时好几个打工的小兄弟，都在广州泡到女人了，找了媳妇带回家，这算是有本事的。那时候还流行香港那边的歌儿，都是爱来爱去的音儿，俺一开始听不习惯，后来也觉得挺好。后来老家也流行这些歌了，俺觉得自己还挺时髦的，比他们听得都早！

“俺在广州干了八年，赚了点钱，除了把钱寄给家里，自己总算是攒了四五万块钱。心想着自己也该娶个媳妇了，以前是让家里的条件耽误着，但不能一辈子打光棍吧。那时候俺听说城里人都在炒股，俺就学着也玩这个，胡乱买了几只股票，没想到还赚了不少钱，当时可把俺乐坏了，心想着俺的命也不赖哩。

“没想到，这时候俺爹身体出了大问题，到县里医院一查，才发现得了肺结核。这病是农民常见病，就是劳累命得的病，这病不是治不好，但就是得花钱。这些俺都懂，俺就是不信这命，俺就是不服气，凭啥俺这么拼命地赚钱，还是过不上好日子？爹说自己的病不用治，到年龄了，就该这样，最后谁都得变成黄土一堆，自己早就看开了。俺哪能听得进去这样的话？俺把炒股赚的钱换了医药费，算是保住了他的命。他后来还说，自己命大着哩，多亏了俺儿还有点钱，要不然就跟村里其他穷人家的老头子一样，在土坯房里变成骨头了，可能都没人知道。

“俺可不敢再有啥幻想了，找媳妇是不敢想了。到了九九年的时候，听一个打工的小兄弟说在山西干煤矿很赚钱，有不少打工的兄弟都离开广东，去山西干了。俺觉得自己去哪里都一样，也能吃苦，虽然常听说矿难死人很多，但总觉得想赚钱就别怕这些，干啥都有风险哩，挖煤也不见得就危险。

“俺运气还不错，一开始就到了太原一个国营的大矿上，赚得也不少，待遇也还行，主要是在省会，顺便还能在市里玩玩。俺从小就喜欢逛大城市，那些好看的衣服啊，高端的酒店啊，俺看看就很过瘾啦，在商店里只看不买，总不能撵俺出去吧！太原虽不如广州漂亮，但毕竟是个省会城市，还是挺热闹的……干了五年，矿上总有人觉得俺是外地人，欺负俺，还笑话俺不会说山西话，俺一气之下，就去了底下县城的小煤矿。

“其实小地方赚钱更多哩，但你们也知道，这是黑心的煤矿，煤老板为了多赚钱，逼着俺们拼命干活，还没有安全设备，这老板真抠啊，连安全设备的钱都要省！人有时候就是越怕什么，什么就会来，胆战心惊地干了半年，这个矿就出事了，死了六个挖煤的工人，煤老板却啥事没有。俺觉得实在干不下去了，还不如去建筑工地呢，哪怕赚钱少点呢。

“俺想离开山西、再回广东的时候，就遇见了一个打工妹，不怕你们笑话，这是俺第一次谈恋爱。跟她是在餐馆里认识的，她是山西农村的，跟俺一样穷，家里重男轻女，她受不了，初中没毕业就出来打工了，认识俺的时候才二十岁出头。俺都是叫她丫头，这丫头模样挺俊的，在农村算很俊很俊的了，而且皮肤忒白，跟城里人似的。俺到现在都想不通，丫头是凭啥看上俺的呢？就因为俺在广州的经历，还能吹吹牛吗？俺一跟她讲在广州炒股赚钱的事，她就特别兴奋，她老是说他们村第一个买车的男人也不如俺有本事。俺其实真的没啥本事，也不会跟女人聊天，所以跟她谈恋爱才一星期，她就跟俺散了……”

说到这里，顾客里一个穿着运动服的小伙子突然插嘴：“大叔，您这个女朋友才谈了一星期啊，这能算恋爱吗？”

“你这孩子真不会说话……”王大叔笑着说，“你们可能不觉得这是恋爱，俺们真的啥也没做，俺都没碰她一下。”

“那您怎么说她算您女朋友呢？”

“这你们就不懂了吧。丫头当时亲口跟俺说，她喜欢俺。这在俺看来就是谈恋爱啦。”王大叔拿起蒲扇，把烤炭上散出的浓烟向无人的一边扇去，他继续回忆着自己的往事：

“俺跟丫头散了以后，就再也没谈过恋爱了。俺知道自己太穷，也没法哄女人开心，没法给人家好日子，还不如自己过呢，光棍也有光棍的过法嘛……只是，俺刚学了一些山西话，就遇到这样的伤心事，便不想在山西待了。那时候俺还挺喜欢北京的，就一个人来了北京。

“那时候的北京跟现在很不一样。那是〇五年的时候吧，北京的地铁还没几条呢，奥运会也还没开，城市建设远不如现在。俺出门只能挤公交，那时候的北京公交是真的很挤，但比去广州的火车还是好多啦。俺在北京一开始也是在建筑工地，爬高、搬砖、干重活，倒是也赚了些钱，但大多都寄给家人了。俺总觉得自己这辈子得留下点什么，就这么扎地窑儿了，实在不甘心。

“〇八年的时候，俺学会了上网，有时候会找个网吧，在论坛看看帖子。有次看到网友说，可以在大学旁边做小生意，赚学生的钱很容易。俺觉得这挺好的，就买了烤串的家伙，在北京好几个大学附近摆摊烤串。当然一开始也是没经验的，好在有个山西的朋友带着我一起干，俺才学会了进货和烧烤的本事。俺去过的北京的大学比你们可能都多，不用说北大清华，北外、北二外、北工商这些学校俺都去过，那里面的女生真是多啊……

“俺好像是在一一年来北大这边的。你们的师兄师姐，吃过俺烤串的可不少哩，俺虽然没有摊位，但也不怕人来管俺，全都是靠口碑来赚回头客呢！你们可以多跟同学宣传宣传，俺的烤串手艺还不错吧！虽然不是独创的，是跟那个山西朋友学的，但还是挺有一套的吧！他当时跟俺说这烤串秘方是祖传的呢……”

王大叔正要继续分享他在北京的故事，忽然夜幕之上打出一声惊雷，把几个顾客吓得不轻。王大叔安慰他们：“别怕别怕，你们还小，以后经历的事情还多着哩……快要下雨了，你们快回宿舍吧，咱们以后再聊哩……反正我这摊位一到晚上就出现，你们很容易能找到我。”

顾客们纷纷掏钱买单。王大叔收到了一张百元大钞，但他不放心，双手举起钱来，在昏暗的路灯下照了许久，才从腰包里找了零钱。

有几个学生兴致很高，不愿离去。其中有个身材瘦高、面容沉静的男生说：“大叔，您的故事很有意思，让我想到了好多……”

旁边一个男生笑着说：“老吴，你该不会又想着考研的事了吧。”

“元兄，惭愧啊，你就别拿我开涮了。”

“哎呀，好兄弟，我哪有这个意思。而且，元兄这个词听起来怪怪的……”

“兄弟，我的意思你都明白。我还真的想起来这事了，走吧，回海淀路小区吧，房东刚才打来电话，催我们交这个月房租了。”

第二章

未名湖畔的边缘人

一

北京深秋之夜的暴雨不期而至。吴梦学和元蒙哥一路小跑，从畅春园回到海淀路小区。狂风将枯黄的落叶吹撒遍地，刀锋般的雨点纷纷划过燕园上空，整个夜空的黑幕似乎都在风雨中飘摇欲坠。

他俩赶紧跑回屋里，紧闭门窗。吴梦学趁着狂暴的雷电还未全面袭来，赶忙给房东拨回了电话："实在抱歉，李姐，房租能否宽限几日再交啊？我们这个月还没有发正式工资，只有很少的实习工资。或者能不能按之前的房租来交啊？您突然涨房租，我们实在没想到，实在是交不起……"

话筒里传来一个急躁的声音："哎呀，我知道你们不容易，但你们也想想我们业主的利益呀。现在北京房价越来越高，北大边上的房子，我之前收的租金太低了……"

"可是，我们真的交不起这个钱啊……"

"要不这样吧。我这边还有好几个考研的学生等着租房子，你们不愿意住，就让人家住吧，你们去附近再找其他的房子。"

“这……哎，我再想想办法可以吗？”

吴梦学知道，海淀路小区在北大周边租房算性价比相当高的地方了。虽然楼龄大、房间小，小区基础设施也一般，但毕竟和北大南门只有一街之隔，是北大周边最适合考研族、旁听族居住的小区之一。当然，像元蒙哥这样的北大毕业生，为了节省房租，也愿意在学校旁边与人合租。

元蒙哥和吴梦学都是内蒙古老乡，都来自遥远的呼伦贝尔。元蒙哥之前的“成功之路”，让吴梦学羡慕不已。元蒙哥曾经是老家有名的“大才子”，高中时就以文史方面悟性高、读书多著称，在应试教育和素质教育上算“双料冠军”，不仅在中学生全国写作大赛上夺魁，还顶着呼伦贝尔市高考文科状元的光环进了北大中文系。

在吴梦学眼里，元蒙哥始终是“大学霸”“大师兄”式的存在。吴梦学来自额尔古纳一个叫恩和的小村子，在他考上那所他都不愿意提及的河北的大学后，恩和村被越来越多的游客发现，如今已经成了一个不大不小的旅游景点。不少昔日以放牧为生的村民，也搞起了农家乐，建起了家庭旅馆。恩和村的居民多数是俄罗斯族，吴梦学虽是汉族，却非常了解俄罗斯族的风俗文化，早在离开呼伦贝尔之前，他的生命就融入了苍茫辽阔的草原里。从爷爷的爷爷开始算起，吴梦学的先辈就定居在恩和，是为了在附近淘金，到了父亲那一代，他家成了地地道道的牧民。

其实，吴梦学的大学也不算差，能考上一本，对多数来自农家的考生而言，算得上是让亲邻奔走相告的喜讯。但吴梦学并非在乎学校的档次，或者外界的评价，而是对大学匮乏的学术风气、压抑的校园氛围十分厌倦。一次偶然的机会，他认识了老乡元蒙哥，从此便与北大中文系结缘。在他的心底，始终安放着最柔软的回忆，那是他在大学伊始，便在一本叫《致青年朋友》的书里，找到了最向往的青春气息，最难以释怀的理想主义情绪，以及那些激励自己沉潜读书、钻研学问的文学之魂。

元蒙哥很理解吴梦学的心路历程，但他并不认为三番五次地来考北大中文系的研究生，是个很必要的事情。“在哪里都能搞学术。何况英雄不问出处！”元蒙哥经常这样安慰吴梦学，但他不知道的是，吴梦学还有一个心结，始终没有打开……

夜已深，元蒙哥去浴室洗澡。吴梦学打开桌前的台灯，伴着窗外呼啸掠过的风雨声，打开日记本，记录着今天的生活：

2014年10月7日　星期二　晴转大雨

学术的梦想似乎越来越近，但美好的爱情要离我而去了。我和苏墨心从大学相识，在一起都四年了，她却要离我而去。现实真的太残酷了……

我没有退路了。前三次考研，因为各种原因都失败了，这是我最后一次机会，再也不能失败了！可是，我真的能考上北大吗？我的眼前是一片荆棘，后面是刀山火海，我还能去哪里呢？

……

吴梦学写不下去了，随意翻阅着之前的日记。看着一路走来的艰辛历程，他仰天长叹：“谋事在人，成事在天，古人诚不欺我……”

元蒙哥从浴室里出来，擦拭干净身体，便钻到了被窝里：“北京也开始变冷了，现在还没暖气，真是比咱老家还冷啊！”

“可不是嘛，你看，经过这一夜风雨，八成明天整个校园都得冷凄凄的。”

“心里亮堂就行呀！我跟你说，我认识一个哥们儿，他对北大附近租房的事特别了解，他这些年一直住在学校附近，今年是第七次考北大中文系的研究生了，我们都叫他七战哥。或许他能帮咱们介绍个合适的房子。”

“还有这等神人？那咱们明天去找找他吧。”

二

国庆假期结束后的校园变得喧哗起来。吴梦学和元蒙哥两人早早地来到学五食堂旁边的咖啡厅，等七战哥过来共进午餐。

“我饿了。”吴梦学懒洋洋地说。

“等七战哥来了一起吃吧，它这里的意大利面还不错的。”

吴梦学焦急地看了看表：“你知道吗？我最受不了别人迟到了。”

“淡定啊兄弟。七战哥对学校附近租房真的很了解，我觉得他会帮咱们大忙。”

“但愿如你所说吧。”

又过了几分钟，七战哥还是没出现，咖啡厅里人满为患，新来的顾客已经找不到空位了。

“同学你好，请问这里没人吧，我能坐在这里吗？”一个身材瘦高、戴着褐色眼镜的男生很客气地问道。

“哦，暂时没人。”吴梦学面前还有两个空座，便邀请他坐下。还没点餐，他便从书包里掏出一本土黄色封面的书，吴梦学仔细一看，原来是《中国当代文学主潮》。

“哟，你是中文系的学生吗？”

“不好意思，目前还不是，我去年考了北大中文系的当代文学专业，不过功败垂成，今年想再来一年，就来北大一边旁听一边复习。”

吴梦学喜出望外，主动握住了对方的手：“哎呀，原来是研友啊！我也考北大中文系，不过是现代文学专业，幸会幸会！”

“哈哈，那挺好的。我觉得现代文学比当代文学还难考呢，报录比太低，除了保送的，招的人太少。”

“彼此彼此！考当代文学也很难的，北大很看重当代西方文论的功底，而且作家作品太多，文学现象特别混乱，还跟社会、文化问题混在一起，我是搞不清……”

“惭愧了。我就是觉得理论和文本的结合很有趣呢，不过现代文学对史料基本功考查很多，我觉得你们专业更有学术味……对咯，我叫朱文允，敢问仁兄尊姓大名？”

“岂敢岂敢！先考进去再说！我叫吴梦学，叫我老吴就行！”吴梦学觉得对方说话很客气，也很讲究，便跟他应和起来。

“我听说，除了保送的，这几年当代文学平均每年也就招三个人。现代文学似乎更少，一般就两个名额吧。”朱文允压低声音说。

“其实也不尽然。我记得一二年现代文学招了五个人呢。”说到这里，吴梦学突然想到了什么，还没等开口，元蒙哥插嘴道：“就是墨心考进去的那一年吧。”吴梦学撇了撇嘴：“是啊，当年一起考的，前女友都要毕业了，我还没考进去呢……”

朱文允安慰道：“其实运气的成分也很大。我觉得能考进前十的孩子，都有被录取的实力。考研是个一锤子买卖，除了实力，运气和发挥状态的因素也很大。”

“前女友常说，运气也是实力的一部分。只怪自己心态不稳,实力不足,不怪其他。”吴梦学很坚定地说道。

朱文允挑着眉毛说:“我记得二〇一二年古典文献学专业竟然没人过线,一个人都没录取……”

吴梦学插话道:“文允兄,我明白你的意思。可我觉得很多事都是幸存者偏差,既然自己没考上,那就多总结教训吧。没必要去看成功者的经验,失败者的教训可能更有现实参考意义。”

朱文允扶了下眼镜,还没说话,只见七战哥旋风般地来到他们面前。“实在抱歉!来的路上遇见一个师兄,很重要的事,就聊了一会儿。这顿饭我来请你们,实在抱歉!”

四人交谈,一见如故。七战哥笑着说:“天下研友是一家!我在学校里很多年,认识好多旁听生、考研生,好多人都不错呢!”吴梦学看着七战哥披着乱乱的长发、穿着跟身材不协调的衬衫,便笑着说:“老兄真是不拘小节啊!”元蒙哥插嘴道:“兄弟,大惊小怪了吧……如此打扮在这里一点都不奇怪。”

七战哥笑着说:“文学青年嘛,别太在意这些!”听说吴梦学老家在内蒙古,他突然问道:“考你一个小知识,你知道中国历史上名字最长的皇帝是谁吗?”

吴梦学眼睛都没眨一下,低声说道:“是元朝的仁宗皇帝,孛儿只斤·爱育黎拔力八达。”

“哎哟,你竟然知道!”七战哥表情十分夸张。

“这点基础怎么可能不知道？不过知道这个对考研也没用啊……”

七战哥又看了看吴梦学：“老兄，你打算考北大哪个专业啊？”

“中文系的现代文学。”

“哎呀，我也考这个专业。听说明年只录取两个人了，甚至一个人都有可能。”七战哥脸上突然泛起一点不满的神色，他苦笑了两下，赶紧说道：“说不定就录取咱们两人呢！”

“那就借你吉言吧！”

七战哥一边大口嚼着意大利面，一边大声畅谈有关考研和租房的事情。七战哥望了望黑压压的人群，又开始讲自己的旁听经历。咖啡厅里人声鼎沸，吴梦学都听不清他说了什么。

吴梦学觉得七战哥太能侃天说地，而且说话没边没际，总觉得他说的话要打半折来听。七战哥又讲到自己为啥要考这么多年，还说自己有个“作家梦”，一定要在北大中文系才能实现这个梦想。吴梦学对此不甚感冒，便说“中文系不培养作家”早已是共识，自己考研是为了实现学术研究的梦想。七战哥又拿今年中文系开始招的创意写作专硕当由头，大谈特谈“培养文学创作人才的必要性”，还说这专业招的人很多，他都打算弃考现代文学改考创意写作了……

元蒙哥听得有些焦躁，他虽然也怀有学术研究之志，但囿于现实，只好去工作赚钱，补贴家里老人所用，听到七战哥总是在谈创意写作专硕的事情，他忍不住打断对方口若悬河的状态："兄弟，我们现在租房遇到困难了，你看学校附近有没有合适的房子推荐啊？"

七战哥皱了皱眉头："海淀路小区就很好，房源也不多了，能找到一家算不错的了！如果不住海淀路小区，你们可以考虑清华西门附近的水磨社区。不过，我觉得最好的地方还是畅春园小区，就是房租太贵。"

"我就住在畅春园小区！"朱文允笑着说。

"土豪啊！一个单人间多少钱？"

"不多，才三千出头。"

"这还叫不多？"

朱文允撇了撇嘴，说道："你们不了解我的情况……"他顿了顿，又一脸认真地说："父母给我在老家找好了工作，我不想去，不想这么年轻就被一个单位绑定。我考北大，既是为了学术梦，也是为了脱离那个沉闷压抑的环境。你们如果在山东生活过，就知道我们那儿对体制内多么看重，恐怕只有当公务员，或在事业单位、国企才算好工作，在私企或自己创业，会被看成临时工……这是什么奇怪的逻辑？我只好说，考上北大研究生后，再读个博士，将来才能当大学老师，这是最稳定和舒适的工作，他们才同意我继续考北大。但他们还是不放心，担心我一个人在北京考研太委屈，就帮我租了条件最好的房子，就是想让我少吃点苦……”

吴梦学听到这里，跟元蒙哥面面相觑。他俩都是真正的寒门子弟，知道自己谁也依靠不了，正所谓“穷人家的孩子早当家”，他们过早地接触到了现实的残酷，如今也只能沿着布满荆棘的小径匍匐前行。

三

从咖啡厅出来，元蒙哥说他要去水磨社区看房子。吴梦学心情有些沉重，他总觉得胸口压着块巨石，压抑的感觉时常让他窒息。走到未名湖畔，吴梦学便坐在湖边的石头上，呆呆地望着湖对面的红楼。近两个月来，每到内心落寞的时候，他要么去找好兄弟元蒙哥聊聊天，要么就沿着未名湖独自散步，而在此之前，他枯萎的心田并不缺乏爱情之水的滋养，苏墨心还在的时候，他总归是不会绝望的。

如今，他不太愿意去二教复习，因为他知道苏墨心经常去那里自习，他害怕在校园里再遇见她。四年前，在那个被苏墨心称为充满着“平庸之恶”的校园里，他们相识并结缘。他就像一个不懂事的孩子，嗷嗷待哺，而苏墨心带给他的，不只是爱的激流，也有思想碰撞的快感。在一个近乎闭塞的学校里，他太渴望找到一个能砥砺思想、畅谈学术、一起逐梦的姑娘了。

从表面看，苏墨心是个平凡到不能再平凡的姑娘，但她比同龄人都要成熟得多，这或许跟她并不顺遂的成长经历有关，她也是一个需要独自面对现实强压的年轻人。但自从来北京后，她和吴梦学的争执越来越多，有些是鸡毛蒜皮的小事，毕竟女孩都希望得到男友的贴心照顾，而不是一味哺育并不成熟的男孩，有些则是原则性冲突。临近毕业，苏墨心决定回到辽宁老家，早晚要面对的买房压力让她无法逃脱。吴梦学知道，自己给不了她一个舒适的未来，而苏墨心也无法继续带来那持久的温情了，哪怕距离他考研只有两个多月时间了，她也能狠下心离开吴梦学。

他对这一切都想得很清楚。吴梦学决心留在北京，并非真的有信心能在北京买房定居，仅仅是因为舍不得面前的“一塔湖图”。燕园梦离他曾经那么那么近，仅有一分之差而落榜，吴梦学在无数个夜晚辗转反侧，他总归是难以接受这个结果的。虽赌气再战，但他也明白“一鼓作气，再而竭，三而衰”的道理，面对越来越激烈的竞争，以及自己难以维持好的心态，他又总觉得燕园梦离他是那么遥远，哪怕是在最荒唐无稽的梦境里，他对考研都没有必胜的把握。

吴梦学沿着未名湖南岸的小径踱步而行，思绪越发漫无边际了。走到花神庙旁，他看到这座古建筑上被好多游客写上了“我要上北大”“北大等我”之类的涂鸦，心里更不是滋味。他心里默默地念叨着：“难道我是下一个七战哥吗？说不定已经有人在喊自己四战哥了呢?”

吴梦学想起自己第一次来北大的时候,五院门口还覆盖着一层浅浅的积雪。那一天是二〇一一年二月二十五日,未名湖的冰面还未化开,博雅塔也披上了一层雪白的薄纱。三年多过去了,经历了三次考研,他的心已经和这个园子无法割舍……

四

十一月的燕园已然有了初冬的面庞。在理教的自习室里,吴梦学翻开笔记本,他的右手边摞着六七本书,还有两个厚厚的笔记本,这些只是他一个星期的阅读量。整个考研历程,都伴随着大量的阅读、思考和写作,光读书笔记就做了十几本,写了五百多篇笔记,要是算上大学读书笔记,内容量更要翻番。吴梦学不觉得这有什么压力,读书给他的愉悦感,只有爱情的甜蜜可以比拟,只是想起考研的巨大不确定性,他依然觉得困难重重。

落日的余晖轻柔地拂过北大图书馆。苏墨心把两本书抱在胸前,从图书馆南门慢慢地走出来。她在决定和吴梦学分手前,已经在宿舍里哭了好几天,现在泪水已经哭干。她知道自己和吴梦学继续争吵下去,只会耽误他的北大梦,可她不知道的是,吴梦学也因爱情殿堂的坍圮而心如刀绞,他现在最需要的是苏墨心的抚慰与关爱。苏墨心又不自觉地翻起了吴梦学以前的人人网主页,上面有太多他们网上互动的记忆。

她想到了好多青春往事,那时的吴梦学虽有踟蹰的状态,但骨子里却是自信而坚定的,他相信一切会越来越好,不论是他健硕的身躯还是内心丰沛的激情,自己都为之痴狂。而如今的吴梦学,如同经历风霜摧残的苇草,还没有见识过真正辽阔的海洋,就已然面临枯萎。

吴梦学其实并不愿意倒在泥泞的沼泽里,但他总是自我怀疑,每次考研成绩都比上次要差点,证明了他的心态的确越来越糟糕。吴梦学在很早之前,就把这次考研当成最后一次冲刺北大的机会,可是,就是这最后一根救命稻草,也在失恋的狂风里被吹得摇摇欲坠。吴梦学很想去找苏墨心,道出内心的苦闷,但他仍觉得自己不该如此,只能独自吞下杯杯苦酒。

好兄弟元蒙哥没有忘记帮助他。每到周末,他都要和吴梦学在学校食堂吃饭,有时候自己刷卡后,吴梦学再给他钱,有时候就干脆请客。因为吴梦学进不了北大图书馆,元蒙哥有时也会帮他借书看。他俩固然有同乡之谊,也跟惺惺相惜的心结有关。元蒙哥知道,自己只是高考发挥正常版的吴梦学,而好兄弟没有因为高考发挥失常而消沉堕落,这本身就让他十分赞赏。在考北大这条独木舟上,的确有太多人被挤下去了,而那些名落孙山的年轻人,他们又去哪里了呢?

在农园餐厅吃完饭，他俩沿着未名湖转了一圈，元蒙哥大谈工作里的奇葩遭遇，吴梦学则把研习的心得与他切磋。走到刻有“未名湖”字样的石头处时，元蒙哥突然幽幽地说：“想进入这个园子，就像攻打一座坚固的城池，当你进来后登上城楼，就会看到坚城之下早已尸骨累累了。”他长叹了一声，喃喃自语道：“一将功成万骨枯呐……”吴梦学痴痴地望着眼前的湖水，微风吹过，湖面漾起圈圈涟漪，他的心里也泛起一阵波澜：“难道说，枯骨之中就没有英雄豪杰了吗？”吴梦学话音未落，只听得一阵呼叫声刺入耳朵。

“有人跳湖啦！救人啊！”

两人闻声赶去，看到一个瘦小的身影在十米开外的湖面上挣扎。“跳啊，让他跳啊！别管他，这湖浅，淹不死人的！”一个穿着破旧黑皮大衣的秃顶中年男人站在岸上，他一手叉着腰，一手挡住围观的路人，眼睛里迸射出一股轻蔑和愤怒，怒不可遏地吼道：“兔崽子，可让我找着你了，快跟我回家，要不你就死在这吧！”

吴梦学见状，大吼一声，脱掉了上衣，露出了丰满而油锃锃的肌肉。他纵身一跃，仿佛在阳光下钻入浪底的海豚，瞬间便跳入了冰冷的湖水。吴梦学以极其标准的自由泳的姿势游到落水者身旁，双脚一蹬，两臂一撑，便把他托了起来。

“是七战哥！”吴梦学大叫一声，“哎呀！你怎么……”他两腿猛力在湖水中上下跃动着，不出半分钟，两人便都靠在岸上了。元蒙哥想伸手扯七战哥上岸，无奈身单力薄，何况七战哥衣服裤子里都被湖水撑开了。他猛地一个踉跄，险些也被重力拖到水里去。吴梦学见状，赶忙用力一托，便把七战哥撑上了岸。

元蒙哥幽怨地看着他说："都说未名湖是个海洋，诗人都藏在水底。这次诗人没做成，倒成了湿人了！"吴梦学笑道："诗人，湿人，有啥区别吗？"他把两臂搭在石岸上，用力一撑便跃出水面，好似一条从水下跃出的锦鲤，身体反射着阳光下斑斓的色彩。七战哥被扶上岸，倒在湖边坚硬的石径上，他大口大口地喘息着，喉咙里挤出凄厉刺耳之声，好像一把木梳在腿骨上蹭来蹭去的声音。

原来，中年男人是七战哥的父亲，他此番专门来北京，就是要把这个可怜的孩子带回家。七战哥已到了"三十而立"的年龄，仍是一无所有，考研北大成了他唯一能做也唯一愿意做的事情，即使这样，他仍不能遂愿。不知七战哥受了什么刺激，竟然跳湖轻生。元蒙哥正想把外套脱下来裹在他身上，却被七战哥的父亲大手一挥，挡在身后。他从身边的编织袋里迅速揪出一团棉被，把七战哥裹成了个蚕宝宝，看着眼前七战哥痛苦的表情，这个威严无比的中年男人顿时老泪纵横。

几个北大保安跑了过来，还有人抬着担架。七战哥的身体状况很不好，几乎要昏厥过去。吴梦学认出其中一个保安小哥，他曾在北大西门查过自己的证件，后来在几个讲座上也见过他。其实,有不少保安也是旁听族,甚至有人真的考上了北大,拿到了学位。

吴梦学突然打了个冷战,才发现自己上衣还没穿上。元蒙哥把衣服递给他,打趣着说:“看你一身肌肉,真结实啊……怪不得墨心以前对你迷成那样……”

“兄弟说笑了,我拿肌肉换你的头脑,你愿意不?”

“你也很聪明呀,就是考试运气差了点而已。我有你这么强壮就好了……”元蒙哥笑着说,“我这小身板真对不起我这名字……”

五

北京的寒冬终于到了。吴梦学完成了二〇一五年考研的网上报名,开始最后的冲刺复习。在理教的自习室里,他得到了七战哥的消息。在家人的帮助下,七战哥终于回老家了,或许他终于想开了,也可能彻底放弃了,但想到未能实现的梦想,吴梦学还是很心疼他。但在此时,吴梦学也不知道自己在一个多月后会是何种心情。

每天晚上十点半,他从学校回水磨社区的路上,都会想起好多往事……

二〇一三年夏天,在第二次考研失败后,他无路可走,也不想在北京找工作,曾回老家待了大半年。在恩和的日子是惬意的，是懒散的，但也是让他不安的。故乡几十年的贫穷曾让他发誓，一定要考学考出去，在大城市闯荡出个样子来。在恩和开启旅游经济之前，绝大多数村民只能依靠微薄的农业、畜牧业和林业收入，其中艰苦的农事摧垮了太多年轻人曾经的幻梦，而积贫的日子也逼着多数像吴梦学这样的孩子，从牙牙学语的时候就饱受了现实困厄之苦。

吴梦学从不会感谢苦难，因为他知道经济羸弱的故乡需要现代文明的冲击，才有可能绝处逢生，但他也绝不忍心看到恩和沾染上纸醉金迷的风气，在他心底，恩和是自己永远无法走出来的故土，也是心灵的桃花源。当他被北漂现实苦闷困住的时候，他总是会想起那辽阔苍茫的呼伦贝尔大草原，在苍穹下纵情狂奔的三河马，在无数木刻楞小屋周围盘旋流淌的哈乌尔河……

他喜欢一边驱赶着羊群，一边望着远方的地平线。夏秋之交的故乡水草丰美，高低起伏的地势把草场变成了上下舞动的海浪。翻过一座草甸的脊背，便能看到更开阔的绿色原野，它们从不吝啬敞开温柔的怀抱，来亲吻每一个草原的游子。吴梦学最喜欢在恩和村外的草场上追逐太阳的足迹，每逢落日熔金，草原的天际线和金色的海浪拥吻在一起，寂寞的牧羊人不会错过天地沉入黑暗前最后的观景契机。在他遥远的记忆里，没有任何一处的风景令他厌倦。吴梦学还忘不了，从拉布大林汽车站到恩和村的简易公路上，总要穿过一片无名的白桦林，当夜雨来袭后，整个林子都浸泡在嫩芽和春意的湿润里，哪怕隔着车窗玻璃，吴梦学也会从潮湿的方向嗅到故乡的召唤。

可是，这一切都无法抹去他心底的苦痛。在故乡，几乎没有人能理解吴梦学的北大梦，除了那些在食饱后低吟的三河牛，还有在微风中沉默不语的樟子松，只有它们才愿意倾心聆听他压在心里多年的话。为了让家里人放心，吴梦学还考过当地的公务员，后来被分到一个比恩和还要偏远的村子里当村官。他只好忙里偷闲，趁人没注意的时候复习考研，但总会被人发现，被人嫌弃的日子让他无法忘却。

“你看这些书有什么用啊？”“有这时间还不如去赚钱！”“学术学术，你去跟学术结婚吧！”这样的话，他不知道听了多少遍。他不喜欢跟人争辩，既然对方不理解自己，除了把委屈埋在心底、用笑脸面对他们，他又能做什么呢？他曾经无数次躺在柔软的草场上，看着天上的棉花团似的云朵慢悠悠地飘来飘去，他总想到自己仰望的这顶苍穹，和千万年来无数逝去的古人看到的景象，是一模一样的。可是，千万年以来，有多少人跟自己一样，并没有荡气回肠的英雄事迹，只是在现实里一点点被榨干了青春，一点点消逝在时光的长河里。

吴梦学的思绪总是能在时光之海里随意翻腾。他想起故乡的时候，也会想起苏墨心，这些让他痴狂的人与事，总是牵扯着他有限的精力。闭上眼睛，仿佛整个地球都在黯淡无光的空间里飞速旋转，而当他睁开双眼，却发现整理笔记的签字笔愈发沉重了。在心情沉重的时候，他总能从鲁迅先生的《野草》里获得心灵的慰藉，在草原的暮色里，在未名湖的晨曦里，稀薄的光亮总能让纸上的文字变得灵动而生猛，用反抗绝望来消解绝望，成了吴梦学面对失败还能重新站起来的动力。

元蒙哥照例来找好兄弟吃饭。他总爱幽幽地看着吴梦学，然后低声告诉他关于中文系的信息。在平安夜，已经冻成一块玉石的未名湖畔热闹非凡，博雅塔在夜空里闪烁着乳白色的灯光，他们在未名湖畔边走边聊，却发现朱文允一个人坐在花神庙旁的石凳上。吴梦学打了个友好的招呼，朱文允微笑致意。到了考研前的最后时刻，每个人都铆足了劲，但也不愿意说太多话，研友之间也不再多问复习情况了。他们都知道，这是自己冲刺北大最关键的机会，也是最后的机会了。

六

考研成绩公布的那一天，吴梦学彻夜未眠。虽然这次成绩还行，但因为招生名额缩减，他担心自己无法进入前五名，若真如此，自己最终将无缘北大。家人都劝他不要再考了，他也说，若这次再考不上，就彻底放弃了。可是，当分数真的出来了，他又怎么能舍得这四年青春的努力？

元蒙哥告诉他，今年创意写作专硕可能也没法接收调剂生了，去年只是非常特殊的情况，今年报考者本身竞争就很激烈，不存在专业招不满的情况。吴梦学不甘心，跑到历史系、哲学系去问调剂的可能，却发现自己真是异想天开，根本不存在跨学院调剂的机会，更何况这些专业也都是人满为患，不接纳调剂生。

燕园的春天终归要来，吴梦学却永远无法融入这个芬芳四溢的园子了，“眼底未名水，胸中黄河月”只能成为他幻梦里的一纸蓝图。他躺在静园大草坪上，望着雾气弥散的空中流动着灰色的云，心底的泥泞也翻涌起来。静园的枯草正在竭力穿过冬日的压抑，而他自己却无法从这几年的苦闷里走出。除了坚强地面对未来的生活，他别无选择。

未名湖的冰面早晚会开化，但吴梦学心底的坚冰却难以融化。他不死心，便决定去复核分数。在中文系办公室，他看到了朱文允，这个平日把笑容挂在脸上的哥们儿，此刻一脸凝重：“兄弟，你考得咋样？我这分数过复试线了，但估计录取很悬。”吴梦学不愿意说太多：“又是差一点，估计要变成下一个七战哥了。”朱文允一脸遗憾：“你还考吗？我在考虑要不要再来一年。”吴梦学摇了摇头：“不考了吧，考了四年都没考上，这是命，我认命了。”朱文允低声问：“那你下一步什么打算？”

这个问题可把吴梦学问倒了。北大梦和学术梦没实现，自己还能去做什么呢？自己已经长期脱离社会，即使去工作，恐怕也很难适应现实了。朱文允倒是看得很开，他说自己之前已经提前准备了申请香港的一年制硕士，估计能顺利被录取。

“其实北大也不是唯一的选择呀。我虽然想再来一年，但总觉得风险太大。有这精力和时间，外国名校都申请成功好几个了。一锤子的买卖，谁能保证一定成功啊？”朱文允苦笑着说。

吴梦学知道他家境不错，也有学术深造的愿望，只是选择出国，自己并无经济实力。朱文允看到吴梦学沉默不语，心生愧疚：“其实每个人情况不同，老吴你也别气馁，我们都很看好你……”

从人文学苑出来，吴梦学觉得眼前的一切都变得模糊不清了。他缓缓地走到老中文系门口，发现曾经的五院校门前已经堆满了五颜六色的自行车，很多新来的学生，已经不习惯在此寻找中文系的旧日记忆了。他心里默默地念叨着：“中文系的院子已经新旧更替，我这样的老人也要离开了，可是，我是未曾拥有之后的离开，这算什么呢？”

元蒙哥骑着一辆崭新的自行车，在吴梦学跟前停下：“兄弟，我怕你胡思乱想，专门来陪陪你。”

吴梦学一脸茫然：“北大梦没了，爱情梦没了，什么都没了……”

元蒙哥耸了耸肩，脸色突变：“其实我一直憋着没跟你说，北大也不是你想象的那么完美，这里并不是乌托邦，其实哪里都不是乌托邦，伊甸园只是文学家笔下的幻想而已……对很多人来说，北大就是帮助自己找到更好工作的敲门砖，你当然也可以把它看成是个顶级的名利场……”

吴梦学听到这些话，心里已经垂落的血泪更放肆地跳跃起来，他不能接受理想主义殿堂的坍圮，不能接受自己多年来奋斗的意义被无情抹杀。他挤出一个苦笑：“兄弟，你说的这些，我都懂，我知道早晚要面对。我不后悔这些年的努力，其实这个世界本来就是不单纯的，充满了残酷与斗争，但面对自己的苦闷和他人的苦难，如果逃避了，我会觉得耻辱。”

元蒙哥长叹一口气：“其实我就是很担心你。我见过一些考北大考到疯癫的人，实在觉得没必要，好好生活，不是更美好吗？”

吴梦学表示了谢意。马上就是春节了，家人也催促他回家，他告诉元蒙哥，自己这次回呼伦贝尔后，可能不会再回北京了。他心里很清楚，自己不能再任性下去了，哪怕是千万个委屈，也只能烂在心底。

七

元蒙哥最近倒是颇为顺利，终于在春节前换了一份令人艳羡的新工作，他可以安心过个好年了。吴梦学最后一次绕着未名湖走了一圈，跟四年前他和苏墨心牵手走过的路一样。

元蒙哥送他去火车站，看着自己的老乡就这样告别燕园，他心里也很不是滋味。

吴梦学拖着两个大包，在进北大东门地铁站的时候，他最后一次望了望挺立在雾霾里的博雅塔。燕园始终沉默不语，并没有挽留他这个在此漂泊了四年的边缘人。

人流密集的北京站，见证了无数北漂青年的爱与痛，梦想与现实的矛盾，从未像此刻如此剧烈地击打着他。吴梦学在人满为患的候车大厅里低头深思着，元蒙哥也不好意思跟他喋喋不休地漫谈。两个平日无话不说的朋友，此刻却不知如何道别。

这列从北京到满洲里的长途火车，要经过两天一夜的时间，才能把乘客带回呼伦贝尔大草原。吴梦学需要从海拉尔站下车，在车站附近住一夜后，次日再坐长途汽车到拉布大林，之后还要坐两个小时的班车，才能回到恩和村。吴梦学去买泡面，却被密集的人群撞了一下，一个身材极其瘦小、肤色黝黑的男人跟他撞了个满怀。他没心情跟人纠缠，自己向对方道歉了事。元蒙哥看到后，便安慰他不必计较这些小事。

“我这才发现，今天是情人节呢！”元蒙哥故意岔开话题。

“是啊，又是一年情人节。情人节跟春节一起过，有意思。”

“我只能过春节了。”

“谁不是呢？我连春节可能都过不好了。”

“放宽心，兄弟。你回家后，如果想再回来，我随时去车站接你……对咯，我差点忘记一件特别重要的事……”

元蒙哥从书包里拿出一个精美的本子，递给吴梦学：“苏墨心知道你要走，她觉得不方便来见你，就让我把这个转交给你……”

挥手告别后，吴梦学登上火车，直到在卧铺上躺下后，他才翻开前女友给他的临别赠言，上面写了很多鼓励和温暖的话。这是在过去四年里，苏墨心为记录下他们的爱情足迹，专门写下的随感文字。他看到其中一页上，苏墨心用淡蓝色的水笔画了一幅“一塔湖图”，右下角标记的时间是“2013年冬”，旁边还写有娟秀的小字：

“未名湖冰化的时候，你就要来了吧……”

吴梦学躲在被子里伤心地哭了起来，好像一个没长大的孩子。北京冬日午后的阳光让人温暖，也让人困倦，枕着火车晃动的声音，他深深地沉入梦境。他梦见自己变成一匹健硕的骏马，在呼伦贝尔大草原上纵情驰骋，又在转瞬间飞驰至未名湖畔。面对一汪清澈的湖水，他既不焦躁，也不欢腾，他忘记了一切痛的回忆，也听不到一切爱的回声。博雅塔下依然人来人往，却看不到那浓密的鬃毛在金色阳光下随风飘摇。

第三章

一个地下室病患的独白

一

在火车站,面对着女厕所入口处的镜子,他发现自己愈发面目可憎了。

对他而言,北京的夏夜是妩媚的,是奇诡的诱惑,当他脑子里涌现出无数赤裸女体的时候,心底却冷得透彻。而在这个本来就肃杀的冬夜,原本温柔的夜幕褪去了星光浇筑成的外壳,露出了骇人的面孔。一阵阵寒风迎面撞来,他听到肋骨里发出咯吱咯吱的刺耳声,肉身被一种难言的神秘力量狠狠裹住,似乎有一柄利刃从胸膛刺入,金属和骨骼紧紧缠叠在一起。

但这刺骨的寒气却是不见血的。他紧了紧这件不怎么合身,还有几处破洞的黑皮夹克,缩着脖子径直穿过马路,朝自己的家走去。就在横穿人行道的时候,两个正在笑盈盈地聊天的女中学生迎面走来,尽管只是擦肩而过,甚至人家的目光根本没有扫过来,他还是心头骤然一紧,心里默默发着牢骚:"大概又是在笑话我穿破烂货吧……"

他自己都瞧不起自己。尤其在回家的路上,他总觉得别人对自己另眼相看，尤其是看见年轻貌美的姑娘，他更是恐惧得要崩溃了。回到家后，就更加孤寂难耐，何况这个家也算不上什么家，只是一个廉价出租屋。

这个出租屋在北京地图上都找不到。他常嘲笑自己是个“地下室青年”，是隐匿在大都市里的“穴居人”。虽说一般的地图上不会标注他所在的位置，但如果打开电子地图，顺着地铁5号线的北端一直往北找，会在一个不起眼的城中村里找到这个廉租房的“定位”。这里距离天通苑还有好几公里，地铁是肯定到不了的。他每次进城，都要挤上长途公交，在坑坑洼洼的道路上熬半个多小时，才能到天通苑北站换乘地铁。

他的“精神胜利法”向来是好用的，尤其是面对自己无力解决的事情，他总是能找到各种稀奇古怪的理由安慰自己。“门口有地铁有什么好的？虽然方便，但也抬高周边房租了！”他每每坐公交被挤到快要窒息的时候，心里都会这样暗示自己。

他说的或许也没错。这个连他自己都不愿提及的廉租房，一个月租金才五百元。这在北京租房市场里绝对是个极低的价格。当然，居住条件也是极端恶劣的：一个不到十平方米的地下室，只有一个孤零零的电灯泡，还有一张总是散不尽霉味的单人床。除此之外，别无他物。

然而，他的内心可不像这间地下室般空空荡荡，日常生活里的每一个细节都会撩起他敏感的神经。尤其是今天看了陀思妥耶夫斯基的小说《地下室手记》，他总觉得自己就是那个最可怜、最易被嘲讽的人，连他自己都不放过自己。

“我真是一个让人厌恶的人，我自己都恶心自己。”这是他常在内心嘀咕的话，而转念一想，他往往又会笑起来，“对，反正我就是这样了，你们能把我怎么着，”但又一想，他脸上便猛地发烫，却还是嘴硬的，“劳资就是这样，我还瞧不起你们这些货呢！”

大概，他不喜欢把“劳资”说成“老子”，尽管这是他心里想用的词儿，但他总归是以读书人自居的。从一个七线小城市的无名高校毕业，却始终自认为是个知识分子。但北漂以后，现实是何等的残酷，他心里倒是门儿清的。只是有时候还得拿出个文化人的样子来，“我这可不是阿Q的精神胜利法！”他总是能给自己找到掩盖真相的理由，尽管在现实中，他自己都不敢面对别人看待自己的眼光。尤其是“屌丝”这个词流行后，他对此更加敏感。

“我不喜欢屌丝这个词！干吗要开口说生殖器，脏！”他“在被窝里犯的罪恶”一天天加深，嘴上却不依不饶，“要文雅点嘛！大文豪都这么说！”他心里知道，这是跟郁达夫学的，《沉沦》里的这个情节，曾是他青春期时罕有的几个性启蒙的来源，即便现在都二十七岁了，他还跟中学生一样“未经人事”，甚至连女人的手都没摸过。每每想到这里，他也硬气不起来了，而是愤懑不已，胸口如巨石重压般苦闷。

在女厕所门口窥视，竟然成了他缓解苦闷的独创妙招。说是窥视，其实什么都看不到，如果门口有洗手池和玻璃镜，他大概还能瞄到女厕地面零星的反光，而他只敢眯起眼睛，向周围张望一会儿，其实他想看到的东西，什么也看不到。

但他的负罪感依然强烈，“我干坏事了……”他开始自责，“不对，这也没什么，没事，再看看吧……”他总是善于说服自己，“哎，我这样丑陋的人，别人会怀疑我的！还是回家自己解决吧……”他在厕所门口驻足的几秒钟，心思已经转了一圈。不消说，他是没胆量真做什么坏事的，像是巨锤狠狠砸中了心门，他恶狠狠地骂了自己一句，便转过身去，低头走开。

他真是自己都瞧不起丑陋的自己，可他又是个心里啥都懂的人。他明白这样的道理：一个人自卑到极致，就像埋在泥土里的种子，要么朽烂到地下，永远见不到阳光，要么在孤独里倔强成长，哪怕有巨石压着，也要从缝隙里挤出新芽。不能做的事情，不能有的念想，时刻压抑着他内心的躁动，每每如此，他都陷入一种莫名的恐惧中。

“穷不可怕，怕的是你没有志气！”从小到大，他不知道听多少人说过这样的话。可他也明白，自己就是那种“人穷志短”的人。“啥也别说了，我就是有罪的人……”尤其是到了深夜，在阴暗的小屋里，躺在脏乱的床上，他总是无法压抑内心的愤懑，无法从坚硬而苦涩的现实里挣脱出来：

我太难了。我是个家庭的不肖子孙，是只所有人都不屑一顾的小苍蝇，是个自己也无法接纳自己的坏家伙。我每天都在做跟内心相反的事，我到底算是个什么东西？

我的悲剧从二十七年前就是注定的。我不愿意提及我的家庭，可我又怎能避免那些阴影对我的干扰？天知道生活在一个充满家暴和压抑的贫苦家庭里，是多么可怕的事情！我小时候最大的愿望，就是离开那个罪恶的小山村，离开那个让我痛不欲生的家庭！家人有好几个哥哥还有好几个弟弟妹妹养着，我也帮不上什么忙，可别再帮倒忙，惹出其他事来！

所以我懂得考上大学才能改变命运的道理。因为中学都是在镇上读的，落后的师资和生源带来了极低的升学率。即使大学一直在扩招，能考上大学也只是我们学校“尖子班”的福利。我初中多读了一年，就是为了能进那个“尖子班”。谁能想到，进了“尖子班”的第一年，为数不多的几个好老师都被市里的好学校“要走了”，班里几个有望冲击名校的学生，也被市里的好高中“掐尖”。我就跟着几个刚从师专毕业没几年的年轻老师，和一堆有梦想但没出路的孩子，拼命苦学了三年，最后还是没考上大学。但我知道，就是死也不能死在那个小山村了，我发誓一定要考出来。我找了个复读学校，复读了两年，经过三次高考，终于考到了那个给我带来更大痛苦的学校里。

二十二岁那年，本来以为考上大学是新生活的开始，没想到是更漫长的噩梦的起点。我不愿意提及那些往事，不是我心里没有爱，没有回忆，而是往事太痛，让我无法回首。大学一开始，我就被几个霸道的本地学生欺负了，说是我这样外地乡下来的，就活该得听他们的。我这瘦小的身板，哪里抗得过这样的打压？我只能怪自己学习太差，上了个垃圾大学——不，这样七流小城的八流学校，根本没资格称为大学！噢，我也是没资格没本事进个好大学的，就是进去了又如何？该受的罪，还有我的罪孽，一个都逃不掉！

好好读书是大学唯一的希望了。打游戏、打牌和泡妞，是他们大学的三大任务，那我呢？我又能好到哪去？安心读书是没错的，可我的青春在哪里呢？我也想在最美好的年华里有个理解自己的女人，可这比考上个好大学还要难，不，是绝对无法实现的目标，没有什么事比找个女人更难的了。

这就要回到我的外形上来了。我自己都难以置信，世界上为何会有如此丑陋的人，中学语文课上学到一个词“面目可憎”，当时我就觉得这个词就是形容自己的。刚上大学的时候，我还很年轻，但浑身都没力气，身体就像被灌了铅一样，每次体育课上，自己都是最孱弱的一个男生。在本来最美好的年华里，我成了个丑陋的小老头，比竹竿还瘦的身板一吹就倒，矮小的躯体比班上最矮的女生还要低半头。可是，我也渴望青春啊，我也有梦想啊，为啥命运总是不眷顾我呢？

我的罪孽只能越来越深。大学学的是金融，可老师们不好好上课，学生们不好好听讲，所有人都在忙着赚钱、搞兼职，我又能怎么办呢？我在那间被称为“图书馆”的小屋里闷头读书，可没有哪个金融学著作能抚平我心里的痛。我需要的可能是文学艺术。可是，当我开始寻找一些小说的时候，身边总有人不怀好意地说：“哟，大学者又去研究学问呢！”“哎哟，赚不到钱，看小说就能致富吗？”每当我反驳几句，却总会引来更大的嘲讽，我还敢跟身边人说话吗？

自己默默地读书倒也罢了，但寂寞的火焰时时刻刻都在灼烧着我的心，我太痛了，可这种痛是没法言说的，哪怕是当个大熊猫，被人保护起来，能安排配偶，也比受这罪强啊！我到底做错了什么，竟没有一个女人愿意多看我几眼，我除了继续压抑自己，还能做什么呢？

大学毕业的时候，每个人都找到了自己的归宿。家里有背景的学生，早就被安排好了去处，没背景的学生，也大多各得其所。尤其是一些女生，从上了大学就开始拼命打扮自己，拼了命地要钓个金龟婿，最后也有人真的傍了个富二代。至于人家最后能不能结婚，倒是说不准的，学校里有好几个浮夸的公子哥，换女友比换游戏装备还快。有个长得跟我差不多猥琐的室友，就因为他老爸手里有几个公司，大学四年竟然换了十个女友！而且每个女生，都是那种对我不会多看一眼的家伙。他每次换了新女友都要问我：“你看这个比上个是不是漂亮点？身材是不是更好？”我是不喜欢说脏话的，可每每至此，我都气得想把他桌子上的安全套砸他脸上，但我只能忍住——我时刻忘不了，我是个弱小的人，我只能忍，哪怕无法忍受的事，自己也能想办法忍下来。

我忘不了小学时候，班主任最爱讲的那句话："张华考上了北京大学，李萍进了中等技术学校，我在百货公司当售货员：我们都有光明的前途。"后来我才知道，这是《新华字典》里的一个例句。我在大学里只追过一个女生，是个扎着马尾辫、皮肤白皙、貌似很清纯的姑娘。有次在QQ空间上，她转发了一篇帖子《男人可以不帅，可以没钱，但一定要有上进心》，我看后心中大喜，觉得她是那种不肤浅的姑娘，但还是不放心，又观察了她几天。后来，她在QQ上发了个动态："有上进心和责任感的男生最有魅力！"我更是喜出望外，便在下面留言："我不需要考上北京大学，我也不去中等技术学校，我也不当百货公司售货员，因为我知道有上进心最重要，去哪里都一样的！"没想到，她看后竟然把我拉黑了……后来我才知道，我这个怪异的家伙，早就是她们女生在宿舍里公开嘲笑的对象，甚至还有人放出话来："想泡美女，也不看看自己是不是高富帅。那个家伙真是自不量力……"从此之后，我再也不相信那些表面清纯和满嘴仁义道德的家伙！

我是读过一些书的。我看历史书上形容那些伪君子，都常说"表面上道貌岸然，心里却都是男盗女娼"，如果说我在大学时候感触不深，进入社会后就彻底明白了。我费了很大的力气，才来北京，进了一家房地产公司做中介，虽然很累，但有可能收入很高。所谓“有可能”，是说如果自己拉不到客户，那就意味着几乎没有收入。业绩冠军的惊人战绩，我恐怕是达不到的，我属于那种拿着最低工资来付房租的人。我总好奇：就我这样的颜值，招聘面试的时候，人家是怎么看上我的呢？

在办公室里，我常觉得有无数双豺狼的眼睛盯着我。每一个人都有自己的生活，但我没有，我这只能算生存，每天都在逃避，都在试图从昔日的阴影里逃逸出来。可是，命运为我布下了天罗地网，血色的刀山和寂寞的火海时刻等待着飞速坠落的我。每夜勉强入睡前，我都希望这是最后一个难熬的夜晚，希望我能醉死在一场曼妙的春梦里。每天早晨醒来，我悔恨自己为啥没做个噩梦，哪怕在噩梦里惊悸而死，也胜过继续遭受现实的折磨……

二

周六到了，他从小黑屋里醒来的时候，冬日温暖的阳光已经覆盖了整座城市。但他是看不到的，他就像一只在夜幕里随处晃悠的蝙蝠，即使被人看见了，也要用沾满泥土的小翅膀遮住自己丑陋的面庞。他被一阵激烈的欲念憋醒，在被窝里辗转反侧许久，终于起身穿衣，推开地下室的破门，径直向走廊尽头处的公用卫生间走去。

这条走廊两侧有二十个房间，每个小屋里都住着和他一样生存困窘的人，有的是农民工，有的是没背景、没高学历的穷学生，几乎都是单身男，也有个别房间里住着一起北漂的小情侣。令他非常不悦的是，其中有一对年轻男女就住在他的隔壁。地下室的隔音效果极差，黑乎乎的墙壁如同一片薄薄的饼干，一拳打过去，就能留下一个浅浅的凹形。每当深夜隔壁传来男欢女爱的声音时，他都只能戴上耳机，手机里放着旋律激荡的音乐，但就是这样，也不能平抑他内心的怨气。如今，地下室的墙体上有好几个弹坑式的凹槽，都是他忍无可忍时留下的“大作”。

他正憋着一肚子火，却看见隔壁的小情侣竟在卫生间门口一起排队。“里面是有鲍鱼海参，还是席梦思床啊？怎么前面的人进去这么久还不出来？”他嘴上嘟囔着。小情侣回头看到自己邻居也来了，打趣地说：“呦，您也来伦敦呢！”他压住心里的火，低声道：“你管呢？”

他觉得自己已经够客气的了。他心里还想说后半句话：“还伦敦呢，我看你们就是巴黎——我巴不得你们赶紧离呢！”他心底愤懑也是有原因的，今天是二月十四日，每年到了此时，他都巴不得“情人节里的情侣都是失散的兄妹”。除了自娱自乐式的调侃，除了自己解决需求，他还能做什么呢？

他的确什么都做不了。他总觉得自己是个真正的废人，是被世界抛弃的“地下室青年”，除了小黑屋里那张脏兮兮的单人床，自己的左右手，还有谁会是他的朋友呢？他总想，在自己来之前，那张床上不知道发生过多少猥琐的事情，而他自己又让这张床更加罪恶了。

是的，他总是没法合理疏导内心的欲念。熬过了青春期时漫长的压抑，他迎来了更加漫长且看不到尽头的压抑。买春，这是他无论如何也做不来的事情，他总觉得自己还是一个有底线的人，决不能把自己的快乐建立在他人的痛苦上，哪怕对方不觉得痛苦，哪怕只是一笔金钱交易，他也无法接受这种事。每个无法忍受的深夜，都会散发出勾魂摄魄的香气，引诱他突破自己的底线，但心底有个最坚定的声音告诉他：你是个处男，而且是大龄处男，第一次绝不能随便！

他知道自己的“精神胜利法”又成功了。其实，他还有个缓解压抑的妙招，但不到万不得已，不会使用。因为，同样的招数用多了，可能就不灵了。在网络论坛上，他总能找到不少引发自己快感的争论帖，尤其是关于国内外时事的话题，他特别喜欢站在一个道德制高点上怒怼别人，似乎他是万物的主宰，掌握着道德审判的标准。他记得自己最兴奋的一次，是在网上痛斥了一群“不谙世事”的女留学生：“呸！假洋鬼子！”“不服来辩！”每每至此，他都觉得浑身舒坦，如同经历了一场性高潮。哦不，在他看来，肤浅的男女交媾根本不值一提，哪有在键盘上发泄快感来得痛快呢？

可是，在他发泄过后，身体总会感到不适。甚至去年冬天，因为他长期沉溺于这两个妙招，竟然视力变得模糊不清了。即使在阳光下睁大眼睛，也有昏昏沉沉的感觉，而且眼帘里黑点飘飘，如同苍蝇、蚊子、臭虫和跳蚤一起狂躁地飞舞。他找了个小诊所看病，没想到一个医生跟他说：“这么年轻就得了飞蚊症，哎，现在的年轻人啊，夫妻生活一定要节制啊！”他这才明白是怎么回事，但他嘿嘿一笑：“您说的是。无奈女友太漂亮，把持不住啊……”

经过诊治，飞蚊症得到了控制，他却觉得这跟自己的“土法治疗”有关。每逢发泄后身体乏力，他都要去隔壁小卖部买两个煮熟的鸡蛋吃，尤其是在寒冷的冬日，这总能让他迅速恢复体力。

今天，他又觉得自己身体被掏空了，而且许久不见的苍蝇、蚊子、臭虫和跳蚤们又出现了，仿佛连它们都在嘲笑自己的无能。他知道自己体内蛋白质流失太严重了，便下了个狠心，决定中午坐车去几公里外的一家高端自助餐馆来场饕餮盛宴。说是“高端自助餐”，其实是个价格五十多块的廉价自助火锅，但最近餐馆老板发了福利，为顾客提供不限量的活螃蟹，还制作了广告单，在邻近几个村镇散发。

他进了餐馆，找个位置坐下后，便招呼服务员给他上个三鞭酒。服务员爱搭不理地说：“我们这边都是顾客自助取餐。”

他嘟囔着:“你们这是什么服务啊!”但转念一想,这价位也不能有多好的服务质量,便自顾自地取了三鞭酒,以及一大堆不知道是羊肉还是人造肉的东西。经过一番胡吃海喝,他觉得体力稍有恢复,便去海鲜区捞了十只小螃蟹。

因为火锅很小,一次只能放两三只螃蟹。他把螃蟹扔到收集食物残渣的盆里,盖上盖子,以防螃蟹挣扎着爬出来。他发觉自己已经成为眼前这几只活物命运的主宰者,便突然兴奋起来。他用筷子夹住一只螃蟹的螯,把它一半的身子放在火锅的沸汤里,这个小生命痛苦地挣扎着,拼命把几条蟹腿钩在火锅壁上端。他竟然又起了恻隐之心,心里嘟囔着:“既然你早晚要被我吃掉,还是让你速死吧……”

后面几只螃蟹也没逃过被煮的命运。他大口嚼着煮熟的蟹壳,吮吸里面的蟹黄,哪怕手被烫到,他还是忍不住狂吃螃蟹的渴望。有几只螃蟹被捞出来的时候,蟹腿都煮掉了,他咬断仅剩的两只螯,便一脸享受地大快朵颐起来。吃掉第四只螃蟹的时候,饱腹感一直提醒他可以到此为止了。但他还是用指甲把剩下的几只煮熟的螃蟹的壳撬开,小口咂蟹体内留存的淡黄色的汁。

吃完第八只螃蟹的时候,他已是满头大汗,而且眼泪都快流出来了,体内的热浪直冲天灵盖,顶得他头疼不已。在他身边,螃蟹的残骸已经堆成了小山,几只苍蝇嗡嗡地环绕其间。他也发觉这里就餐环境太差,不宜久留,便一边嚼着最后一只螃蟹，一边起身准备离开。吃到这里，纯属为满足欲念而吃了，他只是稍微咀嚼下味道，便把碎成渣的蟹肉吐在桌子上。

回出租屋的路上，他遇见几个年轻的姑娘朝他笑了笑，他竟然生出一点自信："我不怕你们啦！"经过跟螃蟹的"大作战"，他竟然找回了些许男人的尊严感。可是，当他看到情侣牵手从身边走过的时候，还是会在心底泛起一股怨气："真晦气！今天这个节，太难过了！我太难了！"

不过，他还是获得了新的"精神胜利法"，那就是在吃螃蟹里找到自信和主宰感。此刻，他觉得体内的废料需要赶紧解决，便跑到那个让他厌恶至极的公共卫生间，却发现自己肚子被撑得滚圆，无论如何也解不出来了。他一脸怨气地回到小黑屋，在床上躺着，挺着大肚子，嘴里还止不住地嘟囔："好吃！螃蟹真好吃！"

他休息了片刻，终于在卫生间里顺利释放了。但他最不想看到的强大欲念又从心底冲了上来。"难道是吃的东西太好，营养过剩了？"他心里嘀咕着，憋住一口气，拼命压抑着正在加速肿胀的身体……

情人节之夜很快就到了，但他只哀求自己能做一个极度逼真的美梦，能让他好好体验一下自己从未有过的男人雄风。他躺在小黑屋的床上，伴随着隔壁传来的交欢之声，他完成了一次快感空前的发泄。天花板似乎是个满天繁星的穹隆，这是仙女座，那边的是织女星……宇宙灿烂浩瀚的星空在他眼中逐渐展开，他不知道自己只是飞蚊症又犯了。他逐渐沉入了黑暗的梦境，嘴上还嘟囔着："我真是一个让人厌恶的人，我自己都恶心自己。我太难了……"

三

他的眼前是一片茫茫的黑暗。他的脚下湿漉漉的，半人高的杂草在微风里轻轻摇摆，寂灭无声的世界里没有一点光亮。他有些害怕，不敢再往前走了，但不继续前进，他又能去哪里呢？他只好缓缓地挪动脚步，却突然被石头一样的东西绊了一跤。

"哎呀，是骷髅！"他被眼前的一堆碎骨吓得跌倒在地，耳边突然传来几声凄厉的嘶叫声。他还没来得及起身，便见杂草丛间赫然出现一只半人高的大螃蟹，它挥舞着铁锤般的巨螯，两只眼睛像铜铃一样硕大，两道凶光从螃蟹铁甲般的外壳上放射出来。

他顿时被惊得魂飞魄散。他反身连跑几步，却被撞得晕头晕脑。他挣扎着爬起来，却发现面前并非铜墙铁壁，而是更可怕的怪物——一只三层楼高的巨型螃蟹晃动着身体，正俯下身来要吞食他。他被巨型螃蟹的长须钩起来，瞬间便被架到了半空中。他吼叫着，挣扎着，却毫无作用。一群小螃蟹慢慢地围上来，密密麻麻地聚集在巨型螃蟹身边。它们嘶吼着，挥舞着的巨螯变成了一片锐利的刀山，直挺挺地插向无尽的黑幕。他突然惨叫了一声，便陷入了眩晕里……

“啊！”他在床上突然一阵抽搐，终于摆脱了噩梦的控制。他打开地下室里那个忽明忽暗的灯，抽了自己一巴掌，“哎，原来是场梦啊，吓死老子了……”

晚上吃自助餐的饱腹感还没有消失。更要命的是，他觉得自己简直天赋异禀，刚刚发泄完的欲望竟重新归来了。这让他倍感兴奋，但他转念一想，又陷入了极端的自卑里：“面对欲望，我就像那个推着石头上山的西西弗斯一样，每次以为到了无欲无求的顶点，却能看见下一次压抑和发泄的到来……”他心底另一个声音吼道：“你还要不要脸了？别侮辱西西弗斯了，你配吗？呸！你这个猥琐的家伙！”

“是，我就是这样，怎么着吧？我起码有底线，不伤害别人，总比那些伪君子强！”

“你还在狡辩！看看你在北京的日子吧，憋在小黑屋里，算什么样子？你像个男人样吗？你也就有本事欺负欺负那些无辜的螃蟹……”

说到螃蟹，他更是气不打一处来，但想到刚才的噩梦，依然心有余悸。他上网搜索“梦见螃蟹说明什么”，发现网友说啥的都有，有人说这意味着生活要遇到大的阻拦，还有人说要遇到机遇，如果不抓住这个千载难逢的机遇，一辈子都难有出息了……

他只好选择了积极的心理暗示，毕竟，他的“精神胜利法”总是会给他无尽的慰藉，在搞精神自我麻痹上，他绝对是一流的高手。

“丁零零——”一阵急促的电话铃声击碎了他正在编织的幻觉。“喂，谁啊？”他看到手机屏幕上跳出来的陌生号码，总是很兴奋，他其实很渴望跟人交流，只可惜身边多数人不愿意多看他几眼。

“兄弟，我来北京了，出来聚聚吧！”一个很有磁性的男声跳入他的耳朵。

“哎呀，是道原哥，你怎么来啦？”

“我跟我女友分手了，她在老家嫁人了。我想多赚钱，就来北京闯闯。”

“太好了！我在北京连个说话的伴儿都没有，你来了真是太好了！”

“哈哈，所以我刚下火车就来找兄弟啊……我正在找房子，对北京很不熟，你能带我逛逛吗？”

“没问题啊！正好今天周末，哪里热闹咱们去哪里。”

“我听说北京三里屯很时尚，美女很多，要不咱们去那里逛逛？”

“我自己都不敢去，美女太多，我怕流鼻血太多啊，哈哈……”

“那正好去看看呀，我也恢复光棍状态了……”

接下来的话，恐怕就是两个单身男人之间的“密语”了。不过，他实在不想谈这些，只想着尽快见到好兄弟。张道原是他大学时候唯一的哥们儿，虽然都来自贫穷的家庭，但张道原学习很用功，年年都能拿到专门发给优秀贫困生的励志奖学金。而且，张道原对人一视同仁，从不谄媚于那些有背景的人，也不会瞧不起势单力薄的人，这点让他格外钦佩。

坐了将近两个小时的地铁和公交车，他终于在三里屯的优衣库门口见到了张道原。张道原其实和他同龄，但因为长得人高马大，心理又成熟，在他面前很有大哥的派头。张道原一把抱住他，笑着说：“兄弟，咱们两年没见了吧，我现在追随你，也开始北漂生活啦！”

两人开始叙起旧来。尽管他囊中羞涩，但还是在麦当劳请张道原吃了一顿鸡腿堡套餐。张道原很关切兄弟的情感大事：“兄弟，你在北京没找个妹子吗？”

“就我这条件，一辈子老光棍的命。”

“你别这么说。以前在大学的时候，我就劝你想开点，凡事都是事在人为，你主动出击，哪怕失败了，也比啥也不做强。”

“不不，我看你这是饱汉子不知饿汉子饥……”

“不是的，我现在也单身呀。我得帮你破解心结……”

“太难了……我觉得自己无药可救了，不怕你笑话，我也就能跟你诉诉苦，在别人面前还得假装很强大……”

“兄弟，你别这么说。要不这样吧，我看你在女生尤其是漂亮女生面前总有畏惧心理，正好今天在三里屯，我教你怎么跟人家搭讪吧。”

“这样能行吗？”

“听哥一回，错不了。我还是有点经验的……”

他俩来到优衣库门口，冬日午后温暖的阳光正懒洋洋地洒在街道上。一个身穿黑色过膝大衣和淡蓝色紧身牛仔裤的女孩映入眼帘，张道原便小声说道：“兄弟，你喜欢前面这个妹子吗？”

“不喜欢……哦不，喜欢……可是人家怎么可能看上我呢？”

“别怕，你上去跟她做个自我介绍，看看能不能加个微信。一定别紧张，顺其自然……”

“不不，我害怕……”他话音未落，就被张道原从背后推了一把，他踉跄了几步，正好立在女孩面前。

“啊？！你是？”女孩显然是被突然出现的陌生男人吓到了。

“我……我是……”他憋得满脸通红，一时间不知如何作答。他支支吾吾了半天，终于说道：“对不起，打扰了，您好……我叫……我叫……我叫什么来着……”

“咱们认识吗？”女孩貌似脾气不错。

“抱歉，我不知道说什么……我就是想问你，哦不，问您……您的电话号码，哦不，是微信号……”他不仅羞得满脸通红，连说话音调都变了。

“抱歉，我有男友了。”女孩低声说罢，踱着猫步迅速离开了。

张道原走上前来，拍拍他的肩膀：“兄弟，第一次搭讪失败很正常，不要灰心！我看那个妹子挺有亲和力的，应该是修养很好的人。”

“她瞧不起我……”

“人家不是瞧不起你，不是说了吗，人家有男友。”

“那是借口吧！”

“可能是，也可能不是。但不管怎么说，她没有给你甩脸色，让你难堪，这算很不错的妹子了。再试试别人吧……”

背过身去，他看见一个身材瘦高的妙龄女子迎面走来。她瘦瘦的小腿裹着黑色的长筒靴，黑色的短裙上面是件粉红色的外套。

“哎呀，她怎么不穿裤子啊？大冬天还穿裙子？”

“说你什么好呢？人家穿的是肉色丝袜……”

“我喜欢黑长直，可她是短发……”

“你这审美太直男癌了！你这些话，真是丢我们男人的脸啊……”

他低下头，不再吭声，无奈地看了看张道原。

接下来的搭讪依然很不顺利。他不是见了姑娘就说不出话来，就是姑娘见了他就绕着走。张道原边叹气边说：“兄弟，我觉得你是得好好调整下心态了。”

“我知道自己心态不好……”

“不只是不好，是有点扭曲了。别怪哥说话难听，我这都是为你好。”

“道原哥，你可别这么说，我有时候觉得你对女人太好，反而害了你。你和我嫂子的事，我略知一二，她在你最困难的时候离开了你……”

“别提她了，就当找了个白眼狼。再说了，就算她不好，那也是哥惯坏的。”

“哎，道原哥，你对女人一视同仁地关心和爱护，我很佩服，我不反对，但我总担心你这样单纯，早晚会毁在女人手里，你其实也猜不透女人的心思……”

“就算猜不透，也该尊重。”张道原一字一顿地说。

“我知道你比我强得多，我见了漂亮妹子连自己叫什么都说不出来了……但我不想再主动付出什么，这样起码能保护自己不受伤害。”

“这样说太狭隘了。付出真心，才有可能得到真爱，当然也有自己看走眼的时候，但这不等于其他人不值得你去关爱。”

他一下子不知道怎么接话了，只好沉默不语。张道原压低声音继续说：“其实当你内心充满自信的时候，就不会畏惧这些事了。我们这些从泥土坑里野蛮生长的孩子，容易在遇到外界环境刺激后变得偏激，我太理解兄弟你这种感觉，因为我也有过这样的时候。但我知道，我早晚要改变，早晚要脱离那些愚昧和狭隘的观念，我才忍住一口气，告诉自己一定要混出个样子来，不只是要赚钱，在心理上更要成熟，更健康。”

“道原哥，你啥时候学的心理学啊？我知道你口才不差，你变得这么能说，我还是有点惊讶。”

“这和心理学无关，只是在生活里不断打磨自己的心智而已。”张道原笑着说，“其实，我经济条件也很差，我可能也要去租地下室住，但我不会让自己的心也封闭在地下室里。”

“你说得很对，我真的要从改变心态开始彻底改变了……只怕自己已经来不及了，过去受的压抑和创伤太多了。”

“别着急，哥会经常鼓励你的！在北京，你不是一个人在拼命……啊！你后面那是什么？”

他回头一看，发现那只三层楼的巨型螃蟹竟然出现在眼前，它挥舞着两个好几吨重的巨螯，猛然间向他们扑来……

“啊啊啊——”

他猛地从床上坐起来，发现沾满污渍的枕巾已经被汗湿透了，一只不到巴掌大的小螃蟹在大腿上爬来爬去。

他突然明白了什么。他气得一把抓起螃蟹，将它狠狠地砸到地上，心里嘀咕着：“真倒霉！吃个自助餐，把螃蟹不小心带回家了……我说怎么感觉吃的时候少了一只……”

他又想起张道原，还想起来大学时候好多往事，竟然呜呜地哭了起来。当时因为自己太羸弱，又没有朋友，他一度在日记本里写过小说，其中有亲近自己的校花美女，是自不必说的，他还塑造了一个成熟稳重且关心自己的兄长的角色，这便是张道原。此人得名于《水浒传》，而他在书里是个毫不起眼的小角色，是方腊麾下一个不知名的小将，后来竟被梁山的扈三娘、顾大嫂和孙二娘等女将所擒，草草地结束了毫无成就的一生。他觉得张道原跟自己太像了，甚至自己还不如张道原。

他从来没有梦见过张道原，直到今天。原来，张道原那么高大健硕，是那么有爱心和责任感的人。他终于明白，张道原不过是另一个并不存在的自己。可是，他总归是不服气的，仍对张道原抱有幻想。

他穿好衣服，从灰暗的地下室里走了出去。经过将近两个小时的地铁和公交车程，他终于到了三里屯的优衣库门口。在暖暖的冬日阳光下，他看到一个身穿黑色过膝大衣和淡蓝色紧身牛仔裤的女孩迎面走来……

第四章
高跟鞋上的三里屯

一

李牧吟换上了七厘米的高跟靴，仿佛全世界的男人都要跪倒在她的石榴裙下。但是，在微寒的街头，她对松软的长裙已然失去了兴趣，对于展现凹凸有致的身材，她向来不缺乏信心。藏青色的过膝大衣点缀上乳白色的围巾，再配上紧身牛仔裤和高跟靴，哪怕是在三里屯酒吧街上，她也自认为有鹤立鸡群的魅力。

不知从何时起，三里屯便成了京城时尚的聚集地带。午后惬意的阳光让人倍觉温暖，李牧吟心里很久没这么舒坦过了。从遥远的故乡来到北京，她心底总是清醒的：只要能从那个自己深爱却又厌恶的七线小县城里逃脱出来，从那个伸手不见五指的黑夜里逃出来，不论去哪里都好……

选择北京，并非因为这是首都，或许仅仅因为它是北方最大的城市。她经常想，如果自己出生在富裕的江浙地区该多好，或者在珠三角地区，做点小生意，也会幸福吧。可惜，她又是打心底不安分的，总归要走出那个泥泞的小世界。

她暂时把房子租在了东直门附近。北京两条重要的地铁线路在此交会，可她的生活却与此无关。一个月四千块的租金，几乎是她之前全部的工资，可要继续保持优雅的容颜，怎么可能去住那种昏暗无比的地下室呢？自从网上出现“白富美”这个词后，她就下定决心，要让自己无限期保持这个状态。

她的要求并不过分。大学时的闺密，已然回老家嫁人，网上认识的朋友，也大多结婚生子。她要保持容颜，哪怕三十岁的痕迹已经爬上了她原本白皙细嫩的肌肤，她也只能用更名贵的化妆品来掩饰这些。她心里也清楚得很，舒适的租房、时尚的穿着与妆容，超出了自己的收入水平，但除了超前消费，做个月光族，她又能怎么办呢？

她是没法跟本心抗衡的。更何况，空窗期长达八年的自己，一直在等待理想中的爱情。在大学时代和工作时期，对身边的男生，她是绝对看不上的。虽然近年相亲甚多，却毫无中意之人。见面后，只能越来越失望，直到她终于想明白了：还是大城市优质男多啊！

这或许是一种偏见，但对她就是个无可置疑的事实。在三里屯的街头，她偶尔能看到形貌猥琐的男人盯着自己看，她大多为此恼火，有时却也会窃喜。如果偷偷瞄自己的男人外形俊朗，她就更是喜出望外了。只是，她绝不会把内心的喜忧写在脸上，若有男人来搭讪，回报甜美可爱的笑容，便是最好的选择了。

李牧吟太清楚男人想要什么，太清楚他们的敏感点。这些都是拜那位高中时代的男神所赐，他们在高考前夕牵手，一同走过大学前两年的时光，虽是异地，她却付出了一个女孩在纯情岁月中所有的真诚与激情。然而，这一切都因对方的劈腿而终结，她生了一场大病，从此在爱情上一蹶不振，丧失信心，既不会轻易接纳男人的追求，更不会去追求哪个男人。她心底有一扇尘封了八年的窗户，会有人来打开它吗？她不抱希望，也不敢去想。

但现实的诱惑却让她迷惘。晚上结束工作回到家，或者在暧昧的午后回到家，她却无法感到彻底的放松。尤其是灯火阑珊之时，脱去一身的尘埃，洗过热水澡，裹着浴衣站在落地飘窗前，望着眼前星星点点的孤火，彻骨的寂寞感便从下面涌上来，无处排解的黏稠感很快便能包裹全身。

此刻，诱人的夜色正在展现魅惑的一面。她在被子里缩成一团，软绵绵的枕头被挤成了香甜的棉花糖，脑海里涌动的东西妩媚而娇羞。她头顶昏黄的吊灯似乎开始缓慢摇摆，跟随身体的抖动而左右扭动，不知过了多久，手机里突然弹出的微信消息的声音让她一惊，却发现身下的薄纱已被浸湿，其间混杂着香波的味道与稍许的汗水味。

原来是商家发来的宣传广告。李牧吟早已看透了商家的营销套路，一般的广告，她是看不上眼的。她总想起电视剧里那些跪倒在奢侈香水与金项链下的女孩，“你终究失去自己”，她心里默念道，但每当望着镜子里自己惆怅的面庞，她又常自我怀疑：这样的生活难道不也是自己想要的吗？

尤其是当人寂寞到骨髓里时，内心摇摆的想法会加速震荡，李牧吟也不例外。她时常感到焦躁不安，哪怕清晨温暖的阳光拂过身体，她也常感到一股彻底的冷。她心心念念的北京生活，却用更加现实且寂寞的结果回报了她，但一想起故乡闭塞的日子，她就暗示自己，决不能离开北京，决不能回到那个伸手不见五指的昏暗世界里。

可是，北京给她带来阳光的同时也难免带来了阴影。她时常陷入自我怀疑中：没有爱情，没有激情，这样的生活算什么呢？如今，她是太渴望得到爱了，哪怕在三里屯的街头，被一些形貌猥琐的人搭讪，她也很难从心底表达什么厌恶。爱与痛的回忆牵扯着她的精力，也影响着她的判断力，她原本的自信大概也在那些虚无与无端的念想里逐渐消弭了。

二

情人节后的三里屯依然充满荷尔蒙的气息。从东直门到三里屯，实在是太近了，在偌大的北京城里，只有这段路程让她格外激动，也让她格外平静。不论是打出租车，还是乘公交车，她总能找到自己穿梭三里屯的方式，而她一度幻想过的坐跑车穿越三里屯的梦想，却还未能实现。然而，她总归是躲不开那些奇诡的诱惑，那是在青春尾巴上跃动的多巴胺，哦不，自己的青春才刚刚开始，毕竟这里是北京呀！

在眼前，乳白色和藏青色的自行车与她的衣服颜色一样，她却后悔今天没搭配猩红色的围巾，因为一辆猩红色的跑车正飞驰而过。天色暗淡下来后，三里屯释放出更绚烂的紫色，在昏黄的灯光下，不知是不是情侣的一对对男女在酒精和音乐的作用下手舞足蹈。李牧吟的脑海里一片眩晕，混杂着荷尔蒙的多巴胺在体内炸裂，眼前的酒吧也趁机亮起暧昧的灯光。她似乎忘记了昨晚在床上的一番纠结，却想起来枕头和被子的一片狼藉，从大腿到小腹，再到胸口和脖颈，似乎都在加速发热。

她心中急待填充的欲壑正起起伏伏。她突然想起来自己第一次去酒吧，是个很文艺的清吧，在老板的怂恿下，她还上台唱了一首《突然的自我》。但眼前的酒吧却截然不同，震耳欲聋的音响声与舞池里的辣舞者融为一体，她看到门口"女士专属鸡尾酒三折"的招牌，便不假思索地坐了下来。

舞者们注意不到李牧吟的存在，也没人告诉她这个酒吧其实就是个夜店。当然，在李牧吟的眼中，不论这个店叫什么名字，只要能让她感到青春的欢愉，便配得上三里屯热闹酒吧的称号。恍惚间，一个戴着墨镜的瘦高男人走过来，跟李牧吟主动搭讪。

"美女，是自己来玩吗？"

“是套路吗?”李牧吟内心突然有些不屑,看到男人如此主动,且对方并非自己喜欢的类型,便心生些许不屑。

“哦,算是吧。”

“什么叫算是啊? 自己玩多没劲啊,要不咱们聊聊?”

李牧吟不觉得自己今天打扮得有多么诱人,她心底嘀咕着:莫非是衣品电到这个男人了? 还是我今天的眼线画得不错? 哦,对了,我今天特意用了一款进口的口红,连我身边最有钱的姐妹或许都没用过这个色号呢!

她突然陷入一番不可自拔的自恋中。但她看了看对方的样子,哪怕戴着墨镜,也遮不住其猥琐气息。李牧吟立刻起身,趁着嘈杂的环境,走到舞厅右边一排的休息区。

墨镜男倒也不纠缠,见李牧吟态度坚决,便去门口撩其他妹子了。

李牧吟独自一人品尝着廉价的鸡尾酒,却丝毫得不到些许的惬意,哪怕一刻的快感,都无从获取。过了许久,也没人来找她搭讪,她开始自我怀疑起来:难道是我今天的妆太浓了? 还是跟三里屯的气质不搭?

李牧吟时常陷入这种撕裂和挣扎中。她突然感觉肚子隐隐作痛,心里暗说不妙,果然,在冰凉酒水的刺激下,“老朋友”如期而至,而且以空前的痛来刺激着她脆弱的神经。在洗手间门口排队许久,却看见一对男女散乱着头发从里面走出来,旁边单间里竟传出呕吐的声音。李牧吟顾不上这么多,赶紧解决了个人问题，对着镜子整理衣着后，又补了一会儿妆，才稍许舒服地回到舞池附近。

她怀疑这鸡尾酒里面掺了不少水。舞池的中央依然是一群蹦蹦跳跳的年轻人，她已然无心加入其中。北京的冬夜是彻骨的冷，哪怕是喧闹的三里屯，也只是冰水中正在升腾的一股雾气，让人看不清其本来面目，李牧吟想打个车回家，却被门口一个身材臃肿的年轻男人拦住。

“我们老板正在招募模特，美女愿意来试试吗？”

李牧吟确实身体不适，便低声道：“不好意思，我现在暂时没时间。”

听口音，臃肿男不是北京人，但应该也是北方人。他一脸坏笑着说：“其实，老板就让我们寻找合适的模特，当街海选嘛，我看你身材挺好的，真的可以考虑下，待遇很棒的……很多女孩求着我们，但因为条件太差，我们都不要呢……”

李牧吟虽身体不适，心里却开始盘算了起来。或者说，做起梦来。倘若年轻几岁，她对这些诱惑是毫无抵抗力的，但这几年的阅历让她无法轻信这些话，媒体曝光的各种骗局更让她心存畏惧。

“直说了吧，我们这个属于网店销售模特，而且还跟影视公司有合作。可以兼职做，日薪五千，而且做得好还有提成呢，说不定你还能被包装成大明星呢……现在有个新鲜词，叫什么来着……对，网红，好多女孩都想成为网红呢，机会难得呀，美女你底子这么好，错过太遗憾了……”

“这么好？”李牧吟心里犯嘀咕，接着问，“现在不正规的事儿太多了，我怎么知道你们是不是正规的？”

臃肿男愣了一下，接着大笑道：“真是一个耿直的美女啊，你担心得太多啦，我们绝对是正规的，给你看下我们的材料。”

李牧吟看了下对方递过来的一份文件，印刷精美不说，内容也十分详细，还有正式合同书，以及她也搞不懂的各种红章。她那颗怯怯的心竟逐渐放下了。

三

三里屯的清晨显得慵懒而寻常。李牧吟按照臃肿男留的地址，绕过几个街区，来到一栋石头砌成的白色楼门下。这是一处很难被注意到的住宅，在电子地图上也没有它的信息。李牧吟经过罕见的一夜好梦，觉得自己已经离梦想越来越近了。

开门的正是臃肿男。穿过石门，便进入一个独立的院子。原来，门口的招牌只是个门面，进来别有洞天。臃肿男瞅了瞅李牧吟浅蓝色牛仔一步裙和黑色高跟鞋的行头：“今天穿得很靓嘛，好多明星也没你身材好呀……”

李牧吟听到这番恭维之词，竟无烦腻之感，但是面对臃肿男这个油腻的模样，她实在提不起兴致来。臃肿男似乎也明白这点，便一直念叨着，老板长得很帅，还是圈子里有名的健身达人之类的。李牧吟倒也没有窃喜，却在心里有种奇怪的期待，就连她自己都说不清这到底是什么感觉。

直到她被带入一个装修豪华的大厅，看到一个戴着金色镶边眼镜、身着西服套装的年轻男士，她那颗骚动不安的心才彻底放下。眼镜男自我介绍，称自己便是这里的老板，叫他李总便好，还说跟李牧吟也是本家，都姓李……李牧吟根本没听进去这些寒暄之词，倒是对李总的形象颇为中意，他那瘦高的身材和清秀的面庞，堪称意料之外的惊喜，哦不，是曾经在梦中的曼妙邂逅……

李牧吟的记忆之海里浮现出男神的模样，还有那些可望而不可即的梦境，就像长蛇一般游走盘旋，将她的心扉紧紧围住。在昨夜的梦里，潮湿的水草散发出淡淡的薄荷味，紫罗兰和金蔷薇在一片静谧的湖水之畔随风摇摆，那个人的面孔是模糊的，时而清晰起来，却又被弥漫的雾气遮住。她自己都感觉不到其中的荒诞，风中的湖水并无涟漪，翻腾的花海之上却无半点微风，而自己更不知身处何处，各种诡谲一同存在……她好像倒在了溢满香气的泥土里，湛蓝的晴空中没有一点云彩。

臃肿男突然探出头来，挡住了她视线里的所有美好。“妈呀！”李牧吟吓得缩成一团，却拦不住猛扑过来的臃肿男。她毕竟是个弱女子，完全挡不住大汉猛虎扑食般的侵袭。不管她如何挣扎，臃肿男都是自顾自地动起来，还蹭伤了她细嫩的小臂。

她的眼睛里全是哀求的泪水。她怯怯地说：“我来大姨妈了……”

臃肿男恶狠狠地说：“我大姨夫也来了！”

“救命！ Help!”

“你现在说哪国语言都不行了。”

“……”

李总打了个响指，一切都结束了。李牧吟感觉小腹一阵绞痛，脑子也痛得要炸裂了。李总看着瘫坐在光滑地板上的李牧吟，一脸无辜地问：“美女，刚才你怎么了？我们都担心坏了……”

李牧吟才发现自己的失态。更窘的是，臃肿男就在她身旁，而且把她扶到了沙发上，十分礼貌地给她沏了一壶红枣茶。

李总见李牧吟神色安定下来，便笑着说：“其实不用太紧张，我们按照协议上来，你可以做我们的服装网店模特，你看，试衣间就在这边，各种时尚衣服都有……”

李牧吟觉得自己迷迷糊糊的，不知过了多久，眼前确实是一大片衣橱，琳琅满目的服饰如同争奇斗艳的花海。李总十分健谈：“你看，我们这里的时尚种类很多吧，而且我们还要引领未来的时尚，正需要你这样的好模特……”

眼前正是一些看不清品牌的服饰，她左边的视线被李总高大的身躯挡住了，只能看到右边的裤子和裙子。高腰牛仔裤、紧身一步裙、小脚裤、铅笔裤以及各种打底裤，正是冬装里常见的服饰，而连衣裙、长裙、连体裤、热裤、包臀裙等夏季服饰也分列其中，样式颇为精致。

李总笑着说："你看，市面上常见的衣服样式我们这里都有，而且经过我对服饰文化的研究，未来流行的可能是较为宽松的款式，比如阔腿牛仔裤之类的，并不是只有紧身系列吸引人呀……不过你的身材真的不错，是个很合适的模特……"

李牧吟听得云里雾里，但也禁不住窃喜。李总接着说："试衣间在那边，这些款式都会让你试一遍的。"

她进入试衣间，或者说是拍摄间，周围有几个摄像头像黑洞一样吞噬着她的安全感。她把身上的衣服换下来，心里犯着嘀咕：这些摄像头是做什么的？难道是用这些拍照？但她又无法抗拒面前的诱惑：时髦的服饰、高昂的工资，以及李总那男神一般的外形……

四

三里屯的夜总是在人们最不经意的时候到来，但爱情和幸福并不会如期而至。绕过几个街区，陈小月来到一栋石头砌成的白色楼门下。她昨晚梦见一辆飞驰而过的法拉利，但她记不清司机的面庞了，似乎在她的迷幻世界里，她总是能心想事成的，哪怕欲壑难填，也是可以实现一切愿望的。

喜靓仔一脸笑嘻嘻地跟在她后面。他听说，昨晚表妹去了三里屯一间新开的酒吧，刚喝了点鸡尾酒，就被人搭讪要包装成模特。他向来都不喜欢这些酒吧之类的地方，就像他讨厌别人叫他喜靓仔一样。要不是住在附近，他根本不会来三里屯闲逛。但这次不一样，他总担心陈小月的安全，便跟着表妹一同过来看看。

陈小月一脸嫌弃："喜靓仔，其实你真没必要跟我来……"

"叫声表哥就这么难？"

"哎呀，我的表哥啊，这是跟你亲才叫你喜靓仔的，别误会嘛……"

"我一个正宗老北京人，叫什么靓啊仔啊的，太奇怪了！还以为我是广东人！"

"家里人不都这么叫你嘛，还有你那几个常一起喝酒撸串的哥们儿，不都这么叫嘛！再说了，可能你跟广东那边有缘啊，哈哈……"

"歇菜吧你，这都哪跟哪儿啊……咱正宗老北京人，从大清康熙爷那时候，就在这住了。我都没去过广东，也没去过香港澳门，对那边没啥兴趣……"

"呦！大清都亡了多少年了，还提这茬呢。说得就跟我不是老北京似的，可我对广东和港澳那边喜欢着呢！"

“可不是嘛？我看你从小就喜欢那边，整天听哼哼唧唧的什么什么歌……”

“怯勺了吧，你看你就不懂流行文化……”

“甭说了，我不跟你争这个，我就觉得咱北京最好，好歹天子脚下……”

陈小月沉默不语。喜靓仔留在楼下，她按照一个身材臃肿的男人留的地址，找到了那人口中神人一般的李总的办公室。李总带陈小月走进了一个密闭的房间，笑着说：“你看，我们这里的时尚种类很多吧，而且我们还要引领未来的时尚，正需要你这样的好模特……”

陈小月走进试衣间，看到几个摄像头正盯着自己。她有些不舒服，但还是按照要求换上了衣服，一条被李总称为新款式的阔腿牛仔裤。她把高跟鞋放在一边，踏上试衣间里的拖鞋，穿上新衣服走出去。

李总给她竖起大拇指：“哎呀，真是漂亮啊，美女美妆美衣服，真是绝佳的搭配啊……”

陈小月却有些不安，回头看了看试衣间，好像里面有一个隐秘的宇宙，黑洞一般的摄像头让她想到了什么。李总请她回到大厅，拿出新鲜的热带水果招待，她却没心情吃这些，总感觉哪里不太对劲。臃肿男递上一杯热茶水，里面有几颗红枣。

李总笑眯眯地说：“最近天很冷，喝杯红枣茶，暖暖身子嘛……”陈小月确实感觉到丝丝冷意，倒不是房间里冷，而是心里有种说不出的冷意。她端起茶杯，抿了抿，却惊得差点儿把茶水吐出来。

一种不熟悉的口红味道从她的嘴唇上轻轻拂过。凭借女人的直觉，她能感觉到这杯茶在不久前被其他女人品尝过，而且留下了些许口红的味道。她不顾李总的目光，快步回到试衣间里，发现自己原本穿着的紧身牛仔裤和高跟鞋竟然不翼而飞了。

想起那个笑得诡异的李总，还有臃肿男的油腻腔调，以及这个冷得让人惊颤的房子，一种莫名的恐惧迅速将她包裹。陈小月慌忙换下衣服，就跑出了试衣间。推开门的时候，或许是因为紧张，或许是真相跳了出来，她看到试衣间的门上竟然有一道浅浅的血迹。但因为整个门是红色的，若不仔细看，或者正巧看到了，是真的无法察觉。

开门后，她看到李总仍是笑眯眯地看着自己，心里更加慌乱，赶忙拨打表哥的电话求救。谁料到，号码还没拨，喜靓仔竟先打来了电话——

“表妹啊，跟你说个天大的好事！”

“可别扯闲篇儿了，我现在有麻烦了！你在楼下等我，我很快下去！”

李总和臃肿男并没有拦下她。陈小月惊得连鞋都没穿，便夺门而出。

冲出石头小楼的大门，喜靓仔正乐得合不拢嘴地看着她说："我说表妹啊，你可真逗，这里啥都没有，你在这里发什么呆啊，还让我等你一会儿……"

陈小月猛然回头，发现眼前的小楼依然存在："喜靓仔，你丫疯了吗？这里明明白白地有栋楼，我刚才差点儿遇到危险！"

"别激动，哈哈哈，老哥是疯了，乐疯了……哈哈哈……"

陈小月正气不打一处来，却看到手机上弹出一条新闻："日前有一位年轻女性在三里屯附近失踪。该女性具体身份不详，但经一位不愿透露姓名的男士报案，该女性失踪的地点就在酒吧街一带……"

她突然有种劫后余生的感觉，但仍心有余悸。喜靓仔还在一旁傻乐，全然看不到表妹已经惊得浑身发抖。

喜靓仔拍了拍表妹的肩膀，陈小月打了个冷战，竟有如梦初醒之感。她再回头看了看那栋白色小楼，它确实不存在了。这一切如同一场梦境，让她坠入五里雾中。陈小月看了看这个把自己当成哥们儿一般的表哥，竟生出陌生的感觉来。

"难道真是昨晚在酒吧喝的酒劲太大了，到现在还在犯迷糊？"陈小月心里犯着嘀咕，思索着这番奇诡的经历，或许只是自己的一番幻觉。

"咱家的老宅子终于拆迁啦！我刚得到消息，拆迁费有一个亿！"喜靓仔仍难掩狂喜的神情，"我说什么来着？从大清康熙爷那时候就在天子脚下，这不是福利是啥？扯别的都没用，我早就说咱家在市区这么好的地段，一旦拆迁，绝对赚大啦，这一天终于来了，哈哈哈……”

“啥？你丫喝醉了吧？哪能这么多钱？”从一个极端到另一个极端，陈小月经历了冰火两重天，更是糊涂了。

“不信？行吧，等会你就知道了，这是真的，哈哈哈……昨晚你在酒吧喝了酒，我看喝醉的是你，哈哈哈……”喜靓仔没想到幸福来得这么快，他使劲挥舞着用了许久的山寨智能手机，仿佛远方亮白色的云朵也向他表达祝福。他不知道，或许也不想知道，在这片喧哗浮躁的街区，一个叫李牧吟的女孩彻底消失了。

可是，谁又能证明这一切是存在过的？陈小月不认识李牧吟，如同她也看不清自己，就像那些曾经的幻梦，生于虚无，亡于虚无，最终要在现实的土地上逐渐消逝，直到它留不下点滴的痕迹。身边的路人并不知道发生了什么，更不明白她的担忧，大家都在为自己的生活而奔忙。一个穿着雪纺长裙的姑娘匆匆走过，身后是一群人孤独的身影。

第五章
亦庄小夜曲

一

京城漫长的寒冬终于逐渐褪去坚硬的外壳，微寒的空气里浸润着湿漉漉的暖意。冬春交替，万物萌发，沉睡的荷尔蒙也缓缓苏醒，酥酥的春意在人群之间悄然游走。街头的行人仿佛来自不同季节，一些中年男人依然裹着厚厚的外套，似乎寒冬还未远去，而时尚的姑娘们已经急不可耐地换下了冬衣，在无声中争奇斗艳。

杨洛诗提了一下雪纺长裙，黑色的长大衣更显修身，只不过得小心里面的裙子和外衣纠缠在一起。她总能不流俗地选择合适的换季服装，似乎天生就会得体地穿搭。她坐上地铁5号线列车，但终点站宋家庄只是她经过的又一个换乘站。列车呼啸着穿过北京的闹市区，向南方开阔的天地驶去，她似乎看见亦庄地区的一片片居民楼正在招手致意。

杨洛诗从外省一所重点大学中文系毕业后，便独自踏上了北漂之路。六年来，她换了六份工作，几乎尝试了中文系学生能做的所有领域。毕业那年，杨洛诗应聘上了北京一家国企的文秘工作，本来说是要解决北京户口的，但想不到单位一拖再拖，在里面耗了一年多，还是毫无结果。当时，她工作的主要内容是协助资料审批，这个看似高端的工作，其实就是日复一日地盖章，直到有一天，她彻底厌倦了这毫无意义的状态，愤而辞职。

第二份工作是一家出版社的策划编辑工作。杨洛诗本来最喜欢跟文字打交道，虽然收入不高，但只要热爱，倒也乐在其中。但干了还没半年，父母从老家来京，非要给她买个小房子。杨洛诗家里倒是不差这钱，只是苦于没有户口，囿于北京限购政策，她也不想给家人增加压力，便一直打着找到男友再买房的旗号搪塞家人。

不过，父母可不忍心看着宝贝女儿一个人在外地受委屈，便想办法卖了老家的两套房子，给她在北京买了一套六十平方米的小户型房子，而且是那种不限购的商住房。至于地理位置，也实在不能算太好，位于北京南四环外，好在邻近地铁站，算是唯一的安慰了。虽然家人付了首付，但每月五六千的房贷还是得她自己来还，这倒不是父母的意思，杨洛诗读了那么多书，早就被淬炼成现代独立女性了，她是绝不会靠别人的恩赐而生活的。

杨洛诗心里明白，自己必须赶紧找一个收入更高的工作。依靠还不错的大学牌子，她很快便换了一个在银行的工作，虽然通过社会招聘的时候，她还颇有信心，但在金融圈还没一个月，她就厌倦了这种工作节奏。

第三次辞职后，她在一家高考辅导机构当了一年多的老师，虽然是教语文，但她慢慢发现自己的兴趣还不在中学教育，应试教育的重担曾让她一度备受摧残，她从此认定了不会再做没有创造力的工作。

杨洛诗从来不相信这世界上有什么标准答案，所谓参考答案也不过是不同立场者自说自话的表现。她考上那个号称“985末流”的大学后，便一头扎进了文艺与学术的深渊里，人类思想史上星光灿烂的巨擘们点燃了她心底沉睡已久的激情，她按照中西各自的思想史脉络大体读过来，虽然这耗尽了自己大多校园时光，却明白这绝非虚度。只是平生所学实在无法用在工作里，失望和苦闷的情绪像毒蛇一样迅速盘旋缠绕，直到整个心门都被血淋淋的现实封锁起来，任何外面的光亮都穿不透这阴暗潮湿的地下空间。

终于，她决定再换一个工作，而且再度转行。好在，她在一家报社的文化记者岗位上找到了久违的快感，虽然日常工作异常忙碌，但穿梭于各种学术会议、图书发布会和文化沙龙之间，她逐渐找回了昔日沉潜读书的曼妙记忆。杨洛诗原本打算长期干下去，没想到赶上报业寒冬，工作才两年，这家曾经名气颇大的报社竟然宣布停刊了。几个在金融圈的闺密劝她赶紧转行，杨洛诗不敢说什么“新闻理想”，但沉醉于文化事业的幸福感的确“不足为外人道也”。

她考虑再三，决定跳槽去一家刚兴起的互联网公司，工作是撰写新媒体文案。不过,公司为了刷流量,总用产品思维来做内容编辑,这让她实在无法接受。她无数次劝说自己只是“利用”文字,但发自内心的厌恶感还是让她心神不宁,似乎自己每天都在玷污心中的桃花源。

杨洛诗不止听一个人吐槽她太过矫情,毕竟只有朋友才会这样说。但她熬不过内心的坚定,决定回归文字工作。经过朋友介绍,她加入了一家编剧公司,过上了白天睡觉、晚上创作的日子。干了近两年,也没写出什么知名剧本,倒是跟着公司同事和资深编剧学到了不少养生技巧。但每当夜幕降临,无法安定的心还在羁绊着她,灵感枯竭之时,寂寞的火焰吐着猩红色的舌头,浑身灼热的感觉久久无法散去。

六年来的点滴往事像黏稠的牛奶一样在她的记忆里恣意流淌,她没察觉到自己已经坐过站了。“前方到站——次渠站”,车厢里突然响起的报站声让她如梦初醒。

“终点站要到了!快下车咯!”一个中年男打着哈欠,向身边坐车坐到不耐烦的孩子解释着。“欸,终点站不是亦庄火车站吗?”杨洛诗一脸疑惑。“那个啊,那个站还没开通啊!”中年男目不转睛,一边哄着孩子,一边回应着杨洛诗,丝毫没注意到她的一脸无奈。

杨洛诗只好下车换了开往宋家庄的地铁,又倒回去几站地。等出站回到家,暮色已经在地表上轻轻浮动。她打开卧室和厨房的小窗,广场舞丁零咣啷的声音从楼底下顿时蹿上来，好似一股奔涌而出的烈焰。杨洛诗看着眼前空荡荡的双人床，除了玩偶抱枕，再也没什么东西能与自己相伴了。她换下衣服，将它们整齐划一地挂在衣橱上，换上睡衣，身体所有毛孔豁然舒适，似乎被湿润的春雨浸泡过一般。

她躺在洁白如雪的床单上，色彩缤纷的书籍散乱在一旁的书架上。她懒洋洋地侧过身，一排珍宝便争先恐后地跳入眼帘。尼采《查拉图斯特拉如是说》、弗洛伊德《梦的解析》、本雅明《发达资本主义时代的抒情诗人》、冯友兰《中国哲学简史》，这几本书就像喝得醉醺醺的翩翩少年，一只手端着高脚杯，另一只手伸过来，试图搭在她的肩上。她有点害羞，便侧身躲开，却与对方撞个满怀，飞溅而起的红酒洒在他们身上，她的胸口也被溅得湿漉漉的，仿佛一片龟裂的土地刚刚被春雨滋养。

杨洛诗脑海里还有地铁晃晃荡荡的影像，长时间的旅程让她十分疲劳，甚至连洗个热水澡的力气都没了，眼前的景象却逐渐模糊起来。她在无数个独身的夜晚里，都与读书为伴，哪怕那些东西跟工作和生活没有丝毫关系，她都愿意浸润其中。

北京的春天真的来了，连楼下的流浪猫在夜间的哭泣声都不再凄厉。好几只野猫蜗居在楼下的草丛里，熬过了漫长的寒冬，它们出来活动的节奏愈发频繁，只是声音时常惹得人心烦意乱。

哪怕住在顶楼，杨洛诗都能听到那种时而激扬时而低沉的声音。喵星人都能懂得四时变化，何况地球万物之灵长呢？她发现历史上有很多哲学家都选择了独身，而奉献给科学的女人们也有不少错过了爱情的缘分。不过其中有多少是主动独身，又有多少是被动单身呢？杨洛诗也懂得，多数女人还是情感动物，离开了爱与美的滋养，芬芳满园的世界也会变得索然无趣，只是这滋养未必非要来自男人不可。

她从梦中醒来，房间里只有时钟的滴答滴答声，指针正指向凌晨四点。杨洛诗黑白颠倒的作息愈发严重了，在白天昏昏欲睡、在夜晚精神抖擞已是常态。此刻，她已毫无困意，但脑海里依然星云萦绕，一片众声喧哗之中，却找不到自己能笃信的东西。她早就过了那个天真地相信什么而不做质疑的年龄，哪怕情感的困扰，也只能让她纠结一时。她不明白这是理性还是非理性，只是脑海里那些漫天飞舞的东西更多更乱了。启蒙辩证法、逻各斯中心主义、晚期资本主义、后现代性、主体间性、政治无意识、千高原、光晕、知识考古学、景观社会、意向性结构、阿尼玛和阿尼姆斯……这些曾经让她思绪翻涌的当代西方文论概念，此刻像寂寞的虫豸一般纷纷爬上来，它们将杨洛诗的身体紧紧包裹起来。

不知过了多久，她才感觉身体不再被异物包裹，而是被一层久违的暖意环绕。她感觉一个高大健硕的男人从身后突然抱住自己，却看不清那人的面貌，也没有温柔的情话，只是觉得自己飘扬的长发已经被他握在手中。

此刻,她的眼前竟是一片原始森林,写意画般的山峦线条在天际线上起起伏伏,远方隐隐迢迢的山水与自己梦中时常见到的美景极其相似。在神秘的密林里,好像有壮实的野蛮人在隐藏着,她感到一丝危险,却又有些兴奋,心底的期待似乎要跳脱出来,却又担心这期待是一片虚空。

那个男人突然消失了,山水风景也随之迅速枯萎凋零,刚才还葱郁的树木顿时被一片淡黄色浸染,大量枯黄的树叶漫天飘舞,它们终于温柔地躺在了土地的怀抱里,终于可以不再被烈风侵蚀,也不再担心被虫豸撕咬了。想到那可怖的虫豸,她顿感不适,低头一看,脚下竟然是一片湿漉漉的土地。她觉得脚下一软,便斜着身子蹲了下来,就在几乎要倒在泥泞土地上的时候,男人两只手的手掌把她托了起来。

杨洛诗脸颊绯红,十分愧疚地想道谢,却依然看不清那人的容貌,但她看清了他的手,修长的手指犹如一位德高望重的钢琴大师所独有,但手掌和小臂上时隐时现的青筋却显示着其健硕的体格与超凡的力量。她更加羞怯了,但此时的身体却似乎不受大脑掌控了,她全身倚靠在那人的身上,宽广的双肩仿佛一座高耸入云的摩天大楼,而她早就是顶层旋转餐厅的贵宾了。在餐厅入口处,她看见一个跟自己长得很像的姑娘蹲在地上,手里握着一根小棍,正在摆弄着什么,好像在清扫垃圾,又好像在指挥一支虫豸的乐队。这毕竟是高档餐厅,怎么还有这些东西?

她心里嘀咕着,便凑过去看,才发现墙角裂开了一个小口,可能已经长期没人清理了,竟然还生出了一大片蜘蛛网,只是并无小生命在附近游荡。杨洛诗突然觉得一丝怪异,感到浑身不自在,便不再理会奇怪的东西。然而,眼前的景象突然扭曲变形,一阵强烈的眩晕感怦然跃动,似乎还有强烈的光线迎面刺来。

过了一会儿,她才敢睁开双眼,房间里依然是一片黑暗,只有滴答滴答的声音传入耳中。她打开灯,发现已经凌晨五点了。刚才再次陷入的梦境让她的大脑更加昏沉了,她搞不懂这些是怎么回事,好在这下困意真的消失了。

杨洛诗脱下睡衣,在浴室里痛痛快快地洗了个热水澡。花洒喷出的热浪犹如一层层舒适的丝绸将身体裹起来,又像春风细雨涌入干燥的房间,沁人心脾的味道混杂着红酒暧昧的气息。她忘记了那高脚杯的样子,红酒的气息却记忆犹新,只是梦中出现的人的面孔,总是时隐时现,她每次自以为看到其真容的时候,就被一层莫名的力量挡住,仿佛这一切都是不道德,是不应该的。

她闭上双眼,花洒喷头与长长的水管仿佛已经幻化成一个英俊的少年,瘦削的身材中部有几块触手可及的腹肌。她突然想起来有闺密自称"手控",不禁哑然失笑,而眼前这少年的手与刚才在梦里见到的一模一样,她几乎确定自己要属于他了，而她终于看清了他的样子。这是一张神采飞扬的面庞，但他终究只是个遥不可及的陌生人……

杨洛诗从雾气蒸腾的浴室走出来，天边晨曦微露泛起。暧昧的暖风在居民楼间流淌而过，她几乎感觉不到任何冬日的阴冷了。窗台上的几株植物绽放着久违的绿色，仿佛葱郁繁华的盛夏已经提前到来。

她每天都在发愁早饭吃什么，此刻也不例外。她简单煮了两只鸡蛋，从楼下小超市买了一袋面包和一瓶牛奶，稍微加热，便细嚼慢咽起来。这实在也不是装淑女，而是自己时常不吃早饭，好不容易认真吃一次，还是想好好享受一下这晨光里的丝丝暖意。只是，今天到底要写什么故事，心里还没明确想法。做编剧的没有想象力，就像司机看不懂地图一样，可她最难对付的就是那种狗血的爱情剧本。她总是自嘲缺乏现实经验是写不好爱情故事的，可真到动笔的时候，天马行空的思绪又让她激动不已，只是最后写出来的故事未必符合市场需求罢了。

吃过早饭，她又走到楼下散步，也是为了寻求灵感。眼前车水马龙的街道好像一条被蒸得热气弥散的鲤鱼，散发的香味随风飘散。杨洛诗突然伤感起来，她想到自己本来有一手好厨艺，还特别擅长烧海鲜，可惜除了独自欣赏，没人能享受到这诱人的佳肴。但她又怎么能断定未来的另一半一定喜欢自己的厨艺呢？毕竟，萝卜白菜各有所爱，她最喜欢粤菜和淮扬菜的风味，要是对方喜欢酷辣的川渝风呢？她再度陷入一种莫名的纠结中，却没发现昨晚叫声怪异的野猫从身边跳跃而过。

沉思良久，杨洛诗终于想到了故事接下来的构思。她飞奔回家，对着笔记本电脑一顿狂敲，敲打键盘的声音犹如夏夜闷热天气里闪过的声声炸雷。没过一会儿，暴雨如倾泻而下的瀑布一样狂乱地砸到地面上，刀锋般的雨水将泥泞的土地幻化成一片望不到边的海洋。她的眼前又升腾起一片水雾，羞怯的日光躲在浓重的墨云后面，仿佛长夜无光的日子还未结束。她突然想到些许往事，只是斑驳的光影不愿意主动诉说它们。

二

到了周末，杨洛诗终于决定到附近的公园转转。她连续叫了一个星期的外卖，除了跟外卖大叔说了几句话，几乎就没见过活人了。初春午后的公园正流淌着花蜜一样的香气，在亦庄片区，广场舞的粉丝们还是早早地占了地方，把唯一的小广场当成了自己回味青春的殿堂。

她懒洋洋地望着眼前一个遛狗的姑娘呆呆地走过。杨洛诗从小就怕狗，但眼前这只拉布拉多正顶着主人的大腿摩挲，仿佛那是一双恋人的手，在如雪的肌肤上弹弹跳跳。这姑娘只顾着跟爱犬玩，一不小心便撞在了杨洛诗的身上，她连声道歉，但满脸的幸福感依然在奔腾跳跃。

杨洛诗孤零零地坐在小径旁的长椅上，她回想起大学校园里的“情人坡”上也有几乎一模一样的椅子，而她却感觉不到任何欢闹的情绪。耳边又响起了喧闹的广场舞音乐，夹杂着拉布拉多犀利而不失温柔的叫声。小径旁的枯木开始萌发新芽，一个硬邦邦的鸟巢夹在树干和枝叶间，但看不到里面有丝毫生命的迹象。她心里念叨着，或许这是个被抛弃的巢穴，即使有小生命在里面，那也必将遭受孤独与压抑了。杨洛诗突然想到自己就像这空巢里的幼鸟，难言的自怜感飘然而至，她感到一种彻骨的寒冷，却又不知道该如何是好。

她或许在等待一个消息。之前几个月，她都在精心打磨一个有关爱情的剧本，虽然自认为写的有些狗血，但大体还是能看的。她太渴望在影院的大银幕上看到自己编剧的作品了。然而，等待多时的结果并不如意。就在刚刚，老板打电话来，说她写的剧本没经过审核，要么重写，要么大改，而且其中一些故事太过文艺，没有噱头。杨洛诗据理力争，拿出一番中文系科班出身的专业精神，跟老板谈了一通自己对剧本的理解。

老板终于忍不住在电话那头发飙了：“我说小杨啊，跟你说了这么多遍，你怎么就不明白啊？我们现在要的是市场，不需要你那么多文绉绉的玩意儿！市场，市场！听明白没有？

你让我说你什么好……我让你磨这么久，竟然还是不靠谱！你读那么多书真是都白读了……”

她刚才还有些自诩清高的傲气，听到老板这么严厉的训斥，顿时一脸委屈，眼泪沉重地击打在手机屏幕上。她哭着求老板再给她一次修改的机会，但对方的口气十分坚定：“小杨啊，你也知道咱们公司规模不大，非常需要好的效益，你看看你，领了几个月的工资，给公司带来啥好处了？”老板虽然没直接说炒鱿鱼的事情，但言语里已让她顿感寒风凛冽。杨洛诗从小就是个傲气的姑娘，虽然在社会上跌打滚爬有几年了，但还是改不了内心骄傲的性格，她一赌气，便跟HR通了电话，表示周一上班时就递交辞呈，她实在受不了这种委屈了。

杨洛诗终于下定决心再找工作，这是她第七次改行。收入不高的传统行业，她是不会回去了，火得一塌糊涂的互联网企业，像强悍的巨兽一样吸引着众多野心勃勃的年轻人，也让杨洛诗心潮澎湃。在大学里，她就已经听过不少互联网创业者改变命运的故事，从创办搜索引擎到开设门户网站，从办购物网站到搞社交网络，二十年来的互联网创业潮刺激了年轻人的想象力，也让大量白手起家的新人成为人人艳羡的新贵。

杨洛诗知道自己天性浪漫，总有人说她纯真，连她的名字都这么诗意，陌生人喜欢叫她小杨，而熟人都叫她小诗。她总担心自己不适合高强度的互联网工作，更何况自己是学中文的，既不会编程又不懂营销，进了商界能干啥呢？一个没有前景的职业路径，是无法让她产生兴奋感的。

辞职之后，她在床上躺了整整一天，依然想不到未来的出路。深夜再次像梦魇一样席卷过来，整个世界陷入一种可怖的阴郁中。她厌恶黑夜，因为这让她感到彻骨的清冷与寂寞，但她又格外需要这静谧的夜色，因为只有身处其中，她才能听清内心的声音，触摸来自体内的欲望。

杨洛诗习惯性地拿出手机，刷着微信，正在百无聊赖之时，手机上却突然跳出来一个广告，让她颇为惊讶。她有点担心自己手机中毒了，毕竟按照正常情况，不该突然弹出广告或下载链接之类的东西。此前看过的各种网络骗局的套路，在她的眼前迅速飘过，但琢磨许久，她便不再担心，自嘲道："小诗啊小诗，难怪别人都说你内心戏太多，一个小小的广告就让你紧张成这样……"

但这个广告的确吸引人，这是一款从未听说过的匿名社交APP。广告画面中近乎炫示的高挺身材让她心底的潮水微微涌起，那个人的面庞正释放着诱人的魅力，禁忌和压抑带来的碰撞感让她感到格外兴奋。还有一个比自己更自信更傲骄的姑娘躺在一边，绯红的脸颊似乎正诉说着令人神往的故事。

杨洛诗刚才还坐在床上，此刻却侧躺在一边，波浪般的长发轻柔地散在一边。她戳了几下屏幕，这个交友APP便成了她手机软件家庭里的新成员。她没有玩游戏的爱好，除了日常用的几个软件，剩下的便是几个视频网站开发的APP，各种日剧、韩剧和美剧，几乎成了她消磨夜色的最佳方式。

打开这个APP，系统便提醒她要注册信息，还建议上传自己的真实照片，只有这样才能交到更多好友。杨洛诗从手机里找了一张大学毕业照，黑色的长款毕业袍让衣下的大腿若隐若现。她还是有些不放心，便用修图软件稍微降低了像素，如此一来，面部虽依然可见，却也有些模糊不清了。刚刚注册并上传照片才两分钟，就有七八个消息提醒冲入她的眼帘，跳跃飞腾的消息就像涌动的荷尔蒙，各种充满诱惑的言语挑逗着她敏感的神经。

杨洛诗感到一种难言的恶心，但又有些得意，似乎自己已经成为整个APP世界里的公主。她尝试着回复了其中一个头像看起来比较正经的男人，只是发了一个问号，想不到对方突然回复一串英文字母，或者说是一些英文词汇的首字母缩写。她正疑惑着，没想到对方突然发来一张图片，让她几乎要把晚餐全部吐出来，她惊得几乎要喊出声来，心里暗骂这恶心的家伙非要用某个身体部位来证明自己外表和内心的丑陋。杨洛诗几乎没有犹豫，立刻删掉了这个APP，把手机丢到一边，似乎只有这样才能平复内心的厌恶。

杨洛诗平躺在床上，天花板好像比以前位置更低了，整个房间里都充斥着一股难言的恶臭。她突然想到自己曾在地铁里被陌生男人蹭过身体，虽然只有那么两三次，但时隔很久，仍散发着腐烂的气味，在她的记忆之海里久久无法散去。杨洛诗厌恶地洗了洗手，打了好几遍香皂，但还是觉得臭气难闻。她打开热水器，走进浴室，灼热的快感迅速升腾，雾气弥漫的浴室里只有花洒畅快喷涌的声音。

杨洛诗看了看右手握着的花洒，汩汩热流从那结实的圆形体的小口里喷射出来，突然觉得自己有点好笑。她几乎要笑出声来了，但又有些羞涩。她知道北京的春天真的来了，可每逢此时，心底的漫漫长夜还在寒冬中煎熬着，夜空是不懂人性的，可在无光的世界里，还是有拼命绽放着光彩的星辰，它们与自己一样，相隔万里却有不肯放弃相互联络的希望，在宇宙空间中游动着，盘旋着，而只有她是浑然不动的，只有寂寞的火焰在身旁扑闪着，可又有谁能点燃内心已经沉睡的青春呢？

从浴室出来，换上了干净的睡衣，她瘫倒在足够让一对年轻夫妻尽情撒欢的大床上，眼睛里满是飞散的水花。一种不定期出现的舒适感从脚底蹿到腰部，又从后背绕到胸口，直到涌上额头，好像披散的长发已经将自己包裹起来。她几乎忘记了自己将逼近而立之年，仿佛少女的灵动已然复苏。一种疯狂的念头从体内涌出，她几乎无法克制，却又想拼命压住它们，似乎那是来自梦魇的召唤……过了许久，这个躁动喧哗的世界终于沉寂下来。她总是在这一切结束后感到索然无味，却又无可奈何。她简单收拾了一下衣服，便沉沉地睡去了。杨洛诗没再做梦，静谧的世界不再有一丝打扰。

三

杨洛诗打起精神，换上一套贴身的职业装，走进这家专做陌生人社交APP的公司。公司规模很小，一共才二三十人，成立才两年，但融资能力很强，用公司CEO李总的话说，他只用了别人做同样事五分之一的时间，就达到了同样的效果。李总才三十岁出头，正是风华正茂的时候，也是眼高于顶的时候，丝毫看不上笨拙的同行们，他正在会议室里激情澎湃地演说，下面几个刚毕业的姑娘满是星星眼，好像这不是一场业务讨论会，而是明星亮相的舞台。

杨洛诗倒是对李总没什么特别的感觉，她还没从那个晚上的惊悸与满足里走出来。她看了看周围光鲜亮丽的环境，又想起自己当时对这款社交APP的不屑，顿时觉得自己真是迂腐可笑。当时，她只从用户体验上了解这款产品，但现在作为公司新媒体账号的小编，她必须考虑更全面的问题，哪怕自己并不喜欢其中的功能，也得按照公司要求去完成业务。

在公司里，她这颗坚固的螺丝钉需要扎紧公司对外形象的口径，既不能传出负面消息，也不能自吹自擂，选取一个让用户感觉舒服的中间状态，实在太难了。但杨洛诗经过几天的考虑，还是决定试试这份工作，毕竟每月两万多的薪水太有诱惑力了。

此刻，格子间之上的钟表已经将指针定格在了二十二点，而她当天的任务还未完成。团队里的另一个姑娘已经睡眼惺忪，她揉了揉眼睛，右手几乎颤抖地点击着鼠标，微信公众号文章的图片部分还没完成。新媒体总监是个年近四十的大姐，但看起来年纪也就三十岁，她依然坚守在电脑前，像盯着名牌包包一样盯着屏幕上的文字，丝毫没有倦意。

杨洛诗已经累得说不出话来，对依然能拼命奋战的女同胞们唯有敬意。她站起身，想去稍微活动下身体，却被一阵眩晕感刺激得头痛不已。以前久坐之后眼前就会金星直冒，却不会头疼，但现在时常出现的痛感让她有些担心。

她在公司门外的走廊里踱着步，隔壁几家小公司依然灯火通明，几个身穿制服的高个男生从她身边走过，其中一个系着笔直领带的男生快步走上前来，跟杨洛诗主动打了招呼。聊了几句，才知道他叫孟尝，所在的公司是一家民间智库。闲谈之际，周围几个陌生的同事笑盈盈地走过，仿佛他们站在一起就是一对奇怪的组合。

杨洛诗回到工位上，依然感觉身处天旋地转的眩晕中。她端起手边的保温杯，深深吸了一大口红枣枸杞茶，微微的暖意从咽喉向全身流淌。一阵突然激起的腹痛感不期而至，她几乎要尖叫出来。等全天工作结束后，她终于能从这压抑的空间里逃逸出来，哪怕夜空的孤星都不再闪烁光芒，她也觉得久违的充实感重新回来了。只是这忙碌与充实，真的是自己想要的吗?

她的确有理由担心自己的身体健康。连她自己当初都没意识到,这不是寻常的腹痛,潮水一般定期袭来的痛感,让她苦恼,却不焦虑,而此刻的痛感却是前所未有的剧烈,前所未有的持久。

又坚持了一周,时现时隐的腹痛感不仅没消除,反而愈来愈强了。从公司回到家,要换乘两次地铁,纵穿整个北京城区,等坚持到亦庄的时候,她已经几乎站不住了。地铁亦庄线在晚高峰之后,依然没有空座,只是没那么拥挤罢了。杨洛诗无奈地揉着肚子,紧紧靠在车厢门旁边,她知道不能靠着门,但实在熬不住,只能如此。又熬过了一个空巢的夜晚,等周末慵懒的阳光撞入这间小屋的时候,她终于下决心去医院了。

熬了好几天才去医院,实在是出于无奈。杨洛诗给两个闺密发了微信,但别人都有各自忙碌的事情,没法陪她去看病。她跟新同事还不熟,更不好意思耽误别人休息的时间。她在楼下等了许久,也等不来出租车,只好叫了辆网约车。很快,一辆跟私家车没区别的雪佛兰缓缓开了过来,她看到车上贴着"建议乘客将行程分享给亲友"的标语,忽觉一阵酸楚,却也只能忍着腹痛,就这样一个人熬到了医院。

医生稍微看了下情况,便叹着气告诉她,她连病痛的地方都搞错了,不是肚子,是胃痛。杨洛诗看到检查结果,无奈地笑了笑,按照医嘱吃了药,但依然不见好。一天天就这么熬过去，公司的业务越来越繁重，而胃痛也越来越严重了。

不到一个月，杨洛诗已经胖了五斤，看着体重计上恐怖的数字，她几乎要昏厥过去。她向来骄傲的清瘦的身材正在以难以置信的速度变得臃肿起来，完全是这一个多月不正常的作息所致。过去自己虽然也常熬夜，但白天补觉，还能赚回来一点，精力不至于完全被消耗。这下倒好，坐在床边的时候，小腹上已经泛起了一层“面包圈”。她望着对面落地镜上面容枯槁的自己，一句话也说不出来，也不想说了。

唯一的安慰是这个月的收入。这是她第一次月薪达到三万，可还没怎么高兴，胃痛又开始吞噬这所剩无几的健康能量了。她突然觉得这些工资卡上的数字是个莫大的讽刺，想到自己过了这么久，依然是孤零零一人，连去医院复查都没人陪着，心里就更不是滋味。

杨洛诗记不清有多少次独自在落地飘窗前与微微泛起的暮色为伴了。每逢夕阳西下，落日熔金，她总希望自己可以融入这空灵而沉郁的自然里，彻底告别尘嚣与喧哗，可是每当自己任性起来，眼前的工资卡和空荡荡的卧室，立马就会把她打回现实无奈的原地，所有的梦幻终究都是无边的虚妄。

最后一次复查身体，她终于明白了这一切到底由何而起。在大夫的强烈建议下，她毫不犹豫地辞去了工作，又回到了那个轻松的状态里。可是，她真的轻松了吗？这次裸辞，她干脆没再找新工作，在家里窝了一星期，却依然找不到状态。唯一值得欣慰的是，胃痛也好腹痛也罢，真的逐渐消失了。自己的这番遭遇，就像那天边的落霞，在暗云沉浮的时候，就会展现出凄美的一面，但每逢天高云淡，却竟然会有久别重逢时刻的温柔。

四

从亦庄到宋家庄，再穿过整个北京市中心，一路向北，便是北苑、立水桥和天通苑一带。这条地铁线路和其他连接睡城的线路一样，南北两头的拥挤程度竟远远大于中间路段。杨洛诗曾无数次抱怨早晚高峰地铁里的可怕体验，在逼仄的角落里，她那瘦小的身躯几乎无立锥之地。

然而，她又能怎么样呢？相比那些还在租房子的同龄人，她已经算很幸运的了，哪怕是地处远郊的商住房，也毕竟算有房一族啊！她躺在这温暖且孤寂的小屋里已经一天一夜了，紧闭的窗户背后没有丝毫的活力。

孤独而沉默的时光不可能带来生活的快慰，就像天边流动的暗云，很快便把整个世界压抑在冷色调的穹隆中。杨洛诗耳边再次响起了父母的唠叨，她毕业后在各种工作岗位上反复实验，难道真的要在这漂泊中过着“不稳定”的日子吗？

“不稳定”，这是家人无数次劝自己不要离开体制内的原因。她无数次反驳，却得到了无数次的现实回击。父母苦口婆心地劝她，还拿身边同事孩子的例子翻来覆去地讲，一会儿说张阿姨的女儿创业半途而废，到了三十七岁都还没对象，终身大事无法解决。一会儿又说那个本来学习挺好的小张，放着事业单位的稳定工作不干，非要去民企实现什么理想，最后不仅没实现财务自由，还被裁员了，到现在后悔莫及。诸如此类，不胜枚举，杨洛诗的耳朵里全是现实困窘的回音，却没有人问她，到底什么是幸福，什么是价值感。

妈妈又打来电话了，这次并没有带来好消息。做长辈的，竟在自己面前诉苦，说什么女儿在外面没个正经工作，还昼夜颠倒，没法按时作息，不仅让她心疼难受，在外面也被人奚落。当年，杨洛诗以超过一本线五十多分的成绩考上大学，一时间让身边人艳羡不已，几个孩子不争气的阿姨嘴上不说什么，心里的醋意却很明显地能溢出来。这也不怪她们，谁想让自己的孩子不如人家的呢？自从杨洛诗去民企工作后，老家那些人依然不直接表态，却总是阴阳怪气，话里有话，说什么“白考了那么多分”“学习再好，工作不行，有什么用”之类的，让人哭笑不得。但长辈们受不了啊！被指指点点的日子总归是不好受的，看着邻家的孩子早早稳定下来，早就找了个门当户对的男人，生的孩子都会叫叔叔阿姨了，怎能不让人纠结呢？

杨洛诗感到了空前的压力，以前老板批评自己，都没让她心生苦闷，而家长的一番真心话，却是冲垮巨石大坝的最后一股洪流。时不时出现的胃痛，也刺激着心里最脆弱的地方，有时在床上辗转反侧的时候，一切事业上的野心也就变得荒唐可笑了。终于，老东家兄弟单位的一个社会招聘消息，让她打消了之前所有的幻想。这是一个与那个国企相关的新闻单位，虽然主要工作是做行业报道，算是个体制内的报社，但为了在融媒时代搞出影响力，也在弄一些新媒体。

顺利成为这家报社的新媒体小编，一点也不令她意外。杨洛诗之前的工作历练，已经足够让她轻松完成这些工作。这家报社地处北京老城区，周围拔地而起的居民楼围绕着这家高寿的单位，苏联式的建筑风格时常让她以为自己穿越回了四五十年前。没有写字楼的格子间，只有冰冷的大理石地面和尽显权威感的阶梯，仿佛这一切都是不容置疑的。

负责新媒体的是一个眼镜厚得像冰块一样的老编辑，他时常拿着放大镜，盯着报纸上小米粒般的文字细细琢磨，一旦遇到某个错别字，就兴奋地尖叫起来。他这个习惯一直保留到了新媒体编辑工作中，对着电脑屏幕上花花绿绿的图片，他总是唠唠叨叨，一会儿批评这个用词不严谨，一会儿又怒怼年轻人品位低下。

但他似乎特别喜欢跟杨洛诗聊天，每当闲来无事，他的话匣子就打开了，在办公室里聊起家长里短，完全不顾及这简陋的房间并不隔音的事实。杨洛诗的毕业学校、所学专业和工作经历，被他摸得一清二楚，仿佛自己才来几天，就一定要把一生的苦乐与这里绑在一起。

才过了一个多星期，杨洛诗就不自觉地模仿着前辈们的言行举止。她收起从艺术书店买的印着卡通画的水杯，跟前辈们一起用上了不锈钢底子的保温杯。报社的硬件设施有些简陋，但接热水还是很方便的。除了养生话题，杨洛诗不得不应对他们各种“情感专家”的建议，找什么样的男友，几乎成了她部门成员最八卦的话题。

杨洛诗几乎没法抵抗来自领导和同事各种猎奇的眼光。将近三十岁还没对象，这个事实一经暴露，迅速在单位内部传开，有好几个阿姨都在张罗着给她找对象，还说什么一定得找个有房有户口的优质男，却丝毫不关心她内心的声音。除了夜晚自己与自己碰撞出初恋一般的火花外，小鹿乱撞的曼妙情绪从未在现实中萌生。她无数次回绝了前辈们的好意，却总是逃不出这牢笼般的日子，她知道自己的灵魂终将被桎梏，但这一天来得太早了。

倒是同事刘姐想得开，她整天唤着“小诗”这个名字，好像从这个妹妹身上能吐露自己全部的苦闷。刘姐的灵魂似乎从未被桎梏，也可能从一开始就被桎梏了，以至于她都不知道自己早就成了生活的囚徒。

结婚五年的刘姐近乎精神分裂的状态，不幸的婚姻让她怀疑每一个表面上光鲜亮丽的男人，似乎男人在出轨之前都是一副翩翩君子的形象。但杨洛诗对爱情还抱有幻想，她总是会想起那星辰流变中的灵动与魅惑，也会在沐浴中沉浸在幻想与迷思里无法自拔，所以她始终处在敞开且饱满的状态。

终于，刘姐重新从工作里找到了激情，不再终日吐槽男人了。不知从哪里上了个新媒体速成班，学成归来的她一副技术能人的腔调，逢人便说自己发现了增加点击量的秘密。杨洛诗倒觉得颇为尴尬，毕竟她在互联网公司做过，太了解网络话语的各种套路，实在不相信这位“两性专家”能说出什么新东西。

这天，在办公室里，刘姐眉飞色舞地讲道：“咱们这个号真的要发啦！我现在总结了几个秘诀，你们猜猜是啥？”老编辑推着眼镜说：“别卖关子了，赶紧说，看你有啥新货，咱们都洗耳恭听呢！”刘姐低声说道：“其实说复杂也复杂，说简单也简单……就是贩卖焦虑，及时跟进一些热点，说得越夸张越激动越好，绝对好用！”老编辑摇摇头，一脸不屑地说：“这算什么啊……咱们的内容要严肃准确，得有教育意义，可不能带坏年轻人啊……”话音未落，刘姐就插话道：“您是老派思维，现在得有新玩法啊，山不转水转，你不转我转，我先试试再说……”

杨洛诗几乎插不上话，似乎面前的两人从春天吵到夏天，又从秋天争到冬天，一年复一年，无聊琐碎的日子，就这么一点点流淌而过。没过多久，她似乎看到眼前的老编辑脸上满是褶皱，说不了几句话就要咳出血来。刘姐任性跳跃的眉毛也散乱着耷拉在一边，暗黄色的皮肤和沙哑的嗓子，也没有阻挡她日复一日的抱怨。杨洛诗的旁边就是一面反射着阴冷光点的镜子，却不敢走向前去，仿佛她已经察觉到自己愈发苍老和丑陋的面庞。她终究选择了这样的生活，可她又能选择何种生活呢？

此刻，突然响起一阵急促的电话铃声，这一切终于被刺破了。手机上显示着一个陌生的电话号码，杨洛诗接通后，才发现遥远的另一端的声音是那么熟悉。在之前公司遇到的孟尝打来电话，原来他们智库要在五道口办一个活动，希望杨洛诗能前来参加。孟尝周围似乎乱糟糟一团，但喧哗的世界让她振奋不已，她几乎没听清楚对方说了什么，只听清他说这是个年轻人组织的活动，参与者也都是同龄人。杨洛诗走出这个压抑潮湿的小楼，外面的阳光前所未有地刺眼，她从未感觉自己心里如此澎湃激昂，仿佛十八岁的生日刚刚度过。一抹暮色在地平线上温柔抚过，耳机里流淌的柔和旋律让她几乎忘却了约定的时间。杨洛诗换乘了好几趟地铁，从亦庄线到5号线，再到10号线，斜穿了整个北京城，在知春里附近换乘公交车，折腾了将近两个小时，才来到成府路附近。

窗外的夕阳像即将沉睡的书法家，要在梦境降临前挥毫泼墨，释放最后的艺术魅惑。她看了下手机上的时间，才发觉距离晚上七点只有十分钟了，这是孟尝与她约定的时间。她可不想首次参加活动就给人留下不守时的印象，便焦急地在电子地图上查询到目的地的时长，屏幕上立刻显示着“五道口地铁站A口—华清嘉园北门，步行共计七分钟”的字样。

杨洛诗心中窃喜，拨弄了下披肩长发，心中有把握可以按时赶到。谁能料到，正在加速前行的公交车突然停下来，耳边传来刺耳的鸣笛声，从大喇叭里挣脱出来的声音反复说道：“行人车辆请注意，火车就要开过来了……行人车辆请注意，火车就要开过来了……”

她心中暗道不妙，所有的车辆都在铁轨前停下来了，电动防护栏把成府路完整地切断，不少行人焦灼且好奇地等待着，好像这是一场盛大的仪式。很快，巨大的轰鸣声如期而至，一列北京开往遥远的北方的火车从眼前呼啸而过。不到半分钟，电动防护栏非常知趣地退出整个路面，路上的车辆行人继续前行赶路，仿佛刚才一切都没有发生。与她擦肩而过的一位女白领将在这里换乘公交，没人知道她回家的路却异常遥远。

第六章

燕郊候鸟何处飞

一

由西向东，公交车窗外的夜色飞速向后退去，这辆末班车载着乘客从北京到河北燕郊。林恋京并不觉得自己幸运，虽然赶上了末班车，无数液体却在体内翻滚嚎叫，刻不容缓的内急问题正在困扰着她。

她没法端坐在座位上，换了好几个姿势，盯着手机地图看了许久，才终于熬到下车。夏夜的暖风里带着些许凉意，她禁不住打了个冷战，到家还得走十多分钟，她几乎坚持不住了。

她记得公交车站旁边有一家快餐店，平常上班来不及在家吃饭的时候，就在这里随便垫垫肚子。体内的洪流正在一波波地冲击闸口，她下意识地冲进快餐店，直奔洗手间，却发现门前竟有三个人在排队。林恋京心里抱怨着，这么晚了，女洗手间还排队，到哪里都得排队，真是要命。但她只能跟前面的人赔着笑脸，求她们让自己先上，谁知队伍最前面的人脸色突变，说什么大家都着急，谁也别插队。林恋京一脸无奈，她又看着旁边虚掩着的男洗手间的门，一些念头浮上来，自己又拼命按了下去，在众目睽睽之下进隔壁的门，实在是难为情。

她几乎是用专业的竞走姿势快步离开快餐店，狠狠憋住一口气，向几百米外的小区冲去。终于熬到电梯门口，她几乎站不住了，一边跺脚一边揉搓着大腿，等待最后的冲刺。等到了家门口，几乎与此同时，闸口再也顶不住持续的冲击了，她抖动的手握着钥匙，摸索着开了门，连鞋都没换，就冲进了洗手间。

片刻之后，世界终于清静了。她呆呆地看着洗手间的门把手，突然想到“酣畅淋漓”这个词，不禁笑自己刚才的尴尬，却又感觉颇为侥幸，幸好没在外面排队，否则真要出糗了。刚才抖动不定的眼神，此刻终于可以静静地休息了，但一个刺眼的东西突然撞进来，惊惧的情绪让她顿时打了个寒战。

林恋京从洗手间出来，快步走进卧室，看见躺在床上熟睡的老公，心底燃起的怒火顿时冲上来，她摇醒了他，把从洗手间杂物台子上拿的那东西，狠狠地砸到他脸上：“渣男！你又骗我！你看这是什么？”

对方吓得一个激灵，惊得几乎说不出话来，沉默了几秒后，才故作镇定地说：“就是个内衣啊，你急什么……”

林恋京见他面不改色，气得要昏过去：“我从没穿过这样的，肯定是上次来家里那个女人的东西，你还留着呢！”

“不不，小京你听我说啊，你搞错了……”

“我没搞错！你别以为我不知道，你们干的那些好事！这次我算是找到证据了……你还摇头？你不敢承认吗？”

“真的，你搞错了，咱们不一直都好好的吗，听点话行不行？这就是我的……”

“我以前就是太听你的话，跟了你这些年，想不到你也……你还强词夺理，你说这是你的，别告诉我你有异装癖，我还不了解你的口味吗？”

“你就当是这样吧！反正这两天咱家里就没来过别的女人！”

“你看看，狐狸尾巴露出来了吧，我说是这两天了吗？你骗我还要骗到什么时候？趁着这两天我出差，你又在胡搞！我受够了这种日子！”

此刻，林恋京听不进去老公任何的甜言蜜语，过去那些温柔缱绻的回忆，瞬间都变成了散发着恶臭的丑剧，让她禁不住连连作呕，之前几次她都忍了，这一次终于无法忍受，离婚的念头只要萌生了，就很难被压下去，更何况他的言行反复挑战着自己的底线。

二

住在燕郊，林恋京曾经最大的愿望就是这里有朝一日能并入北京，就像北边的延庆、平谷一样，哪怕从北京的郊县当起，逐渐撤县设区，慢慢融入北京城区。如今，这个愿望似乎渐行渐远了，能在燕郊的小窝里过上温馨的生活，已经足以让她满足，但就是这样一个近乎卑微的心愿，此刻也在遭受着空前剧烈的暴风袭击。

他们曾经是高中和大学同学眼中的模范情侣，读研期间，她就结了婚，老公大学毕业就到社会上打拼，虽然没赚到多少钱，却有了不少工作经验。林恋京无法忍受在市区找房子、租房子的麻烦，两年前就跟老公凑钱买了个燕郊的小房子，相比北京市区的房子，燕郊的房子首付不高，但也耗费了两家不少积蓄，他们的父母各自卖掉在老家县城的房子，才勉强凑齐了首付。

表面上不急不躁的日子从定居燕郊后开始，刚买上房子的时候，亲戚朋友无不艳羡。他们一回老家，父母脸上就满是骄傲，孩子们在北京吃盒饭、挤地铁、等公交的委屈，早就烟消云散了，他们逢人便说孩子已经在北京定居。别人问起来，到底在哪里买的房子，他们就趾高气扬地抛出“燕郊”俩字，不知底细的人便以为住在北京郊区，纷纷竖起大拇指，似乎望子成龙的心愿真的实现了。

林恋京倒不在乎别人怎么看，但每天上下班挤公交的苦日子实在难熬。燕郊的北漂们像候鸟一样，伴着晨曦出门，顶着孤月回家，辗转于两个省区之间的漫长迁徙，只是为了一点点奋斗的希望。老公受不了这种状态，一度跑到燕郊火车站，尝试坐火车上下班，但没试几次，就觉得还不如坐公交方便。

毕竟每天火车就那几班，还有一半停在交通不便的北京东站，就算坐到北京站，再换乘到公司也十分麻烦，更何况房子买在了北京和燕郊交界处，离燕郊火车站不算近。他权衡再三，最后在燕郊本地找了份工作，终于过上了家门口上班的日子。林恋京哭笑不得，不知多少次吐槽他吃不了苦，没上进心，殊不知这种话对男人打击最大，对方也是个倔脾气，竟横下一条心，再也不动回北京上班的心思。

这可苦了林恋京自己，她背负的房贷远远大于老公，就因为首付的八成都是老公家付的，双方家庭为了公平，就让他们一起还房贷，也不给女方彩礼了，别人家都是彩礼十万起的。这让林恋京感到无奈，但想到多年的感情，也没强求什么，她只是依赖感情胜过物质罢了。

真正激怒她的是落户问题。林恋京把房子买在燕郊，除了便宜以外，主要还是因为没拿到北京的购房指标。不知从哪一年起，在北京买房买车都有指标限制，需要符合某些要求，否则再有钱也不能逾越政策的限制。林恋京直到快毕业的时候，才搞明白这些事，却为时已晚。三年前，她一个人在澳门上学，读研两年时光一晃而过，她总想着毕业后去个大城市工作，也没指望定居在北京，便没怎么关心北京各种政策。关键是，谁能想到会有这么多奇怪的规定？倒是老公脑子一根筋，他在珠海待了一年，对工作不满意，就跑到北京去了。

在珠海的日子就像天上慢悠悠的云朵，天上随风变幻的棉花糖，只是在一阵狂风骤雨里，就会散落成一地的碎片。林恋京时常感到生活的无趣，每周末在珠海与爱人相见，成了她唯一的情感寄托。他们成了拱北一带海鲜大排档的常客，穿梭在澳门关闸和珠海拱北口岸之间，哪怕走自助通关的路，现实也让她觉得漫长而焦灼。

直到来北京后，在中关村的留学生服务中心办户口的时候，她才如梦初醒，原来自己每次回到内地，哪怕只是前脚刚踏上珠海的土地，出入境记录上就有精细的记载，这一天就要从境外逗留时间里被扣掉。按照规定，留学生需要在境外逗留满三百六十天才能落户北京，多一天没必要，但缺一天也不可。

林恋京忘不了，她当时跟留学生服务中心的工作人员大眼瞪小眼，对方笑着问她，怎么留学两年还没满一年的逗留时间，她心里的滋味难以言说，就算排除与爱人见面和寒暑假的时间，也有很多因素造成了这个结果。澳门和珠海市区完全连在一起，自己动不动就去珠海取快递、吃饭乃至理发，想不到这些习惯背后竟有这么多麻烦！好不容易争取到公司的落户指标，竟然卡在留学生落户政策上，这让人说什么好！眼见着北京的房价一天高过一天，家里人催着要给孩子买房，无奈之下，只好先在燕郊买，起码也算广义的北京，长辈们总是这样安慰她。林恋京想到这些现实问题，就更对眼前这个靠不住的爱人没了信心。

三

林恋京早就发现老公是个爱讲歪理的人，“一本正经地胡说八道”，就是形容他这类人的话。每次想到老公这几年的蜕变，心头滴下的鲜血都能填满整个卧室。此刻，他又要赖说身体不适，根本不理会她的离婚冲动，只是自顾自地说，你就是读书太多读傻了，遇到一点小事就反应激烈。

她哭笑不得，这不是爱人原来的样子。高中时代的他，也曾是个白衣飘飘的美少年，不仅学习成绩名列前茅，还写得一手好书法，打得一手好篮球，在运动场上挥汗如雨的样子，常能让围观的小女生们连连尖叫。他还痴迷于历史，高中时候就读过钱穆、黄仁宇等历史学家的专著。那些少年意气，一直是她心头难以抹去的青春回忆。

但眼前的他已是一个满口歪理、毫不上进的家伙，还贪婪于其他女人的美色，再也没有丝毫的魅力。林恋京早就发现他喜欢在街上偷瞄其他女人，他却讲起一番审美疲劳的歪理，说什么她乱化妆比不化妆还难看。女人一旦不再被恋人赞美，感情的裂隙就很可能由此产生。林恋京起初还想着是自己的错误，更卖力地做瑜伽、敷面膜，想让外形更好点，但还是没法取悦对方，倒是自己越来越苦闷了。

每到清晨，从睡梦中艰难地醒来，她都只能简单洗把脸，就急匆匆地出门。林恋京始终搞不懂，他们的关系到底在哪个环节出了问题，就像从燕郊始发的公交车就在眼前，但她只能望“车”兴叹，一百多人排在前面，还不知道要多久才能挤上公交。身旁一个小伙子手拿煎饼馃子，热气腾腾的早餐丝毫没带给她胃口，混杂着口臭的空气让人作呕。好在她早有准备，从包里拿出粉红色的口罩，使劲戴上，却换来周围几个等车人异样的眼光，一个戴着墨镜的女人抱怨着：“又没有雾霾，大夏天的戴什么口罩啊！”林恋京没心思搭理这些人，只能闭住气，随着缓慢流动的人群往前挪动着。

过了二十分钟，她总算摸到了公交车的车门，流水发车的频率也难以满足燕郊上班族的需求，她不想再等下一辆车了，拼命往里挤，终于在车门关闭前挤进去了。司机似乎早就适应了拥挤的状况，十分专业地疏导着人群，让乘客尽量往车厢后部走。林恋京当然也不想堵着车门，她往前挪动了几步，好在一米七身高的她不会被挤倒，她的包却只能悬在两个高大的男人之间，相比放在手边，包被扒手盯上的风险小很多。她已经习惯了把自己紧紧裹在一个坚固的壳里，哪怕展示出满身的毒刺，也不想被人伤害。

心里正犯着嘀咕，突然一个急刹车，她几乎站不住了，等回过神来，却感觉身后猛然一紧，一种极度厌恶的感觉从心底冲上来。她狠狠瞪了屁股后面的陌生男人一眼，他一脸无辜，猛地把双手背到身后，过激的反应坐实了他刚才猥琐的举动。

林恋京心里暗骂，却不敢说出口，想到自己此前被揩油的经历，更难掩内心的愤怒。宽松上衣、灰色长裙和平底鞋，并不能凸显她紧致的身材，却仍逃不过陌生人毒蛇般的眼神。她只能咽下所有的委屈，把目光投向窗外，加速流逝的风景显示北京市区越来越近了。

熬过漫长的一个小时，公交车稳稳地停在郎家园站。她随着长蛇般的队伍走出站台，快步走向地铁站，国贸一带林立的高楼不断冲击着北京的天际线，她的雄心再次被眼前的景象激活。

四

林恋京在一家新兴的互联网公司上班，从没有过朝九晚五的日子，晚上八点半下班已是常态，如果能七点多下班，简直可以高兴一星期。几乎每天晚上赶回燕郊，而在到郎家园之前，还得从西向东穿过北京城，漫长的乘车时间让人难以忍受。这是一场艰难的战役，她得跟末班车的发车时间较劲，还得跟自己的身体做斗争。离开公司前，她不敢再喝一滴水，也一定要跑一趟洗手间，每晚两个多小时的通勤时间，足够产生各种让她难以预料的急迫问题。

挤上回家公交的时间比从燕郊乘上车的还要长，她无数次在心里咒骂自己的可悲，想到老公早就优哉游哉地回了家，躺在床上玩手游，甚至跟其他女人放肆交媾的时候，她几乎要昏倒在车上。此刻，浓重的夜色中只有点点灯光，从光亮到黑暗，再从黑暗到光亮，穿过北京城区和燕郊之间的一大片村庄，她终于看到了这个河北小镇的面孔。手机地图再次提醒她，自己已经进入河北省廊坊市，她焦躁的心却变得更加烦躁不安。

回到家，老公果然躺在床上，他盖着一层夏凉被，扭过头不看她。林恋京从洗手间里出来，换下衣服，走到他身边，看着他迷离的眼神，却一句话也说不出来。

此刻，那个曾经风度翩翩的年轻人变得苍老不堪，不到三十岁的身体，却有着六十岁的灵魂。他翻了个身，懒洋洋地说："小京回来啦。"林恋京依然沉默不语，不想跟这根朽木说话。她看到旁边桌子上摆放着他们曾经的合影，那是大学期间他们在学校"情人坡"上拍的照片，甜蜜的笑容将那一刻的浪漫永久定格，却没想到那也是青春的绝唱。看着照片中的灿烂美好，她突然压抑不住心里的委屈，泪水滴滴答答地落在桌子上。

即使如此，林恋京也没有等来老公的安慰。他伸了个懒腰，从床上坐起来："小京，你这是干啥呀，你看看，这啥事没有，你哭个鬼啊？"

她再也忍不住了，怒气腾腾地吼道："你还问我？你自己不知道怎么回事吗？你看看，你跟以前的自己还是一个人吗？"

"我……我怎么了？除了男人个别方面的威猛少了点，我比以前更成熟了，好不好？”

“你个混蛋，还有脸说这些？”

“那怎么说？要不我吃点药？”

“你真是……你让我说你什么好？脸皮厚到这个程度，我是没见过！”

“呦，你说我脸皮厚，好吧……这又怎么样？脸皮比长城城墙厚，才能混下去嘛……”

“你知不知道，我为了你，为了你能住在这里，白白受了多少委屈？”

“你伯伯受委屈跟我有啥关系？”

“你……你又来了！是白白，不是伯伯，你故意气我吧！”林恋京猛地把他桌子上的手机摔到床上，“我那么相信你，从来不看你的微信，你却这样骗我？”

“你看啊，微信里啥也没有……不看短信看微信，不知道你怎么想的！”他嬉皮笑脸地说着，“我就让你看短信，你看啊！谁怕谁啊？”

林恋京拿起手机，看到屏幕上的解锁提醒，她用自己的生日试了一下，果然打不开。他哭笑不得：“拿生日当密码，是个人都能猜到！”他抢过手机，手指在屏幕上滑动几下，再把手机扔了过去。林恋京仔细检查了一番，竟然没有可疑的信息。

“你看看，就是你胡思乱想！我早就说过了，不可能在短信或微信里……”

“你什么意思？难道你有别的渠道？”

“好好好，我不跟你争，你有什么事说什么事吧，别再犯疑心病了！”

“你跟我说清楚，上次那个女人来家里，是怎么回事？”

“哪个女人？”

“就是那个在家里留下内衣的！”

“你非要这么说，我也没办法，那是我自己从网上买的，信不信由你！这是你逼我说的！”

“你这混蛋，宁可说自己是异装癖，也不承认劈腿！”

“是你逼我的！”

“你还要继续骗我？”林恋京捂着胸口，气得瘫软在床上，把拖鞋狠狠地踢出去。

他似乎并不在意眼前发生的一切，但刚才玩世不恭的嘴脸却撑不下去了。他见林恋京披散着头发，额头渗出的汗珠和眼角流下的泪水混在一起，一丝无奈的神情突然从他的瞳孔四周闪过。

两人沉默了半晌，他终于开口了，闭着眼睛，喃喃自语道：“小京，你怎么还这样天真呀？你整天像只笨鸟一样，不对，是候鸟一样，拼命地往北京飞，图啥呢？在燕郊找个活干干不行吗？”

林恋京听罢，不依不饶地说：“你看看，这是你以前会说的话吗？那个雄心勃勃的男人去哪里了？”

“没去哪里，还在啊！就是你自己不懂得变通。古人说什么来着？此一时非彼一时也！”他摇头晃脑地说，“天将降大任于斯人也，必先苦其心志，劳其筋骨，饿其体肤，我也苦过，劳过，饿过，可结果呢？照样找不到好工作！照样买不起北京的房子！”

“你又是强词夺理！我知道，你高考失误，大学也努力，考研又失败了，但你也不能自暴自弃啊！你是吃了一点苦，但你哪里饿过了？既然能吃上饭，你就得继续干啊！”

“怎么没饿过？你懂什么？又不是只有吃不饱肚子才算饿？男人有的方面饿着了，照样受不了！你和我异地的时候，我可没少受饿。”

看着他满脸的坏笑，林恋京又哭笑不得了：“你这混蛋，又说什么混蛋话！我真是看走了眼，找了你……”

五

终于熬到了周末，林恋京拉着老公去楼下的公园散步，每次争吵都没有结果，不是她一个人去生了闷气，就是老公一番嬉皮笑脸让她暂时忘记了怨恨。她始终下不了离婚的决心，心里仅存的一点爱意，还有一丝心疼，总是能在冲突之后加倍地涌上来。她恨自己的懦弱，担心离婚之后被人指着脊梁骨说三道四，更不想面对财产分割的难题，可想到自己的委屈，又不知如何是好。

她终于决心好好跟老公谈一谈,防止他耍赖的办法,就是不在家里谈,在外面说话,双方多少还得顾及面子。他依然是一副自以为是的模样,大摇大摆地走在前面。两人一直沉默着,林恋京也不知从何说起。

他突然说自己走累了,非要找个地方休息一下。林恋京压着心里的火气:“你这么容易累,可别是得了什么病了。”他突然大声说:“你看看,就知道你说不出什么好话,我威猛得很,哪里有病?我看你才有病!”

林恋京没有理他,只见他快步走向前,进了一个房产中介的房子,一屁股就坐在贵宾席上,直愣愣地看着售楼的小哥。林恋京跟进去,还没开口,热情的中介就围上来,对方递上一张名片,自称是这里的资深顾问,问她是不是有购房需求。

林恋京摆摆手,一脸无奈,而身边的老公抢话说:“哟,又买房子呢!我已经买啦,坐等升值呢!”

售楼小哥依然满脸堆着笑容:“原来已经买啦,那真是恭喜您了先生,您真是有头脑,已经买了燕郊的房子,太实惠啦!”

“实惠个头啊!就是这房子拖累了我,房产证上写了我们俩的名字,想离都离不了!”

“什么?又出新品种啦,俺老家的莱阳梨可香了,您也爱吃呀?”

林恋京看着售楼小哥不着调的话，不知如何作答。老公在一旁插话道："你看看，小京你又说不开心的话了，我真是拿你没办法啊！"

她终于压不住心底的怒火，大声吼道："你天天不顾我的死活，不想办法解决北京户口也就罢了，还在家欺负我，你算什么男人？"

他连连摆手："你看看，你又生气了不是，我早就说啦，现在找个工作就不错了，还拿什么户口？你倒是行，可是你费这么大的周折，也没拿到啊。你还说我在家里跟别的女人怎么怎么样，胡扯呢！"

林恋京顿时羞红了脸，低声说道："混蛋！你不知道吗？家丑不可外扬，你瞎嚷嚷什么啊？"

"都不是自己人，有啥丢人的？"

"你这个渣男，混蛋！你真是脸皮够厚的！"林恋京哭笑不得，已经气得难以自制，从嘴角挤出一句话，"我天天披星戴月地去北京上班，你有什么资格在这里吃香的喝辣的？"

"我怎么吃香喝辣了？是鱼香肉丝还是辣子鸡啊？你都不会做这些，还说我呢！再说了，燕郊怎么不好了，我跟你说，这地方早晚划入北京，到时候你就偷着乐吧，你得佩服我在这买房的眼光，你信不信？"

售楼小哥赶忙说道："还是这位先生有眼光！虽然划入北京这事遥遥无期，但以后地铁通到燕郊，应该是差不多的事了！将来平谷到北京市区的地铁，八成要经过燕郊啊！”

“这还遥遥无期呢……”林恋京一副无奈的样子。

“既然买了是自住，就别后悔，投资就另说了，但长期持有，肯定不亏。何况你们买的时候，价格也不高吧……”售楼小哥接着说，“你们小两口儿，看着挺年轻的，俺就没你们运气好了，俺就是燕郊本地人，村子就在北京边上，隔着一条河，对面就是北京，你说点背不？投胎没投好，要是再多往前一点，不就是北京人咯？”

“您不是山东人吗？”

“噢噢，莱阳是俺老家啊，籍贯在山东，但从小到大，都是在燕郊啊，俺是看着这里的田地变成高楼的，你们来得不算早，但比起以后来燕郊的，还是很幸运的啊！你看看俺，到现在还在凑燕郊房子的首付，家里的拆迁费还没到位，就是担心这房价继续往上涨啊……当然忽高忽低更可怕，不过你们得相信，晚买不如早买，买得越早越省心！有了房子才好娶媳妇啊！”

“有了房子也未必能娶上媳妇啊！”另一个房产中介突然插话，“你看看我，早就买了房子，照样没对象啊，你也别抱怨了！”

售楼小哥嘟囔着：“那你得看哪里的房子，北三县嘛，现在也就燕郊还火一点，别的地方还不好说。”

“你看看，这就是你没眼光了，我买的地方也不错啊，虽然便宜点，能在香河买也不错了，一直有说法，北京市区要东移呢，到时候北三县都会继续涨啊……”

“或许是吧，再说了，咱燕郊也不错啊，北京有啥好的，非要去北京！俺也去过上海、广州这些地方，相比之下，北京连个夜生活都不知道去哪里找，别的地方到处都是酒吧！”

“北京怎么没有夜生活？”

“哪里有？”

“簋街烤串啊！”

“……”

林恋京见两人竟互相聊起来，突然不知说什么了。她看了看坐在沙发上的老公，无奈地摇了摇头。沉默良久，她尽量用耐心的语气跟老公谈了谈自己每天上班的难处，尤其是没户口的无奈，还有通勤的煎熬。她有些意外，老公这次竟然没再发脾气，而是不停地叹气。

“你知道吗？我每天必须得早起，你这样偷懒，真的很不像话。在北京活着，每个外地人都不容易。”林恋京无奈地说，“你以前看了那么多书，也知道，早起的鸟儿有虫吃……”

“对啊，可是你知不知道，早起的虫儿也被鸟吃啊！你怎么知道自己是鸟呢？我们这些人，都是微不足道的虫子啊……”

他这番话让林恋京无言以对。她不知道怎么劝说老公，才能找回那个曾经昂扬向上的好男人。林恋京没再看他那玩世不恭的模样，独自走到一边，呆呆地看着熙熙攘攘的人群，一句话也说不出来。

一个头发杂乱、穿着短袖的小伙子突然走上前来，跟她打了个招呼：“嘿，老姐！想不到你也在这儿啊！”

第七章
流水线上的异类人生

一

潘小凤从皮村出来的时候，赶时髦打了辆网约车，到了燕郊，发现车费果然比以前打出租车便宜点。他见林恋京蹲在马路牙子上闷不作声，心里正犯嘀咕，挠了挠头，才发现自己脑袋上一片墨云翻腾，乱糟糟的发型也称不上什么非主流的风格。

林恋京没跟老公说话，他却走上前来，用诡异的眼神打量着潘小凤："哟，没听说小京还有个弟弟啊！"

潘小凤稍微拨弄了一下头发，有些腼腆地说："不是亲弟弟，但比亲弟弟还亲呢。上次在皮村见过哥了，你忘啦，你们一起去的，我是那个回收衣服的……"

"噢！想起来了，是你啊，你叫什么来着……"

"潘小凤。"

"对对，就是这个名字，你看看你，一个老爷们叫什么小凤啊？怪奇怪的……"

"我都习惯了，您要是叫着不顺口，叫我潘风也行，这样好点吧……"潘小凤无奈地摇了摇头，把三本书从书包里拿出来，递给林恋京："老姐，上次你借给我的书，《水浒传》、《悲惨世界》和《罪与罚》,我都看完了。”

林恋京脸上一副欣慰的样子:“真好,小凤这么爱看书,以后姐家里的藏书,你随便看,等我回家给你拿《了不起的盖茨比》,这个也很好看。”

“什么？了不起的比尔·盖茨?”潘小凤嘟囔着,“老姐,我估计没啥商业头脑,这些成功人士,我跟人家有啥关系?”

“是盖茨比,这是部经典的小说,你看看,连我都知道……”

林恋京不想搭理老公,但他总是不想错过各种刷存在感的机会。她不知该如何面对这个不着调的老公,头也不回地独自回到家,把书拿出来交给潘小凤。潘小凤如获至宝,连声道谢,还说自己想快点见到老姐,还打了网约车,本来应该坐公交的。林恋京也知道没有直达公交,北京东郊的皮村到河北燕郊,中间不知道要绕多少路。

她帮弟弟叫了一辆网约车,直到他发微信说已经回到皮村,才算安下心来。没能留下潘小凤一起吃个晚饭,已经很遗憾了,看着老公那张嬉皮笑脸的面孔,生活的苦涩乏味就无从消除,曾经的青春早就像被早起的鸟儿吃掉的虫子一样,化作一堆粪土烂到地里,无人关心它们的存在,仿佛昔日美好从没出现过。

二

邻近首都国际机场的皮村,伴随着大量航班低空飞过的轰鸣声，昼夜交替之际，见证了无数打工者的悲欢离合。当年，潘小凤从河北农村老家来皮村的时候，这里的外地人还没今天这么多，但这几年村里涌入了几倍多的人口，但类似他这样的打工青年是其中“沉默的大多数”。

潘小凤跟林恋京只能勉强算是远房亲戚，甚至都算不上什么亲戚，毕竟中间隔着好几层关系，他从没跟人说过这些。毕竟，他总不能跟人家说，我妈妈的三哥的表姐的四叔的大儿子的堂哥的老婆的二妹的老公的女儿是林恋京，但在偌大的北京城，只有她还算跟自己有点关系的人，在无数寂寞的夜里，自己连个说话的伴儿都没有，跟老姐还能聊聊天，看看书，除了林恋京，他还能投奔谁呢？

潘小凤的原生家庭几乎在抛弃他的同时，也抛弃了自己所有的希望。他的两个哥哥和两个姐姐各有各的命运，但都没能摆脱家人的束缚，姐姐们没读大学，高中毕业没几年后就嫁人了，大哥职高毕业后，就在家门口开了个小餐馆，起早贪黑地干活，虽赚钱不多，但能养活自己。二哥不喜欢上学，初中毕业就出来打工，干了一圈也没赚到钱，最后还是大哥出钱把他送进一个烹饪学校，学了点技术，辗转老家县城的小饭店里做厨师，也算是安定下来。

唯独他，向来是不安分的。高考落榜后，他跟家里人说不想继续念书了，怕吃苦是假，不想花家里钱是真。中国男足打入世界杯那一年，他也打入了大哥介绍的工作圈子，到洛阳一家服装厂干活，但没做半年，觉得赚钱太少，听人说还是江浙一带赚钱多，就跟一个老乡到了杭州打工，依然是在服装厂。本来干得挺好，后来遇上“非典”，服装厂被迫停工，几个河北老乡商量着，还是得想别的出路。

经过一番折腾，潘小凤只能选择在苏州一家电子厂打工，他干的活非常简单，但也枯燥无味，每日站在车间的流水线旁，负责组装手机配件。一天下来，手上的茧子更厚重了，但再累再脏的活儿也得做，他忘不了老板那句半开玩笑的话：“你们不好好干，早晚被机器取代，到时候连这点钱也赚不到！”无数无奈的日子就这样慢慢地熬下去，脸上的青春痘早就不见了，身上的朽烂味道却日渐增多，不论怎么洗都洗不掉的污秽，透过皮肤一直渗到血液里，直到整个灼热的心彻底冰冷下来，再也见不到点滴青春的热血。

如今在皮村，潘小凤还有点心理安慰。在打工文学小组里，他认识了一群跟自己一样奇怪的人，大家一块聊着文学，谈着音乐，仿佛自己不是一个打工仔，而是青年学者，这种超脱于现实的感觉让他快慰。林恋京也来过这里，跟他一起搞过衣服义卖，虽然她不差这点钱，但还是很支持皮村的公益事业。还有一些北京的高校老师，经常来皮村文学小组上课，潘小凤有次还跟着人家到北大旁听了一次讲座，才知道书上常说的未名湖到底是什么样。他打心底感谢这些关心自己的人，但并不是每个人都这么好脾气。

潘小凤来皮村后的两个月内，就蹭了不少文学圈的活动，他不好意思跟人家说自己的工作就是卖衣服，只好找了份在酒吧夜场的兼职，一边干着打杂的活儿，一边揣摩着文艺生活的面孔。紫色和粉色交替变幻的夜场灯光，释放着迷离的荷尔蒙气息，年轻的男女们随意坐在一旁，零散错落的布局，依然没有抹去暧昧的味道。抛去礼节性的握手和地铁车厢里不慎的接触，潘小凤从来没碰过女人的身体，苦熬的青春已经渐渐失去，等来的是更加压抑乏味的中年生活。

最大的刺激还是来自陌生人的冷眼。潘小凤看过一点心理学，发现自己是那种所谓的“高自尊”的人格，特别依赖外界的评价，看人脸色的日子一天不结束，他心里就没法真正地安宁。赚点小钱，不是生活的根本目标，现在就是老家农村最穷的人家，也不至于吃不上饭，最多吃点烂菜叶子，至于在城里打工的工友们，赚个糊口钱还是问题不大的，抽上孬烟早就不是梦。只是要得到别人的认可和尊重，比在流水线上站上三天三夜还难。

潘小凤最不服气的，还是这来自无数旁人的冷眼。鄙视链无处不在，一旦被人贴上打工青年的标签，似乎就与知识文化无关了。这天夜里，在一个出版人的微信群里，他颤巍巍地把自己写的一篇小说发上去，内容跟自己在北京的飘荡经历有关，他不知道有个词叫“自叙体”，但遍布全文的“我”字暴露了其中泣血的真实感。谁能料到，一个号称资深编辑的人竟讽刺道:“这是哪里来的小屁孩? 这群里是你能乱发言的吗?”潘小凤心里一惊,他根本不认识对方,却不知戳中了人家哪根紧张的神经,竟被一通奚落。他本来不想回复,不想对方继续自说自话起来:“恭喜你! 以我们专业视角来看,你毫无创作天赋,这条路趁早别走了……”

他想忍气吞声罢了,不想得罪对方,却不想群里几个帮闲的人趁势插话,对自己又是一番挖苦,他想起来林恋京送他的新书,便回了一句:“您可能是专业的,除了用《了不起的盖茨比》开篇的话来回应您,我无话可说。”谁知对方竟发起狂来,在五百人的群里吼道:“不得了! 大家都来看看,文学天才就是这样诞生的……”潘小凤见群里又是一群哄笑的言语,心底的愤懑冲上天灵盖,却拼命压抑着这股气,他见自己人微言轻,只好主动下了台阶,向对方说自己愿意坦诚交流,欢迎大家多批评。他这一番克制的话果然有效,对方虽无歉意,却不再挖苦他,似乎也自知理亏,便突然消失在这番可耻的对话中。

潘小凤躺在逼仄的空间里,头顶悬挂的灯泡摇摇欲坠。他把没读完的《了不起的盖茨比》放到一边,闭上眼睛,似乎宇宙万物都在他的身边飞速旋转。离开河北老家,已经十三年了,这些漫长的岁月没让他走向什么成功,却在现实的锤击里,身体日渐衰落,意志更加消沉,他似乎忘记了自己为什么要来北京,是为了自己的文学梦,可能存在的尊严感,还是仅仅相比在老家赚更多钱，或是找个看得起自己的女人，然后踏踏实实地过一辈子？他不知道，这些问题像宇宙奥秘一样每天困扰着他，他不敢愤怒，他惧怕旁人的冷眼与挖苦，他惧怕自己进入一个不属于自己的世界。

酷暑降临后，他在闷热的房间里待不住，廉价的电风扇并不能带来彻底的凉意，还不如抱个席子，在屋外的空地上睡个露天的觉。在数十个看不到星辰的夜晚，只有上空轰鸣而过的飞机和村里此起彼伏的狗吠声，他渐渐地沉入梦乡，却永远无法做一个甜美的梦，难以摆脱的现实苦涩，让他的梦乡也是令人压抑的黑白色，他自导自演着无数的默片，却没有观众的掌声，更没有人上台递上鲜花。

直到这一夜，他梦见自己走上了一片荒芜的山岭，在泥泞的土路上只有吸血的蚊虫为伴。他听见有人唱歌的声音由远及近地传来，却听不清那人到底在念叨着什么。过了许久，他才听清了，那是一首古诗："赤日炎炎似火烧，野田禾稻半枯焦。农夫心内如汤煮，公子王孙把扇摇。"他隐约觉得自己在哪里看到过这首诗，却怎么也想不起来了。

潘小凤从梦中醒来，依稀的记忆若隐若现，除了那沉重的压抑感，他只记得这首诗了。潘小凤揉着睡眼，潮湿的感觉刺激着他心底最脆弱的部位。他一觉睡到现在，此刻竟已是上午十一点半，烈日烘烤着几乎要灼烧起来的皮村。他赶忙跑到衣服店里，几个来淘旧衣服的村民已经在门口等了好久，他们抱怨着迟到的小凤,却看不到他眼角上的泪痕。

他跟几个熟悉的顾客絮叨着,几个热心肠的村民又唠叨着要帮他找对象,他不敢对人苦笑,只好赔着笑脸,说自己还没本事娶上媳妇。一个陌生的小伙子走上前来,他穿着标致的西装,笔直的海蓝色领带贴在胸前,厚重的眼镜镜片却折射着浓烈的光线,斑驳的光点洒在一摊摊旧衣服上。他跟潘小凤热情地打着招呼,递上一张名片,自称是一名老师,名叫鲁至正,刚从北师大毕业。

潘小凤不知他为何要这么客气,他羞涩地挠挠头,把刚烧好的热水倒在纸杯里,双手递给对方,拿出招待贵宾的憨直模样。鲁至正有些拘谨,他赶忙接过纸杯,溢出的热水洒在水泥地上,他笑着说:“潘小凤,我知道你,皮村嘛,我来过几次的!”

第八章
星落深山里

一

北京有一半面积是山区，北部和西部连绵的群山紧紧地包裹着身边的城区，点缀在群山中的村落似乎刻意掩藏着自己。除了踏青和农家乐时，都市中产群体很少会看到它们，鲁至正却是个特例。

他从皮村采访完，坐上回市区的公交车，想到潘小凤在皮村跟他聊天时，讲到自己这十几年打工经历的时候，他反倒觉得幸福与否更与自身感受有关，并不取决于外部环境。潘小凤说自己也不想赚什么大钱，也赚不着大钱，平时抽个孬烟、玩个网游也能满足了，唯独不满的就是找媳妇的夙愿一直没实现。

看着车窗外缓慢流动的风景，鲁至正的思绪从皮村飞散到北七家，又晃悠到半截塔村，经过一番周折，又纵贯北京城区，在东十八里店附近盘旋开来。一星期内，他的足迹遍布多处城乡接合部，采访了好几个打工青年，像潘小凤这样的年轻人，不甘沉沦却无奈彷徨，在这个喧嚣的大都市里又何止千千万万。

他心里明白，采访的目的是帮着老师做课题，虽然这是社会学专业的调查，但他从来不觉得自己的教育学专业能离得开它们的支持。经过三次换乘，他总算回到学校附近，他瞅了瞅公交站牌上“铁狮子坟”四个被锈迹侵蚀的字，心里有说不出的滋味。

鲁至正已经硕士毕业，不能继续住在学校宿舍了，好在已经在学校东门外租了房子。他整理了一番家务，才发现之前放在书架上的一张合影竟不知去向。找了许久，才在床边的五斗橱里发现它，那是二〇一五年他在延庆一个山区小学支教时跟孩子们的合影。两年时光并不漫长，照片中的自己被浅浅的树荫覆盖，但暖暖的笑容清晰可见，簇拥在身边的孩子们的脸上红扑扑的，他们的眼神充满光亮与羞怯，一个调皮的男孩子偷偷地在他身后扮着鬼脸，那个瞬间被永远定格，却又永远地消失了。

鲁至正总想回去看看，但一起去支教的学妹跟他说过好几次，那所村小在他们支教后不久就撤销了，孩子们只能去邻村的学校上学，再回去也就只能看看废墟。他不服气，临毕业的时候，专门跑到那个村子去看，却发现那个本来就没几户人家的村子也杳无人迹了，经济条件好点的家庭都把孩子送到外面读书，尤其是几个开了农家乐赚钱的家庭，在城区买房后，就直接搬出去住了，留在村子里的年轻人越来越少，村里通公交车的可能性也就更小了。

但就是这次支教经历，让他坚定了毕业后投身山区教育事业的念头。曾经一起支教的学妹，经常扎着如今并不流行的马尾辫，但浓郁的八十年代妆容气质很对他的胃口。她深红色的长裙在夏日的葱郁里更为靓丽，当酥软的微风吹过，青春的气息伴随怦然心动的感觉，悄悄地浸润着枯萎的灵魂。可就是这个一度跟他暧昧不清的学妹，听说他毕业后竟然要去甘肃山区支教，顿时就对自己冷淡起来，与其说是不解，不如说是不屑。

鲁至正没法忘记学妹那张被怪诞表情充斥的脸，但很快自己也就慢慢想开了，既然不是真的志同道合，也没什么可遗憾的。但长辈三番五次唠叨自己“不成熟”一类的话，他却很难不放在心上。鲁至元的前车之鉴，似乎正在成为鲁至正的现实境遇。

二

从北京西站坐上火车，鲁至正长舒一口气，看着京城的繁华渐渐成为逝去的风景，心里竟然有一种说不出的畅快。他突然想到陶渊明那首《归园田居》，便在微信上发了个状态：“久在樊笼里，复得返自然。”他晃了晃手机，屏幕上滚动的图文瞬间变得模糊起来。没过几分钟，他便隐约看到堂哥在这条微信下面留了言，还有几个陌生的网友点了赞，但他并没有点开细看，反而长按了关机按钮，在去兰州的路上，他不想再被人打扰了。

这列普速火车要开两天一夜才能到兰州，躺在卧铺顶层的窄床上，逼仄的空间令人窒息，鲁至正连伸个懒腰都要碰到车厢的天花板。枕着火车亲吻铁轨的声响，昔日的记忆也从时间的另一端缓缓滑出……

不管别人怎么看待，鲁至正从来没有后悔过读师范、当老师的决定。报大学志愿的时候，班里几个要好的朋友都选了经济类专业，还有一个爱好历史的哥们儿选了法学专业。起初，他是想读历史系的，但在家长的苦劝下，还有高中历史老师的"建议"后，他只好接受这个专业难就业、难赚钱的事实，选了个折中的汉语言文学专业，也就是俗称的中文专业。鲁至正总觉得自己还是个读书人，童年启蒙期读到的国学经典，始终是他绕不过去的心灵桃花源，在无忧无虑的童年和少年时代，他也把大量时间花在博览群书上，至于中考高考这样的应试教育，他从来就没太当回事。

好在鲁至正的运气不错，虽然一直不怎么钻研应试技巧，但考试成绩还算不错，轻松度过了中考。高考时候，虽然发挥得不是很好，却也考过了一本线，这在学霸云集的山东省，也不是一件特别容易的事情。后来，他也想过，如果当时多用功一些，或许还能去省外读个名校，但又转念一想，自己在没怎么拼命的情况下，读了省内最好的师范大学，倒也不算太差，更何况还学了自己热爱的专业。尽管大学后的生活并非如其预料的那样，但他也知道，把大学一味想象成象牙塔，未免太过幼稚了。

那是一所比高中更像高中的大学，自己的大学生活似乎还没开始就戛然而止了，哪怕在此之前有着无限的憧憬，但终究不过是一碰即碎的泡沫。高考前夕，他还跟班里几个酷爱地理的小伙伴在世界地图集上寻找着有趣的信息，一般的冷知识早就不能满足大家的胃口了，就像自己很小的时候就能随意辨认世界各国在地图上的轮廓，对教材上的地理知识更是不在话下。他突然想起来，有次在地理课上问老师："马达加斯加岛东部为何有一条紧贴海岸线的运河？"这问题当场难住了很有教学经验的老师，旁边的同桌却窃笑道："问这没用的干啥？非洲地理这块的考纲里没这个，高考又不考！"他挠挠头，连连称确实如此，不按考点学习，简直就是应试的大忌呀！

然而，在大学里连吐槽自己关心这些"没用"知识的人都没了，泛功利化的学习氛围更加浓厚，考研、考公务员和考事业编制成了绝大多数学生的不二选择，似乎只有这样机械的人生轨迹才是优秀和健康的。

"独立之精神，自由之思想"，乃读书人立身之本，这是他从很早就坚定的信念。在大一演讲比赛上，他激情昂扬地宣讲了一番"大学何为"的道理，好像占据了道义的制高点，但在后来现实无奈的冲击下，在身边同学看来，这些近乎飞蛾扑火的情怀简直就是个笑话。

鲁至正起初并不明白其中的原委，直到开学后不久的一次支教，彻底打碎了自己天真的幻想。那是位于济南南部山区里的一所初中，生源几乎都是周围山村的孩子，简陋的教室、匮乏的师资以及孩子背后家庭对教育的麻木，时常让他脊背发凉：同样在一个城市里生活，为何差异会这么大？

他曾苦劝一个决定退学的孩子回来上课，不料其家人却找到学校来，死活要让孩子出去打工，还说什么邻村的几个孩子出去混都赚到钱了，自己孩子读书也没出息，不如趁早出去赚钱。鲁至正跟对方讲了一番法律的道理，却被人家怒斥为“多管闲事”，后来还是资历深的老教师出面，才勉强劝服了家长，把这可怜的孩子留在学校里，熬到初中毕业了事。

他在进入大学之前，从来没有接触过如此残酷而真实的世界，就像那些漫不经心的青春岁月，在各种天马行空的幻想里无边游荡，殊不知很多人并没有一个纯净的原生环境。有次在从山村回学校的车上，一起来支教的邻班同学突然告诉他，其实自己就是这个初中毕业的，四五年前的学习环境比现在还要差得多。鲁至正当时几乎愣在了现场，他没想到会是这样，不料对方竟接着说：“这没什么，俺好歹还在济南呀，虽然在农村，但毕竟在省会呀，你想想其他外地同学，很多人连这样的条件都没有呢！咱山东可能经济还好点，那些西部山区的学生，还不如这呢！”

同学虽是笑着说，又说什么“比上不足，比下有余”，却难掩心底的悲哀。鲁至正如梦初醒，想起自己一些任性的念头，不免有些愧疚，但更多的是庆幸。在此后的几年里，他越来越习惯于把自己的状况置身于一个宏大的社会环境里，而不仅从个人经验出发看待世界。鲁至正明白，自己其实已经算是这代年轻人里比较幸运的孩子了。

三

傍晚时分，火车缓缓地停靠在兰州站，远方连绵的群山静谧地躺在坚实的土地上。鲁至正拖着一个沉重的大提箱，在火车站附近找了个快捷酒店住下。房间的隔音效果并不好，时有火车鸣笛声刺破黑色的夜幕，但他并不烦躁，他已经习惯了枕着嘈杂声入睡，似乎只有这样才能感知一个真实的世界。

一觉醒来，已是上午九点，他赶到汽车站换乘长途大巴。虽然买票时有座位号，但乘客们似乎并不按号入座，他也习惯性地占了个靠窗的位置，打开外层布满灰尘的窗户。路旁的景色随着大巴的颠簸而上下浮动，点缀在土黄色画布上的绿色愈发稀疏，窗外的世界很快陷入茫茫的荒凉中。大巴也从高速公路转到了省道和县道上，偶尔经过村镇的时候，一些被晒得黝黑的孩子追着大巴跑，嘴里还叫嚷着各种他听不清也听不懂的方言。

长途大巴开了许久，渐渐驶入更加荒芜的山区，崎岖盘绕的山路犹如缩成一团的长蛇，夏日的燥热均匀地铺在山岭之间。路面状况并不佳，大巴颠簸得厉害，不少乘客的脸色并不好看。又过了许久，大巴终于驶入一片开阔的谷底，路旁竟出现了低矮的树木，无名的杂草散乱地围在周边。司机突然停下车，大吼一声："下车解手，男左女右！"他刚打开车门，突然想到了什么，又吼了一嗓子："就停两分钟，都别磨蹭，前面可能又堵车了！"鲁至正还没反应过来，就看到一群人抢着下了车，几个口音浓重的中年男人抱怨着他听不清的话，径直走到大巴左边，正对着远方空旷的世界，毫不顾忌地释放着体内的洪流。

鲁至正从没见过这般架势，愣了几秒钟，才开始庆幸自己上车前就已经解决好了个人问题，并保持了在长途车上不喝水的习惯。他的面前已是一个空荡荡的车厢，两个抱着孩子的中年妇女也下车了，刚才在车上她们一直在聊天，说的好像是走完亲戚就回家之类的话。

鲁至正笑自己可能是车上唯一的外地人，他打开手机，想定位一下自己在哪里，却发现手机竟然没有信号。他回头看了看，发现竟还有个女生缩坐在最后一排的角落里。他一眼就看出她身上明显的外地人气质，短上衣、紧身牛仔裤和提箱，以及年龄相仿的相貌身材和白皙面庞上的圆形眼镜，这一切都让他颇感亲切。只是姑娘的眼神有些焦急，她时而低头看看手机，时而把目光投向右侧窗外，两人目光相对，她显得有些害羞，微微地站了起来，犹豫片刻，又缓缓地坐了下去。

他很少在陌生场合与陌生女生搭讪，也从不期待奇怪的邂逅能带来什么奇妙的缘分，但并非真的不想，而是有些害羞，也担心被拒绝后太过尴尬，因为这个毛病，堂哥和其他大学哥们儿没少说自己。但在此刻，隐约的温情却从心底汩汩涌出，好像她是自己久别重逢的老友，在这样一个荒凉的世界里，只有他们可以相伴同行。他几乎无法克制上前搭讪的冲动了，从座位上站起来，大巴车却突然开动了，在一阵强烈的惯性下，他又沉重地坐了下来。

又不知绕过了几十座荒山，穿过了多少处县界，大巴终于停了下来，汽车站的招牌上似乎有一层厚厚的黄土，破败的小房子和散落一地的垃圾尽显凋敝景象。下车后，鲁至正四处寻找着来接站的张老师，眼前的天色就要黑下来了，却依然不见其踪影，而他的手机也没电了，却没记住张老师的电话号码。他正不知如何是好，却发现刚才那个女生一脸释然地从旁边简陋的公厕里走出来，她拖着两个粉红色的提箱，拨弄了一下头发，温婉的眼神简直可以融化整个山区的萧索。

她看到鲁至正，好像明白了什么，便主动打了招呼："这位同学，你也是在等张老师吗？"鲁至正心里一惊，赶忙说："怎么,你也是来支教的?”

“是啊,我之前看过支教名单,我跟一个男生分在一个学校,我知道你,你是不是叫鲁至正?我好像在名单上见过你的照片。”

“是啊!好巧啊,不过我提交的照片都是几年前照的了,你还能认出来啊!”

“怎么不能?我又不是脸盲,再说了,你的照片又不是照骗……”她又拨弄了一下披肩长发,笑着说,“我叫林小琦,叫我小琦就行!”

“幸会幸会!”

原来,林小琦真的也是来支教的,不过她是参加了一个保研支教的项目,在这里干一年后,就可以回学校继续读研。鲁至正问她是哪个大学毕业的,她却只腼腆地说是南方一所普通师范大学,学的是语文教育。他不再多问,听她口音像是广东人,虽然她的普通话讲得不错,但广东话的余韵仍在。

没过多久,一个戴着鸭舌帽的中年男人从一辆灰色的面包车里跳下来,见车站前只有他们二人,便迎上前来主动搭话:“哎呀,实在抱歉,你们两位久等了,有段山路不好走,耽搁了一点时间……”他摘下鸭舌帽,灰白的头发在晚霞的映照下闪烁着金色的光亮,深蓝色的笔直领带显得十分突兀。果然是张老师!他们寒暄了几句,便上了车,又经过一个多小时的车程,藏在大山深处的小镇完全呈现在眼前。与其说这是一个镇子，不如说就是几百户人家的砖瓦房。

他们走下车，到了学校宿舍旁。张老师十分客气地说：“这是我们娃儿专门给你们留的宿舍，这间是男老师的，鲁老师，您就住这里吧！”鲁至正连连道谢，他把提箱放在一边，径直走入房间，只看到一张铺着厚被子的床铺，还有一张不大的书桌，房间似乎刚刚被装修过，新家具和旧房子混合的古怪味道十分刺鼻。林小琦的房间就在不远，也是只有一张床，一张桌子，似乎比鲁至正的房间要小。林小琦高挺的鼻尖稍微晃了一下，她又习惯性地拨弄了一下头发，轻轻地踮着脚尖，有些焦急地四处张望着。

张老师有些惭愧地对鲁至正说：“哎，实在不好意思，山里条件太差了，只能委屈你们暂时住在这里。我们其他老师都是住在家里的，其实很多人住的还不如这里好……对了，厕所在外面，晚上院子里没灯，要是解手别忘了拿个手电筒……”

鲁至正见他这么客气，便十分恭敬地说：“张老师，您安排得很周到了，今晚真是麻烦你们了！”张老师依然一脸惭愧：“咱们明天中午一起吃饭吧，学校老师给你们接风……你们先休息，我回去了……”

送走了张老师，鲁至正发现屋外的世界果然是一片漆黑，日落处只有几笔温柔的线条，起伏绵延的山峦隐隐若现。在繁华的城市里，已经很难看到满天的繁星了，而在这荒凉的群山之中，却要靠月色与星光点亮眼前的路，想到这里，他不禁笑了出来，但他的遐思还没蔓延展开，就被一声尖叫惊醒了——

“鲁至正！快拿你的手电筒来！”

他听见林小琦的尖叫声，赶忙循声跑到厕所门口：“小琦，你没事吧，怎么了？”

“我……我的手电筒掉厕所里了！”

“我还以为是多大的事，吓人一大跳啊！”

“怎么不大？厕所里什么也看不见了！”

“那也不妨碍上厕所啊！”鲁至正一脸蒙，“喂，那你出来，我把手电筒给你啊……”

林小琦很无奈，又有一丝娇羞：“鲁至正，鲁老师！你到底有没有谈过恋爱？喂，我现在根本没法上厕所了！”

鲁至正不知其何意，但还是觉得应该绅士一些，他见男女厕所之间只有一堵还没自己高的矮墙，便冲进男厕，把手电筒伸过矮墙，林小琦应声站起来，一只手抓住了手电筒，隔壁的逼仄空间立刻亮了起来。过了许久，林小琦才从厕所出来，她无奈地叹了口气，径直走进自己的房间，没再跟鲁至正说一句话。

四

鲁至正做梦也没想到，张老师竟然要让自己做语文组副主任，专门带初三学生，他总是跟其他老师念叨，鲁老师是北京的名牌大学硕士，精通先进的教学方法，肯定能让班里的娃儿考上个好高中。林小琦则被安排到邻班教初一的语文，或许因为她颇有艺术气质，还代教了音乐课和美术课。

开学后两个星期，林小琦就开始跟他抱怨了，说什么住得太差，吃得太差，最不能忍受的是没法每天洗澡，只有不卫生的旱厕，诸如此类，不胜枚举。听其抱怨后，学校里几个女老师上门开导她，说什么这里极度干旱，连口井水都很难打出来，光秃秃的山上只有沙石，种啥啥不长，很多娃儿的家里几乎没有经济来源，拿到的低保也就混口饭吃，谈不上什么享受日子。

后来，还是副校长出面，不知从哪里拿了一笔资金，其实也就几百块钱，从外面县城运了几十桶水，让林小琦节省着用，想每天淋浴洗澡是不可能了，但可以用毛巾蘸水擦擦身体。鲁至正觉得这个方法很好，他虽也有点洁癖，但早就做好了吃苦的准备，这点物质艰苦早在其预料之中。林小琦虽然偶尔还会犯嘀咕，但也知道学校的不容易，便不再频频抱怨了。

如今，炎炎夏日已经转瞬即逝，微凉的空气和似乎不干净的食物，让林小琦感到了水土不服的痛苦，连续几天拉肚子，夜里也总被冻醒。鲁至正是出生在冬天的，似乎天生就不怕冷，酷烈的寒风迎面袭来，他最多也就打个喷嚏，揉揉冻得通红的鼻子就行了，根本不用戴什么口罩。他见林小琦实在委屈，便把自己的感冒药偷偷塞到她的办公桌抽屉里，又托一个女老师把自己的被子放到她的屋里。林小琦没说什么，似乎她并不知道这是鲁至正的心思，而繁忙的教学一旦开始，也就让他忘了这些琐碎的事。

最大的挑战还是来自教学。鲁至正总是能听到张老师训诫学生的声音，他见被训的孩子低头不语，总是于心不忍，便上前劝阻。张老师却十分硬气："鲁老师，您是不知道，有些娃儿不只是淘气，简直是野蛮！不管教能行吗？您看看，我们这周边不是荒山野岭就是贫困村镇，北边是宁夏的西海固一带，也是很穷苦的地方，穷山沟沟都连在一起了，娃儿们不拼命学习，哪有出路？他们爹娘都没啥本事，我这当校长的再不教好他们，他们将来怎么办？"

鲁至正有些疑惑，他笑着说："您不用这么客气，我们是晚辈，不要用'您'嘛……我教了两星期，感觉孩子们都挺努力的呀，尤其是坐在前排的那几个女生，很拼命的，每次都积极回答问题，并不是您说的那么差呀！"

张老师晃了晃精瘦的身体，长叹一口气："唉！鲁老师，您不知道啊，我们这儿的升学率在全省都几乎是垫底的。你看看这次模拟考试成绩吧，昨晚刚出来的……别说跟省城比了，就是在周边几个县城里，我们这也算最差的了……一些娃儿的亲戚在外面打工赚了钱，就把他们带出去上学了，剩下的孩子哪里还有出路，将来怎么能考上大学？别说大学，就是个像样的高中，也上不了哇……”

鲁至正看了看张老师手里握着的资料表，他的眼睛似乎红肿了，不知是不是昨晚没睡好。他曾以为自己很有同理心，但如今才明白，设身处地地考虑他人，本来就是极其困难的。鲁至正从来没想过考不上好高中或者大学会怎样，虽然一直不怎么拼命，但那只不过是因为不喜欢应试教育罢了。当时班里还有几个学习不好的孩子，高考后直接出国了，如今也都是一副成功人士的派头，有个哥们儿留学期间就买了跑车，一毕业就跟高中校花结婚了。鲁至正拼命从记忆里找到零星的碎片，却想不到帮助这些孩子的办法。

回到宿舍，鲁至正依然一筹莫展。在课堂上，学生们互动得还算积极，但反映在试卷上，尤其是市里的模考，他们的语文成绩及格率竟然还不到三分之二，尤其是涉及文言文的试题，好几个孩子都得了零分，只有两个坐在第一排的女生成绩还不错，用张老师的话说，这是保送市重点高中的种子。然而，这届只有一个保送名额，两个女生本来是很要好的同桌，如今却在书桌上隔开了“三八线”，课下几乎不说一句话，倒是坐在教室最后面的几个男生总是调皮地窜来窜去，每次下课铃一响，就嗷嗷地叫唤着跑出教室，总想把每堂语文课当体育课来上。

其中最调皮的学生叫蛋蛋，这小子才十五岁，就有将近一米八的身高了，稀疏的胡须傲骄地从他嘴唇上方生长出来。

他几乎讲不好普通话，对读书似乎也毫无兴趣，但在操场上踢球、跟老师拌嘴、揪女生头发却是把好手，就连张老师对他也无可奈何。

鲁至正想起来，接风宴上张老师曾跟他悄悄说："鲁老师，您班里有几个特别调皮的孩子，谁都管不了，您也不用管他们，只要他们不打扰别人学习就行……"

"不管？这样怎么能行？他们家长也管不了吗？"

张老师有些无奈："家长？他们哪里有资格当家长呢？女人跟着外面的男人跑了，男人天天在家里跟人打麻将，娃儿只能在姨家住，寄人篱下的日子能好到哪去呢？"

"这种情况的孩子，咱班里多吗？"鲁至正突然想到了什么。

"不少，就算是好的，也是穷得叮当响，都说穷人家的孩子早当家，那得看有多穷……人穷志短，这可不是一句空话啊……"

鲁至正突然无话可说了，他陷入了持久的沉思。

五

鲁至正下定决心要给学生们一个更好的未来。荒凉的峻岭比平原地带更早地进入萧索的秋日，但这里没有黄叶纷飞，更没有层林尽染，唯有呼啸而过的山风，夹杂着沙石席卷四处。他头一回离开小镇，到县城的新华书店买了几套押题卷，到附近的文印店印了几十份，便匆忙赶回来。

他也没料到，就在回来的路上，马上要到学校附近的时候，林小琦竟孤零零地走在街上，她低头沉思着什么，仿佛心事重重而又无从化解。林小琦的附近几乎全是男人，而且罕有年轻人，几个路人停下脚步，直愣愣地盯着林小琦的身体，还有一个头发油乎乎的男人吹着口哨，其他几个人哄笑着，如同一群饿狼正在围猎一只孱弱的羊羔。林小琦似乎也感到了不妙，她快步走向前，精致的粉色手提包和水蛇般的身体一起晃动着。几个男人的目光始终盯着她的背影，似乎从来没有见过年轻女人一样，把她身体从上到下盯了个遍。

鲁至正快步走向前，轻轻拍了一下林小琦的肩膀，她猛地一惊："哎呀，你吓死我了！"她见鲁至正一脸坏笑，又猛然一脸严肃，难言的情绪终于压抑不住了："鲁至正，我昨天给你发短信说，今天能不能陪我一块出去买衣服，你怎么也不理我啊？"

"没有啊？"鲁至正有点惊诧，"我昨晚睡得早，没看手机，今天在路上看手机，没看到有人给我发消息啊！"

"我发了三遍，你都不回！"林小琦几乎要哭出来了。

"是吗？"鲁至正心里竟然有点窃喜，他没想到小琦会这样做，赶忙打开手机又看了看，他终于明白其中原委了。

"实在不好意思啊，你看，路上手机又没信号了，估计是消息延迟了，我现在打开手机才收到……”

鲁至正赶忙把林小琦送到宿舍，路上又是一阵安慰，一阵道歉。她的眼角微微泛红，刚才的场景仍让人心有余悸。鲁至正眨着眼说：“其实他们可能也没有恶意……你别难受啦，以后出门我陪你还不行嘛……”

“你说得倒简单，上次我也遇到了这种事，还是张老师在身边的时候，你都不知道！”

“还有这种事？我真不知道……”鲁至正深感愧疚。

“就在上星期！张老师还说什么村里光棍太多了，女人越来越少，这些猥琐的家伙也只是很少的人……”

“是啊，我也这么认为……”鲁至正叹着气说，“现在越穷的地方，男的娶媳妇越难，不打光棍又能怎样呢？以后出门你注意安全，有空的时候我陪着你吧……”

“有空的时候？”林小琦哼着说，“鲁至正，鲁老师，我听说你平时很忙，大忙人，最近又常跟学生谈心，我可不敢耽误你的正事……”

“咳咳，别这么说嘛……”鲁至正嗅出了其中的意思，赶忙斩钉截铁地说，“以后小琦妹子有啥需要，随时找我！”

“上课的时候也行吗？”

“这个嘛……最好不要在——”

“你说什么？”

“那……那好吧，我答应你……”

六

“同学们，从今天起，我们拿出一个月的时间，系统解决大家文言文不好的问题！”鲁至正拿起粉笔，在黑板上写下几个大字：“《史记》精读”。

台下的张老师皱紧了眉头，学生们发出一阵叽叽喳喳的声音，并不知道这个年轻的支教老师到底要做什么。

鲁至正琢磨了许久，终于想出了这个办法。此刻，他终于可以践行这些大胆的理念了：“同学们，大家都知道，《史记》是我国最重要的古典文献之一，有极高的文学价值和历史价值，也是大家学习文言文最好的参考书籍……”他从讲台上走下来，绕着教室边走边说：“《史记》的篇章很多，我们只能选取其中几个章节来讲，老师已经帮大家总结了其中的知识点，只要掌握了这些，对付中考的文言文试题就非常轻松了。其实《史记》每一章都非常精彩，老师研究之后，决定讲这几章，注释版的原文和译文都在发给你们的这本小册子里……”

张老师也打开了这本临时被钉起来的小册子，这是鲁至正专门跑到县城自费印的“教材”，里面有几个《史记》的篇章：《高祖本纪》、《孔子世家》、《李将军列传》和《太史公自序》。他心底犯着嘀咕，对鲁至正的教学路子将信将疑：按部就班地应试还弄不好，这样灵活的教学能帮上娃儿吗？

鲁至正倒是信心满满，自从来甘肃支教，这是他最兴奋的一天。他把备课本摊在讲桌上，一边在黑板上一板一眼地写着板书，一边念叨着《高祖本纪》的内容：“高祖，沛丰邑中阳里人，姓刘氏，字季，父曰太公，母曰刘媪。其先刘媪尝息大泽之陂，梦与神遇，是时雷电晦冥，太公往视，则见蛟龙于其上，已而有身，遂产高祖。高祖为人，隆准而龙颜，美须髯，左股有七十二黑子。仁而爱人，喜施，意豁如也。常有大度，不事家人生产作业。及壮，试为吏，为泗水亭长，廷中吏无所不狎侮，好酒及色……”

“哎呀，怎么跟娃儿们讲这些？”张老师敲了敲书桌，“鲁老师，您讲的这个内容对娃儿们有啥用？”

“怎么了？”

“好酒及色！你说怎么了？”

“这是《史记》原文啊，刘邦在书里就被说成这样，这怎么了？”

“这样的内容根本不适合出现在初中生的课堂上！”

“张老师，您未免也太保守了，孩子们又不是不懂是非——”鲁至正话音未落，便被坐在教室最后的蛋蛋插话了：“鲁老师，你说的这个好色，是不是跟俺们今天说的好色是一个意思啊？”

全班顿时愣了两秒钟，紧接着一阵哄堂大笑，蛋蛋和几个高个子男生边笑边戳着对方的身体，几个女生低着头，却掩饰不了羞涩的笑靥，只有成绩最好的那两个女生呆若木鸡，一脸疑惑地看着这套全新的“教材”，似乎她们并不喜欢这样上课。

鲁至正盯着蛋蛋看了几秒，一脸严肃地说：“你，起来解释一下，这段话是什么意思？”

“我……我不知道……”蛋蛋太久没被老师点名回答问题了，一下子不知道说什么好，全班学生的目光齐刷刷地转向他，大家面面相觑。

鲁至正走到蛋蛋身旁，温柔地拍了拍他的肩膀，笑着说：“好家伙，你都快比我高了，身体这么棒的男子汉，脑子肯定也很管用，来，你回答一下老师的问题。”

蛋蛋垂着头，一声不吭。

“你看，书上不就有答案吗？译文就在下面，你来告诉大家答案吧……”

蛋蛋一字一顿地把白话译文念完，最后说了句：“鲁老师，看来，好酒及色，跟现在的意思还真是一样。”

全班又是哄堂大笑。这次，蛋蛋反倒有些害羞了，他挠着头，对自己难得的发言颇不满意。鲁至正看透了他的小心思，笑着说：“好孩子，你回答得很好，请坐下吧，以后老师还会经常让你回答问题的……”

鲁至正回到讲台上，大声说道：“同学们，你们看，这段话里有些字，我们不看翻译也能明白，但有些字，就得了解它们的含义了……比如，遂产高祖，遂就是于是的意思……那么，文言文里表示这个含义的词还有哪些呢？”

那个成绩最好的女生立刻举起右手。

鲁至正装作没看见的样子，点名让坐在角落里的一个矮小的男生回答。对方答不出来，鲁至正笑着说：“没关系，老师已经为你们准备了一个资料，等会就发给大家，里面有这四篇《史记》文章涉及的相关知识点，比你们手里的课本还要详细……”

四十分钟很快就过去了，张老师没再打断他上课，有几个平时很少发言的学生这次竟主动举手回答问题，让鲁至正颇为感慨。只可惜课程的节奏把握得不好，本来想讲到鸿门宴的章节再下课，但刘邦刚刚斩了白蛇，刺耳的下课铃声就响了。

回到宿舍，他发现林小琦站在自己屋门前，手里捧着一本淡蓝色封面的《金蔷薇》。鲁至正惊喜万分，想不到在今天还有同龄人跟自己喜好一样：“哎哟，小琦妹子竟然在读帕乌斯托夫斯基！”

“怎么啦？你也看过这本书？”

“当然！俄国文学可是我的最爱！现在同龄人很少有人能喜欢这些作品了，感觉老一辈更爱它们啊……”

“这倒是……不过其实也不尽然啦，我就挺喜欢的。”

“俄国文学的主题太过沉重，人名又长，书又厚，就把很多人吓跑啦……”

“现在都喜欢轻阅读啊，小资范儿什么的，喜欢这些的少，也正常。”

“看不出来啊，没想到你对纯文学还这么有兴趣。”

林小琦轻轻哼了一声，嗔怒道：“鲁老师，您这就看走眼了吧……好了好了，不说这些了，听说你发明了一套《史记》教学法，让学校的语文组都惊呆了，是真的吗？”

“哦哦，这事儿啊，这倒是真的，张老师说给我一个月时间，让我试一试，若不行就换回原来的路子，反正这些学生成绩很差，就死马当活马医吧……”

“他还说什么了？”

“没说什么吧？”鲁至正愣了几秒，突然想到了什么，“哦，对了，他还说，有一个也是北京来的大学生，也要在这里做一段时间的支教老师，之前路上有事耽搁了一个多月，刚到学校，就在我邻班上课，也是教语文……”

“这就对了，我刚才看见他了。”

“谁？”

“我也不知道叫什么名字，一看是个新面孔，旁边还跟着一个瘦得跟竹竿似的男生，但似乎他不是支教老师。”林小琦耸了耸肩，两个陌生男生的身影逐渐走入视线，她指了指学校宿舍：“至正，你看他们的宿舍都安排好了，就是咱俩房间中间的那个小屋——”

她话音未落，一个西装革履、戴着深黑色墨镜的男青年便热情地迎上来:“哎呀,这位应该就是鲁至正老师了吧！久仰久仰!”鲁至正太久没见这么注重仪表的男青年了,笑着迎上去:“是的,我是鲁至正,请问您是?”

“新来的老师,也是北京人,我叫洪伍,幸会幸会!”他脸上堆起的笑容简直可以压倒一座冰山了。

“原来是同道中人啊,幸会咯！不过我不是北京人——”

“也算是啦,鲁老师也是北京名校毕业的高才生,我们都听说啦!”

两人寒暄着,又是一番“商业互吹”,让旁边气喘吁吁的张老师几乎插不上话。

洪伍大手一挥,拍了拍旁边的男生,笑着说:“元兄,我说什么来着？北京出来的哥们儿就是局气,你看看,连名字都这么大气!”

“师兄,能不能别叫我元兄,听起来怪怪的……”

“哈哈,好的,他叫元蒙哥,是我大学师弟,工作了一段时间,但又不想工作了,想继续读研,还想着申请香港的学校,但时间还充足,就跟我一块过来了!”

元蒙哥很有礼貌地说:“鲁兄,幸会！来的路上,我就听师兄说起,鲁兄是专业从事教育的,我们啊,都得跟着你学习了!”

“哪里哪里!”鲁至正笑道,“老兄客气了,对咯,你的名字好有蒙古的风格呀!”

“哈哈，一下子就被你猜到了。”元蒙哥大笑道，“好多人以为我这个姓，是袁绍那个袁，其实呢，是元朝的元，至于名字嘛……”

洪伍插话道：“老弟，你不解释还好，一解释人家就听不懂了……”

“这倒是，先不说啦……”

他们欲言又止的样子，让林小琦有些费解，也有些不快，女人灵敏的第六感让她总有着来者不善的感觉，却又不知怎么告诉鲁至正。她走进自己的房间，冰冷的地面上泛不起丝毫的暖意。她把《金蔷薇》轻轻地放在一边，再次检查了下屋门，确定屋门的确已经锁好。

林小琦使劲拧开储水桶的盖，从里面取出半个脸盆的水。她快速脱掉外衣，用毛巾蘸着凉水擦拭着上身，过了许久，又把睡衣穿上，她冻得浑身颤抖，似乎身处冰窖之中，已经没法照旧完成另一半流程了。她感觉自己好像又要发烧了，赶紧缩在被窝里。此刻，瑟瑟的冷风毫无顾忌地击打着窗户，厚重的被子好像成了一块冻僵的硬疙瘩，只有靠自己的体温才能让这冰窖有点暖意。

林小琦裹在鲁至正送给她的被子里，终于忍不住哭了起来。想找个人暖被窝，这样的话，自己是决然说不出口的，想到这些，她觉得本来就发烫的脸颊更热了。她掏出手机，想给鲁至正发个短信，却发现手机竟然低电关机了。她辗转反侧了很久，直到听不清窗外呼啸的风声，终于沉沉地睡去了。

七

洪伍的声音和他的名字一样洪亮，雄浑的声调中不乏磁性的音色，可谓天生的好嗓子。经过张老师介绍，他很快熟悉了班级的情况，他带的班级就在鲁至正的隔壁，成绩也是半斤八两，甚至及格率比他们班还要低一点。

洪伍第一天上课，就自报家门，说自己是当年全市高考前几十名、中考前几名之类的话，有极其丰富的备考经验。台下的学生立刻投来崇拜的目光，几个坐在前排的小女生听到“中考状元”之类的话，兴奋得几乎要昏过去。洪伍在讲台上走来走去，讲了一番应试技巧很重要之类的大道理，突然把粉笔扔到一边：“同学们，你们把现在的资料收起来，我们已经不需要这些陈旧的习题册了。”

他从书包里掏出一个笔记本电脑，几个坐在后排的男生激动地站起来，想看看这新鲜玩意儿。电脑启动后，吱吱的声音传遍了整个教室，他十分得意地说：“同学们，等会屏幕上显示的就是兰州市最好初中的复习资料，还有甘肃省名师的讲课视频，以后的课程就这样安排，课上一半时间放视频，一半时间我根据模拟考试卷子跟大家讲考点……”

同样坐在台下试听的张老师插话道：“洪老师，这么小的屏幕,娃儿们都看不清,是不是需要一个投影仪啊?”

“是的,您说得很对——”

“可是俺们这里真的穷,唯一一个投影仪,去年还坏了,一直没修好……”张老师一脸无奈。

“没关系!我知道这个情况,自己带了一个家用投影仪,虽然很小,但绝对好用!”

听到这里,张老师眼睛都亮了,大喜过望之后,转瞬间又失落起来。他无奈地说:“洪老师,这个投影仪贵吗?您买它花的钱,不知道学校里能不能报销……”

洪伍哈哈大笑:“您看您这话说的,既然是我私人资助,就不会花学校钱的,再说了,这玩意儿也不贵的!”

整堂语文课的节奏完全在洪伍的掌控中。下课铃声响后,洪伍得意扬扬地说:“同学们,老师现在发给你们的资料,是考点精华汇总,尤其是文言文的常考点,其实就那么一百多个知识点,你们把这些全背过,肯定能考出好成绩……考试这种事,都是有套路的,语文考试嘛,就是一个字,背!”

台下几个学生面面相觑,张老师也有些疑惑,他翻了翻自己之前给学生们总结的知识点,似乎要拼命找到与洪伍发的资料的区别。答案是显然的,洪伍的资料完全是根据历年真题总结的考点,比学生们之前的复习资料精准太多了。

洪伍又压低声音说:“张老师,我看这些孩子都很聪明,就是没有找到好的学习方法,要不这样吧,就让我试试吧,看看用我的这套资料，孩子们下次模考成绩能不能提升很多……”

张老师叹了口气，只得同意了，拿这些可怜的娃儿做试验品，是他万万不能接受的，但除此之外，又有什么帮他们升学的妙招呢？

八

群星点缀的夜空从未像此刻这样充满温柔的气息。林小琦在宿舍外面的院子里呆呆地站着，这是一个熟悉而又陌生的世界，每个角落里的灰尘都充满了贫穷的气息，却又是极其倔强的，不服气的，好像它们本不该如此。

元蒙哥打着手电筒，从宿舍里慢慢走出来，跟院子里的林小琦打了个招呼。林小琦默不作声，突然不知说什么好，良久之后，她叫住了他："那个……元老师，这几天没看见你，你去哪里啦？你不是跟洪老师住在一起吗？"

元蒙哥转身看到星光下的林小琦，飘逸的长发仿佛头顶的星河，心底压抑许久的暖意缓缓浮上来："林老师，可能你忘啦，我不是来这里做支教老师，我就是借宿在这儿，也算是陪着洪伍师兄吧。"

"对对，不好意思，上次你说了，我忘了……"

"没事的，我也习惯了……"

"嗯？"

“上次鲁兄问我，也是挺惊讶的，其实吧，我在县城一家慈善机构做义工，但我下个月才去，就先来这里住一段时间……”

“嗯……原来如此，对咯，你怎么不来一起支教呀？你怎么想到去做义工的？”

“这个嘛……也是师兄介绍的机会，我这不是想申请读研嘛，还是需要一点独特的志愿者经历的，毕竟不同于考研，不是一锤子定音的事情，很多因素都很主观的……哦，对了，你是怎么想到来支教的？”

“我……”林小琦有些羞愧，但还是和盘托出，“其实我一开始也没想来支教，这不是为了保研嘛，就走了这么个捷径，当然啦，我本来就很喜欢教孩子，当老师也挺好的，只是这里生活条件……”

元蒙哥憨笑道：“彼此彼此，我也没想到我会来这里，不过既来之，则安之……”

“我看你们都挺积极的，洪伍老师好像有一套很好的教学法，能不能跟我透露一下呀……”

“这个嘛，其实我也不是很懂，我在来的路上问过师兄，他跟我说，应试过关的秘诀就是死记硬背，当然背的东西得是真正的考点，只要下苦功夫，就肯定能考上好学校。具体怎么做，你还是得问他。”

回到宿舍，元蒙哥跟洪伍聊起林小琦的事情，他啰啰嗦嗦一大堆，却没看到洪伍眉头紧锁，已经很不耐烦了。他终于打断了对方，急忙说："老弟啊，你这么关心她啊！我跟你说，我可是有女朋友的人！"他的眼珠滴溜溜转了两圈，突然说："我明白了，原来是你喜欢她呀……我跟你说，我看这妹子跟鲁至正关系不一般，他已经捷足先登了……"

"我没这个意思，师兄你误会了……"

"你啊，你就是……哎！我还不了解你吗？你真是一个单纯又传统的小孩啊！"

"也不小啦，都大学毕业了……这事不是你想的那样……"

"你就是不敢表达自己心里的想法，当好孩子当惯了，我跟你说，妹子都喜欢那种敢做敢当的男生，你这么内向的孩子，跟你这个名字反差太大了……"

"又拿我的名字说事了，之前也有哥们儿这么说我……"

"看来英雄所见略同啊！你这脾气得改改，才有助于解决终身大事嘛，你不听我的建议，早晚还得吃亏。"

"也不是不听，我得多方考虑……"

"又纠结了呗？跟老弟就直接说实话了，我跟你说啊，看上了一个事情也好，一个妹子也罢，认准了就去做，一定得快、准、狠，要不然啊，到手的兔子也能被人家抢去！"

"你这不是饿狼哲学吗？这样不好吧……"

"你别扣帽子，我看你们文学专业的就是读书读太多了，反而活在真空里，不接地气，还喜欢套用理论，真没意思！"

“别这样说嘛,你不能拿商业圈的思维去理解我们文学圈的事情……”

“怎么不能？你就是单纯,还不承认,哎,我看你以后还要碰壁,才能明白这些基本的道理……你以为我不懂文学吗？你们专业就是总教给学生这个世界应然如何,动不动就上升到各种宏大的概念,而我们呢,从一开始就看到了世界实然如何,这才是最真实的世界……对咯,我看那个鲁至正,也挺理想主义,你们可以好好聊聊,我看他给初三学生讲《史记》,早晚害了他们,真是不负责！”

元蒙哥突然无话可说,他不明白师兄为什么会变得这么功利,而在此之前,洪伍并不是这样的人。

九

十月的模拟考试成绩出来了。鲁至正看到班里的成绩单,简直无法相信自己的眼睛,只有五个学生到了及格线上,有一半学生的文言文成绩竟然是零分,费尽周折之后,竟然还不如当初成绩好。

张老师气得把卷子砸到地上,办公桌上的水杯也颤抖起来,他尽量压低怒火,但掩不住焦虑:“鲁老师,这就是你的《史记》教学法？你看看,学生们写的什么东西！”鲁至正拾起其中一张考卷,在诗词填空里,竟然有人在“落霞与孤鹜齐飞”后面填的是“好酒及色”。他心里暗骂，这是哪个浑小子的卷子，不料张老师突然说：“可以啊，起码还填对了一个字！你到底教了什么？我跟你说，你不能拿娃儿们的命运开玩笑！”

鲁至正还想辩解几句：“抱歉，我本想让孩子们对文言文感兴趣……兴趣是最好的老师嘛——”话音未落，张老师急不可耐地说：“打住——好了，鲁老师，你不要再解释了，你已经名牌大学毕业了，你不知道山区的娃儿们有多苦吗？他们考不上好高中，考不上大学，你养啊！你看到镇上那些天天晃来晃去的老光棍了吗，读不好书，赚不到钱，就一辈子找不上女人，你自以为的好心在毁了娃儿们！”

他从来没见过张老师的情绪失控，但此刻的训斥却丝毫没让他生气，鲁至正的心底唯有自责。

洪伍突然推门而入，眼神里依然充满傲骄，满脸笑容地走过来：“张老师好！欸？鲁老师也在呢，听说这次模考成绩出来啦？”

“是的，你们班进步很大。”张老师一字一顿地说，但脸上的愁云还没散去。

洪伍压低声音说：“我就说嘛……这是预料之中的事，估计这次拼命背过知识点的孩子，成绩都不错吧。”

张老师严肃地告诉鲁至正，他必须按照洪伍那一套方法来教学生，否则就不能继续教初三了，只能带初一的孩子，甚至离开这里。鲁至正口头上答应了，但心里并不服气。

回到教室，原来坐在第一排的两个成绩最好的女生不见了。

学生们默不作声，倒是蛋蛋站起来，大声喊了一句："报告！鲁老师，她们俩跟学校申请，现在转到邻班了，就是洪老师那个班！"

鲁至正叹了口气："孩子们，你们这次的成绩……成绩实在是……"他的内心正在激烈挣扎，在纠结到底要不要承认是自己教学方法出错导致了这个结果。

"鲁老师，请你出来一下！你遇到了一些麻烦事……"

鲁至正听到一个熟悉而又陌生的声音，却不知如何是好，好像整个深山小镇都被暗不见底的黑洞吞噬了，穹隆之下再也没有半点星光。

第九章
风起成府路

一

长蛇般蜿蜒的火车穿过无数个隧洞，终于进入华北平原的开阔空间。鲁至正穿过好几个车厢，才找到了手机充电口，经过一夜的颠簸，手机电量已然所剩无几。窗外是一片肃杀的景象，上万棵枯树飞速向后退去，遥远的天际线泛起了冬日的温暖。

离开北京的时候，还丝毫没有秋日的清凉，才过了三个月，华北就提前进入了漫长的冬季。鲁至正本想起码支教一年再说，想不到这么快就结束了。离开学校的时候，洪伍的教学法已经在全校铺开，周边几个镇上的学校都来取经，虽然老师们面子上说他也是一片苦心，但心里的不满还是掩盖不住的。林小琦请了三天的假，跟元蒙哥一起把他送到兰州，她放下了起初的矫情，决定留下来，陪孩子们上完一学年，再按照学校政策回去读研。

鲁至正并非真的想走。大山里的回忆就像隐藏在底下的野火，时而迸发出骇人的烈焰，时而又燃起久违的温暖，爱怜与不满，愧疚与纠结，这些复杂的情绪牵扯着他，让他无法忘却这一切。

“或许洪伍的做法是对的。”鲁至正忘不了林小琦跟他分别时说的话。在十月模考后，鲁至正终于忍不住，跟洪伍聊起教学方法的事情。洪伍由不得别人质疑自己的方法，尤其不满鲁至正的路子。

“你这样浮夸，会害了这些可怜的孩子！”

听洪伍这样说，鲁至正有些生气，但还是压低声音说：“你这样做，把学生都变成了考试机器，你懂什么？而且班里有几个成绩差的学生，现在成绩更差了，你怎么不看看？”

他向来不喜欢与人争辩，但还是忍不住怼回去，洪伍的做法已经破坏了他对教育的理解。见他这么说，洪伍倒是不急不躁，有些得意地说：“老弟啊，你怎么这么糊涂？学校领导都认可了我这个方法，周边学校都来取经了，你看不到吗？”

“看到了，那又怎么样？”鲁至正愈发坚定地说，“你眼里只有分数？这些孩子不爱学习，基本功不好，让他们背考点，有用吗？”

“有没有用，最后你会知道。这些孩子的当务之急可不是学什么《史记》，他们考上好学校，将来进了大学再读《史记》不好吗？”

“老兄，你可能搞错了……我并不是让他们学《史记》，只是借这个提高他们对文言文的兴趣，而且这里面也有考点呀！”

“到底是谁搞错了？你这样就是本末倒置，效率太低了，中学内容又不多，兜什么圈子啊！这些孩子基础很差，兴趣也不是一两天能养成的，应试技巧却能短期掌握啊！”

“如果是这样，为什么你们班里那几个不学习的孩子，成绩更差了？”

“说实话，并不是所有人都适合读书。那几个孩子完全没升学希望，你怎么教育怎么感化都没用，你得承认社会分工的存在吧，有一类人就适合及早进入社会，将来……”

“洪老师！你这样说，可不像一个教育工作者啊……”鲁至正心里不是滋味，“我是说，每个孩子都是可塑之材，就算成绩暂时不好，也不能放弃希望啊！”

“好好好，你说什么都对，只是这些孩子也被你害苦了！”洪伍叹着气说，“说实话，你可能不太理解真正的社会，当然也就不懂教育了，我自己就是这个教育体制的优胜者，我想，我的方法应该是有点参考价值的，我就是这么考上来的，你懂吗？”

“我怎么害这些孩子了？”鲁至正更加愤懑，“洪老师，您这样说，未免太不负责任了吧！您当年那些对付高考的成功经验，未必适合这些孩子吧！”

“你看看，又较起真来了，鲁老师，我的意思是你不要那么刻板，你那些话，在教育学里都没毛病，可在现实里呢？理论再好听，不实用，也白搭啊！”

"如果你处处拿功利主义看教育的话，那我无话可说！"鲁至正听不下去了，但又觉得自己的言辞有些失态，便接着说，"当然了，这也是我的个人看法，我们聊不到一块去……"

洪伍依然是一脸冷漠，似乎情绪毫无波澜："好吧，你这样说，我也无话可说，你还是这种非黑即白的思维，幼稚啊……只是我想提醒你，你班里那两个成绩最好的女生，有保送名额的孩子，这次成绩很差，人家不敢跟你说，你是真不知道么……"

鲁至正这次不再反驳了。眼前的洪伍依然高大魁梧，但说话的模样竟越来越像鲁至元那家伙了，被别人说自己幼稚，这种事可不少。听得多了，他却更不在乎了，继续我行我素，仿佛这个世界的声音都与自己无关。

二

回到北京，鲁至正还得面对找工作的问题，但已经失去了应届毕业生身份，又错了求职季，只能硬着头皮去蹭各种教育类的社会招聘。几个同门女生都找到了北京市内有编制的中学老师工作，还有一个男生去了一家著名出版社，工作已然稳定下来。

还是本科时候的同学老赵帮了大忙。老赵原来性格内向，刚上大学时都不敢上台发言，但倔强的脾气让他无法忍受短暂的平庸状况。毕业才三年，他现在就在北京一家教育辅导机构立足了，成了高中语文补习班里的金牌老师。

他总是念叨，虽说靠这些收入没法在北京买房，但赚一套老家县城房子的首付，还是没问题的。完全靠自己，他给老家的父母在县城买了楼房，成了村里最能给家人脸上增光的年轻人。每次说到这里，老赵都难掩心底的骄傲，若是鲁至正在场，他又要道出一番感谢之词。

鲁至正其实也很惭愧，他觉得自己并没做什么，但老赵可不这么想。在北师大旁边一个小餐馆里，两人久别重逢，老赵又提起了那件让他无法忘怀的事。

“老鲁，你还记得不？刚上大学的时候，好多同学想申请贫困生助学金那事……”

鲁至正突然想到了什么：“是啊，有这事，不过都过了好久啦……”

“可能你都忘啦，我可没忘，那时候生怕里面有啥猫腻，我申请不到，幸好你很公平呀！”

“嗯……我都快忘了，那时候我是班长，你说这么重要的事怎么能让班长来决定呢？”

“可不是嘛，其他班好像也这样，但我听说……”

鲁至正摇了摇头，笑着说：“其实也没什么，我当时倒没想到猫腻什么的，只是觉得让同学上台陈述自己的情况，就像竞选拉票一样，其他人选出来最穷困的同学，依次获得不同的助学金……这样太过分了，伤感情，伤自尊，但别的班好像就是这么弄的……”

“是的，这事我可忘不了！”老赵有些激动，“当时我想，如果让我上演讲台，还要当着全班同学的面讲自己的苦，这个脸我拉不下来……”

“那就搞成哭穷大会了……”

“还是你高明啊！当时你弄了一招，解决了问题，还保住了我们申请人的面子。”

“欸？”鲁至正有点惊讶，“我都忘了，毕竟那么久远的事了……”

“你不知道，你都忘了的小事，会对别人有多大的影响。我记得，当时你让我们这十几个申请人把自己的情况写在信纸上，但不署名，只有一个序号，每个宿舍抽出两个同学来做评委，根据信纸上的内容来投票决定，但他们也不知道这到底是谁，只有你知道序号和人名的对应情况……”

“噢！是有这事！”鲁至正突然想到了什么，“是啊，咱班当时这事算妥善解决了，还算公平吧，起码没伤着同学的自尊，毕竟那时候刚上大学呀……”

“是啊，你能想到这些，能感同身受……”

“这有啥？”鲁至正似乎又想到了什么，突然面色沉下来，“其实有时候只有好心不行，也有人说我太单纯、太理想化了……”

“哪有？这都是很难得的！”老赵瞪圆了眼睛，突然激动起来，“我现在有内推机会，不知道你有没有兴趣来我们公司上班，做高中语文家教老师，估计重点是讲作文，我们辅导班做得挺好的，家教这块也有一些金主支持，反正不差钱！”

“高中语文啊，也可以，我研一时也做过这方面兼职，再拾起来应该不难。”

“那太好了，我们终于要从同学变成同事了！”鲁至正看得出，老赵依然是一颗水晶般的心，他是真心为自己开心，那股来自倔强少年的闯劲依然在，如果没有这些，他绝不会这么快迎来转机。

三

从清华大学西门沿着中关村大街一路向南，便进入了寸土寸金的名校云集区，再沿着成府路向东走，便是蓝旗营和五道口。不少家长卖掉郊区的大房子，换了这边的“老破小”，就是为了占个好学区，让孩子能上更好的学校，卞卞的家长早在六年前，就逼自己选择了这条路。

第一次见到卞卞的时候，鲁至正简直不敢相信自己的眼睛，这个高三男生跟八年前的自己太像了，不只是长得像，各种观念和兴趣更是惊人地相似。当他走进卞卞的房间后，仿佛回到了自己单纯而轻狂的十八岁，书橱里横跨古今中西的各种人文社科书籍令他熟悉而眩晕，其中有不少中学生读物，但也不乏各种经典名著，一些熟悉的学者名字也陆续跳出来，好像他们早就成了卞卞的老朋友。

卞卞家里装修虽不算高档，却很有书香门第的氛围。卞卞妈妈戴着圆眼镜，长发搭在肩上，乳白色半身裙十分修身，举手投足间颇有文雅气质。她开门见山，不等鲁至正发问，就主动说起孩子的学习问题来。

“鲁老师，我这孩子都快高考了，还是不听话，您看这是他最近的成绩单……”她递过来一张表格，这张纸皱巴巴的，上面似乎还有几滴泪痕。

鲁至正仔细看了看，笑着说：“我对比这几年的分数线看了下，他的成绩在历年一本线上下，努努力上个一本没问题的。”

“啊？”她突然大声叫起来，“就只是上个一本？他成绩这么差，我们都急死了，您怎么还笑呢？”

鲁至正意识到问题跟自己预想的不同，赶忙说道：“我想您应该对孩子有高要求的，您希望让他提分多少？”

“小学时候，我觉得孩子肯定也能上清华，要不然还能是我的孩子吗？初中以后，我觉得他不读清华，隔壁学校也不错，就是可能学不了最热门的经济学，只能读个冷门专业了，高中以后，我觉得他能考上985也不错，结果现在呢？连211都上不了！真是急死人啊，这孩子也不笨，就是不认真学习，还不愿意吃苦，整天看没用的课外书，还在学校里搞什么诗社，您说这算什么？”

“孩子这个年纪有自己想法，其实也挺好的……”鲁至正有些惭愧地说，“其实，我也是这个阶段过来的，我跟孩子好好聊聊，或许有用——”

话音未落，卞卞就从房间里跑出来了，把一沓模考试卷扔在地上，一脸不屑地嘟囔道：“我说了不要花钱请家教，你怎么不听？我不想要什么家教！”

“你这孩子，怎么还这么任性？”卞卞妈妈又气又急，把卷子捡起来，拭去上面的灰尘，流露出焦灼的眼神。她着急地说：“鲁老师，您看这孩子……孩子怎么还不懂事呢？孩他爸为了能让他上个好中学，在外面拼命赚钱，辞去公职在外企干，就是为了赚钱换个好的学区房，中关村这边的房价您也知道，这个小区已经是最便宜的了，我们还觉得死贵，但还是得咬牙买，不就是为了孩子吗？”

“这道理，咱们都懂，您先别急，孩子还小，很多事他不懂的……”

“唉，都怪我从小溺爱啊！娇生惯养，把他惯坏了，我在农村老家的孩子，哪有人指导，还不是都靠自己，照样考上名校啊！我和孩他爸也是从农村考上大学的啊，怎么现在孩子这么不能吃苦呢？”

“此一时非彼一时嘛，现在农村孩子考上名校越来越难了,唉,您也知道的,补习班也都挺贵,家教更不用说了……我会想办法让孩子成绩提高的。"

"那就拜托了,实在拜托了,孩他爸整天忙工作,也没工夫管他,你看现在都晚上八点半了,还没下班……我天天守着孩子,但孩子还总跟我吵架,怎么说都不听……"

鲁至正只好继续安慰她,卞卞又回到自己房间里,把门锁上,不知在里面做什么。经过一番好生劝说,他终于同意跟家教老师聊聊,但必须在房间里聊,不能让其他人听见。

卞卞妈妈叹着气,使了个眼色,无奈地走向自己卧室。卞卞赶忙把鲁至正拉进房间,锁上门,便笑嘻嘻地说:"鲁老师,我刚才看到您的资料了,您这个名字很有意思呀!"

"在哪里看到的?"鲁至正一惊,他没想到这个看似任性的孩子竟是这般开场白。

"你们培训机构的宣传栏里呀!我妈跟我说找了个家教的时候,我就知道她从哪里找的,因为我家邻居刘阿姨的孩子,就是找的你们!我跟她孩子是同学,有次放学我见他没回家,就知道他又偷偷地去上补习班了,我就顺便跟他去了你们那儿!不过我妈就是爱比较,别人做啥她做啥,真是醉了……"

"你还真是鬼机灵!"鲁至正惊叹他竟有这么快的反应能力,又接着说,"你刚才说我名字有意思,啥意思?"

"很少见用年号做名字的!"卞卞笑着说,好像他猜中了谜底，满脸都是得意的调皮：“而且还是冷门的元朝年号，我一下子就看出来了！”

“欸？”鲁至正一惊，然后笑着说，“你还真厉害！很少有人能知道这个，你竟然一下子看出来了，厉害啊！”

“这算啥？”卞卞快步走上前，从书橱里拿出一本小册子，扔到床上，“您看，这本《中国历代帝王世系年表》都快翻烂了，里面主要帝王的谥号、庙号、年号我几乎都能背出来。”

“这么厉害！”鲁至正这可不是违心的赞美，他刚才只隐约感觉这孩子挺有个性，却想不到精力都放在这上面了，“你的名字也挺有意思，为何叫卞卞？”

“是便便呀，哈哈，昵称嘛，就像我弟弟，我都叫他痴痴……”

“你对历史这么熟，应该语文也不错呀，为何作文还要家教辅导呢？”

“我妈想找家教呗！”卞卞有些激动，“我就是不想写高考作文，无聊死了，老师还让背好词好句，真没意思！”

“那什么不无聊？”鲁至正突然想到甘肃山区的那些孩子，心头一紧，“你看，为了让你能考上名校，家人为你做了那么多，咱们不能辜负他们的希望，对吧？而且还有好多人，没有你这么好的生活条件，他们想学习都没条件……”

“怎么呢？”卞卞有些不快，“您这话跟我妈的一样，她也整天这样说，还拿自己以前的血泪史说，这能比吗？我班里好多同学是老北京，家里十几套房子，还有好多人都不用高考，反正是要出国的，还有人上国际学校，根本看不上我这样的，这可是中关村呀！”

鲁至正心里暗想，长期不接触高中生，怎么现在的小孩说话这么成熟了？还是这孩子格外思想早熟？他正思考着，卞卞妈妈突然敲门了。卞卞大声说：“怎么了？刚说不进来的？”

“给你送水果来了，刚买的苹果，不耽误你跟鲁老师聊——”

“不用了！我不喜欢吃苹果！”

“有营养，不爱吃也得吃！而且还有从楼下超市新买的无籽西瓜——”

没等她说完，卞卞赶忙打开门：“这还差不多，西瓜我还是爱吃的，大冬天吃上西瓜真好……”

四

鲁至正找来一堆高考作文复习资料，拿着卞卞这几次模考的作文卷子揣摩了许久，终于发现了他得分不高的原因。看着试卷上清秀的字体，他难以相信这是一个大大咧咧的男生的笔迹。单看这书写水平，阅卷老师大概是赏心悦目的，但仔细一看作文内容，又让人哭笑不得。

卞卞最大的问题是不会按套路写作文。相比那些工整的

“模范作文”，卞卞更像是在信笔涂鸦，随便发表议论，勉强算是杂文体，但经常文不对题，只是自顾自地谈些个人见解。鲁至正突然想起来，自己当年也没在高考作文上尝到什么甜头，那年的作文话题叫什么“春来草自青”，实在让人摸不着头脑，自己当时在考场上愣了半天，才勉强觉得这话题大概等同于“顺其自然”，便心惊胆战地写了篇议论文，最后的成绩也不让人满意。但自己现在毕竟是高考作文家教了，还是得拿出敬业精神，得想办法帮助卞卞提高成绩。

第二次辅导如期而至，但卞卞依然不以为意。卞卞妈妈直接参与了这次辅导，逼着他说出自己心里的想法。鲁至正见她眼眶都湿润了，卞卞还是一副无所谓的模样，就不再辅导了，而是把卞卞拉到一边，跟他说，这次不辅导功课了，先随便聊聊。卞卞的眼神里含着一丝怀疑，似乎严重怀疑这个年轻的家教，但还是跟鲁至正走到一边。

“卞卞，你还记得今年的高考作文题吗？”鲁至正俯下身子，低声问道。

“怎么不记得？”卞卞有些不满，似乎这问题太过低级，“二选一嘛！我肯定选那个好写的。”

“哪个？”

“就是那个什么热爱？”

“什么？”

“深入灵魂的热爱吧，老师也让我们写过。”

"那你写的什么呢?"

"我说我热爱教育,就写了一些对高考教育的理解嘛……"卞卞突然一脸不屑,"这个话题很好写的,不知为何我写的作文,却被老师打了不及格!"

"你怎么写的?"鲁至正虽这样问,却几乎能猜到他的答案。

果然,卞卞说自己写了好多对高考作文功利化和套路化的批评之词,还说这种考试就是压抑个性的,自己不愿意说违心话。他的声音很大,卞卞妈妈也终于走上前来,大声呵斥了一番,又赶紧给鲁至正赔礼道歉,说什么孩子太幼稚,还说话难听,让鲁老师不要介意。

鲁至正当然不会介意,但心急如焚却是真的。他一边安慰卞卞妈妈,一边想着如何让卞卞明白这个现实而简单的道理,不料他竟是个口若悬河的年轻人,没等别人插话,又滔滔不绝地讲起自己的看法来。

"你们这样批评我,就没考虑过我的感受吗?你们的眼里只有分数,只有成功,为什么从来不问问我开不开心?"

"哎哟!"卞卞妈妈尖叫了一声,用气愤而失望的语气说,"你到现在还没觉醒啊?你知不知道,别人都没有你这么好的生活条件,你在这里胡作,不知道生活有多难,算什么玩意儿啊?"

"你还骂我?"

“我跟你爸这么辛苦赚钱,都是为了你,你还敢还嘴?”

面前的两人情绪都急速膨胀起来,鲁至正赶忙劝和,但卞卞依然不依不饶:“你说这么多,还是要让我成功,可是这成功让我不开心,你们也不开心,你们就是虚荣!”

“你还敢这样说?别以为守着鲁老师我不敢说你!”

“说就说呗,反正我在你们和老师眼中也不是什么好学生!”

“你真行,我还想让你当你弟弟的榜样呢!就你这样,考不上像样的大学,就等着被人笑话吧!”

“笑话?我可不这么认为!”卞卞猛地摇了摇头,一脸委屈地说,“你们就是虚荣,从小逼着我学这学那,就是为了显摆自己,我让你们弄得难受死了!”

“你看看这话多没良心!”卞卞妈妈抬高音量,“你行啊!长本事了是吧,现在整天顶嘴,你看那么多书,有啥用?”

“你说得真对啊,我看那些书,还不是你从小让我看?”卞卞脸色煞白,突然浮现出超越年龄的冷峻感,“你们的眼里,只有是非对错,凡是有利于学习的,哦不,有利于考试成绩的,都逼着我去做,凡是跟考试无关的,都不让我碰一点,这应该吗?去年我班里几个哥们儿来家里帮我电脑安装游戏,你直接跟人家甩脸色,给撵走了,你知道这事对我伤害有多大吗?我在同学那里丢尽人了!”

“你玩游戏还有理了?那都是些什么同学,都是耽误你学习的！”

“还不止这些！你懂什么？”卞卞面色突变，突然啜泣起来，“你们就是自以为是！就像那些老师一样，眼里只有给自己争荣誉和奖金的好学生，从来不问问我们这些人在想什么！难道我们的想法就不该被尊重吗？”

“你怎么知道老师不重视你？”卞卞妈妈的口气突然缓和了一些，似乎想到了什么，她紧接着说，“我可没少讨好你们班主任啊！上次我跟你爸一起去找她……”

“好了，别说了——”卞卞突然压低声音，“你们根本不懂，你们自以为很牛吗？你们在人情世故上就成熟吗？我不想听你说这些了……”

“你从头到尾就没尊敬过我！我把你从小养到大……”

五

今年北京的初雪像复读多年终于考上名校的孩子一样，不等召唤就急切地闯入这片充满灵性的土地。卞卞骑着这辆变速自行车绕过一个人行天桥，穿过北四环，很快便来到成府路上。他的耳机里回荡着摇滚音乐的爆裂声，仿佛整座城市都卷入了激流的漩涡。他拨动着车铃，刺耳的声音让自行车道上的人纷纷避让，一群游客模样的中年人把孩子拉到路边，似乎全世界的家长都在为他驰行的方向让路。

卞卞在豆瓣书店门口停下来，照旧在里面逛了一会儿，他想接着逛一下马路对面的万圣书园，却发现手机上显示了三个未接来电，都是鲁老师打来的。他赶忙回了一下消息，鲁至正提醒他，骑车不要看手机。卞卞笑了笑，赶忙骑上单车，向北疾驰了十分钟，便到了清华东南门。

鲁至正向他挥挥手，笑着说："几天不见，今天这么酷！"

卞卞摘下耳机说："鲁老师真有眼光！别人都这么说。"

"别忘了咱们先前的约定哟！"

"没忘，您说拜访一个著名学者，这事我肯定要来！"

鲁至正狡黠一笑，打了个手势，便骑车向校园深处驶去，卞卞紧紧跟在后面。绕过好几个路口，卞卞发现路上的学生越来越少了。鲁至正在一块耸立的石碑前停下来，恭敬地站在它面前，几排墨绿色的碑文赫然可见。

卞卞见鲁老师沉默不语，只好在石碑前绕来绕去，看不出什么端倪来，便问起这碑文的历史来。鲁至正见他主动发问，便一脸严肃地说："这就是大名鼎鼎的《清华大学王观堂先生纪念碑铭》，不只是清华里面的一处文物，更是读书人朝圣的地方。"

"后面这半句是真的？鲁老师说得太夸张了吧……"卞卞撇了撇嘴，"王观堂，就是王国维先生吧，清华校史嘛，我也了解一点的，当年的国学四大导师，就有王国维先生，还有陈寅恪先生、梁启超先生和赵元任先生。"

“知道得挺多的呀！”鲁至正发自内心地佩服，他自己是直到大学才知道这些的。

“哪里，哪里！”卞卞惭愧地说，“我就是平时乱看书，偶尔看到的……”

“挺厉害的，老师像你这么大的时候，可没你博学，不过你得把工夫用在高考上呀……难道你不想来这里上学？”

“想啊，但我不愿意说违心的话，也不会说呀！”卞卞有些着急了。

“你就是太理想主义了……这样是不行的，你还是不了解真实的社会，只是从书本里看到一些东西，就以为那是真实的世界，可现实远比你以为的复杂……”鲁至正一边说，一边想到一些往事，好像鲁至元也跟他说过类似的话，而老鲁的话音未落，洪伍那粗壮的身躯就晃悠到了眼前，他不容置疑的语气让他不悦，却又难以反驳。在争执不休间，眼波流转的林小琦又走上前来，他想抓住她纤细的手，却见到满脸无奈的元蒙哥从远处跑过来……

“鲁老师——”卞卞的声音击碎了他漫无边际的联想：“您说我理想主义，可这些学者都挺理想主义的呀！对了，您说要带我见一个大学者，人呢？”

“就在这里呀！”鲁至正回过神来，赶忙说，“向先哲求学，按照学术史和思想史的谱系来阅读思考，一定会大有裨益。”

“鲁老师怎么突然说话文绉绉起来了？”

“我以前难道不这样吗？”鲁至正有些哭笑不得，“不说我了，还是看看碑文吧……”他严肃地盯着石碑上的文字，一字一顿地念道：“士之读书治学，盖将以脱心志于俗谛之桎梏，真理因得以发扬。思想而不自由，毋宁死耳……”

“鲁老师，我都看不清上面的字，您视力真好——”卞卞突然打断了鲁至正的话。

“其实我也看不清，我是早就背过了……”鲁至正继续念道，“表哲人之奇节，诉真宰之茫茫。来世不可知者也，先生之著述，或有时而不彰。先生之学说，或有时而可商。惟此独立之精神，自由之思想，历千万祀，与天壤而同久，共三光而永光……”

“独立之精神，自由之思想！”鲁至正把这十个字重复念了一遍，脸上全是坚毅的神情。卞卞从未见过如此严肃的鲁老师，愣在了现场，他向前走了几步，却差点滑倒。

鲁至正一把拉住他：“卞卞，这十个字陪伴老师走过了整个大学时代，到现在都没有忘。可是，你知道要做到这样，有多么难吗？想保持理想主义是需要付出很大代价的，你自己可以任性，但不要忘了身边人为你做了什么……何况你听长辈的话，把高考这关闯过去，读个名校，你也能更好地任性下去嘛……你看，老师到现在也没读博士，没做学者，对吧……”

卞卞想说什么，却突然沉默了，他突然想到自己小时候，妈妈为了让他“开眼界”，时常带他逛清华校园的往事，但夏日葱郁的回忆很少，只有冬日寒风的肃杀。还有那些家长的唠唠叨叨，说什么“将来必须上清华”“考不上名校就没出息”，让他不厌其烦，在心底埋下了叛逆的种子。

每到这个时候，漫天的雪片就覆盖了全部记忆，整个世界仿佛陷入了一个死寂的天地里，头顶没有闪亮的星辰，没有变幻的日夜，只有永恒的寂灭，在最后一点星光燃尽后，黑洞吞噬了所有的生命……

“鲁老师，这道理我都懂，就是从心里不服气……”

“不服气什么？”

卞卞摇摇头，叹了口气，强挤出一丝笑容，称自己无法回答。鲁至正苦笑着，也不再说话，他绕着石碑走了一圈，对着碑文恭敬地鞠了一躬，心中却五味杂陈。近乎墨色的天穹狠狠地压下来，王观堂先生纪念碑坚毅地挺立在漫天的飞雪里，墨绿色的文字愈发遒劲雄健。

六

从清华大学西门出来，浓郁的暮色已经在中关村北大街上缓缓铺开，鲁至正的耳边只有雪片飞落的声音，平日喧哗的街道陷入了久违的静谧，连在西门拍照的游客都少了许多，蛮横的冷风不由分说地冲进嘴里，骑车跟在一旁的卞卞也不再跟他说话。

鲁至正目送卞卞一路向南，却不想看到他顶着寒风骑车回家，无奈这孩子还不在意，明明喷嚏连连，还是不愿打车或乘地铁回家。鲁至正拗不过他，只好叮嘱他半天注意安全之类的话，两人便就此分开。他无暇吃晚饭，赶忙一路飞驰，从北大东门进入学校，要赶着听一场期待已久的讲座。

此刻，博雅塔下的小路上行人稀少，在微弱的路灯下，单车驶过的印记依稀可见，向左边望去，未名湖对岸的建筑却已经消失在雪夜里。远方的风景时常是变幻莫测的，没人知道湖水那边还有多少学生在散步，无限遐思晃悠悠地飘入眼帘，鲁至正感觉自己被一种难言的幽冷紧紧裹住。

他一边自言自语着，手机低电关机令人烦恼，一边推着单车寻找方向。他已经很久没来北大听讲座了，竟然都找不到二教的位置了。他越往前走，路上的行人越稀少，直到一株耸立的巨型枯树前，周围只有飞雪飘落的声音，再也寻不到一点人迹，他才发觉自己大概是走错了路。他只好骑回去，沿着未名湖畔的小路向右驶去，一排排老建筑在身边低声叹息着，头顶漫卷的暗云也流淌到一边，整个世界被肃杀的寒冬彻底吞噬了。

不知转了几个弯，鲁至正终于看到一大片亮光，他对北大西门并不陌生，加速驶过去，出了校门，果然看到一对石狮子呆坐在门口，头顶上凸起的疙瘩在路灯的映射下闪现着乳白色的微光。他循着路灯指引的方向，穿过眼前的路口，“畅春园”三个大字赫然立在一栋三层小楼上。

他想起来，以前自己跟着北大同学在这里吃过饭，大概这也是学校食堂吧，但此时好像已过营业时间，却有一股诱人的烧烤味从小楼后面飘出来。他嗅着烤串的味道，绕过几栋白色的宿舍楼，便看到一个临时的烧烤摊，一个裹着灰色大衣的中年男人轻轻摇着蒲扇，丝丝火星在肉串下的烤炭之间扑闪着。

“羊肉、心管、板筋、大虾……同学，你来几串？”烤串大叔主动搭讪，鲁至正赶忙摆摆手，说自己不喜欢烧烤，受不了那个味，但心里想的却是这临时摊位的卫生问题。大叔见他有些犹豫，似乎猜透了他的心思，用一口他难辨的方言说：“哎呀，摊子很干净的，你们同学都长在这儿吃，又便宜又好吃哟！”

“这么冷的天，还有人出来吃吗？”鲁至正见对方这般热情，也不好当即拒绝。

“还行吧！没平时人多，可也有人来嘛，不在乎多赚几个钱的，就是熟人回头客多！”大叔大声说着，全然不顾周围顾客的存在，一个裹着皮衣的小伙子走上前来，又从他那里拿了十串心管，嘴里大口嚼着毛豆，还嘟囔着令他听不清的话。不管怎么看，这都不像住在附近宿舍的学生。

鲁至正没听上讲座，心里正烦闷，也不管这烤串是否卫生了，先填饱肚子再说。没过几分钟，一整盘烤串就端了上来，大叔还送了个烧饼:“趁热吃！舒服！”鲁至正大快朵颐起来，大叔临时撑起来的遮阳伞变成了避雪处，雪夜户外撸串的滋味，算是头一次尝到。

七

卞卞回到家时，一大盘热腾腾的清蒸鲤鱼已经摆在餐桌上。他最近叫嚷着想吃海鲜，没想到只是一盘鲤鱼，不悦的心思在心底盘旋起来。卞卞妈妈把一个包装精美的礼盒递过来:“今天太冷了，好在我白天去给你买的，你看看吧——”卞卞一把抢过来，却不知这是何意，平时爸妈也没这么浪漫啊，还送什么礼物？等打开一看，竟是自己从没见过的一种药品。

“白天出门给你买的，你刘阿姨家的孩子也在吃呢，都说吃了这药能让脑子聪明点，很贵的，要是早知道有这东西，你成绩早就上去了……”

卞卞勃然大怒，把这礼盒扔在一边，大声吼道:“这算什么？你听谁说的，这药管用？你怎么还信这个？”

“你这孩子，还不着调！”卞卞妈妈顿时厉声喝道，“我能骗你吗？我这都是为你好！就你傻乎乎的，你们班好几个学生都吃这个，他们还能告诉你吗？都吃了，你还能超过别人吗？”

“你这是乱帮忙！别给我添乱了，行不行？”

“好好好，真是狼心狗肺……从小到大你听话少，吃亏多，到现在还不觉醒呢！你也学不会尊重大人……”

“我这不是不把你当外人吗？”卞卞突然觉得很滑稽，哭笑不得，“你怎么还在意这些啊？你们是大人，也是朋友，不行吗？”

“行行，我不跟你争……你自己好好想想吧，别将来又后悔！”

卞卞一声不吭地进了自己房间，七八本模考和押题卷子赫然出现在书桌上，他不耐烦地翻看着这几套试题，大声吼道：“你又帮倒忙！这些卷子根本不是北京卷，题型不一样，考点差很多，对高考一点帮助也没有！”

卞卞妈妈冲到屋里，拼命翻动着这些卷子，纸张翻动的声音让她烦躁不安。她一边看一边嘟囔着：“怎么会这样呢？我买的时候没看错啊……”

“又乱花钱！”卞卞的五官都气得扭曲了，“你又帮倒忙！不着调！还说我？耽误我的事，都是你做的……”

卞卞妈妈又气又急：“我这还不是为你好？平时我跟你爸连件新衣服都舍不得买，给你买东西什么时候缺过？最不省钱的就是你！”

“你又冤枉我！”卞卞终于压抑不住情绪，彻底爆发了，“我乱花过钱吗？除了买课外书花点钱，我浪费过钱吗？其他男生买的名牌跑鞋，我让你们买了吗？”

“好好好，你什么都对，行了吧！你这么大了，怎么就不能理解父母的心呢？这都是——”

“为你好！”卞卞插话道，“我都听了无数遍了，够了吗？难道在你眼里，成绩比什么都重要吗？你问过我开不开心吗？”

“孩子啊，你现在可不是求开心的时候！高考过了，你怎么开心都行啊！”卞卞妈妈一字一顿地说，她在努力克制心中的怒火，但还是控制不住刀锋般尖锐的语气，她说的每个字，在孩子眼里都是抱怨与嘲讽。

沉默良久，卞卞不再插话了，他把那套跟北京高考不匹配的试卷扔在一边，独自走出房门，丝毫不顾及愣在原地的妈妈。他快步穿越客厅，转动家门把手，沉重的铁门应声开启。

“你去哪里？”卞卞妈妈呵斥的声音从身后传来，击穿了可怖的沉默。

“你别管。”卞卞低声说道，似乎在拼命压住心中的暴怒。

“你不怕冻死就出去吧！”

“你到现在还是这样说话！”

卞卞狠狠地把门关上，又径直回到房间，把书桌上的手机抓起来：“你别管了！你就是管太多了！”

“你这孩子，怎么还不觉醒？”卞卞妈妈的语气像是在审讯犯人，“你上次模考成绩多少，你心里没一点数吗？我让鲁老师带你去清华看看，你看的什么啊？你还敢偷懒？”

“我没有偷懒。”卞卞眉心紧缩，几乎是从嘴角挤出来一句话，“他带我去看了一块纪念碑。”

“什么碑？鲁老师说带你去拜访学者啊，怎么去看别的？耽误时间，耽误学习！怎么这样啊？”

“就是清华里最著名的那块——”卞卞欲言又止，沉默三秒后，又长叹了一口气，“算了，我不想说了。你就当我又出去乱玩了吧，你根本不知道我在想什么。”

“什么不知道？你怎么知道我不知道？大人的话在你眼里什么都不是！”

“你看看，又是这种非黑即白的话，我什么时候说你说的都不对了？”卞卞怔住了，有些哭笑不得，“我跟你说，鲁老师跟我讲的那些，比你们讲的好多了，他是打心底尊重我的，就算不理解我，但也是想办法理解。而你们呢？我就是你们眼中求胜的机器人，是你们在外面可以炫耀的好孩子，你们真的考虑过我怎么想吗？”

“得得得，你说什么都对，你长大了，我说不过你了——但你记得，现在不是任性的时候，你考不上名校别来怨我！”

“为什么非考名校不可？”卞卞摊开双手，刚刚抓起的手机滑落到床上，他看到手机上弹出一条新闻：韩国前总统金泳三今日去世。

卞卞赶忙拾起手机，打开新闻仔细看了一遍，有些惊讶地说：“您看这个新闻了吗？韩国的——”

“好了好了，我刚才就看到了。”卞卞妈妈打断了他的话，“你对这种事倒是够关心，这跟高考有关系吗？高考又不考这个，你太容易分心了！”

“你眼里就只有高考！”卞卞立马收起刚才的好态度，“考上名校就一定幸福吗？你怎么只关心这个？”

“你是真傻还是装傻？读那么多书都白读了？考不上名校，我和你爸怎么能从农村出来，怎么能给你现在的好生活？”

“此一时非彼一时。再说了，我不是不努力，就是不想被逼着学，青春不该是这样被压抑的，我认同的事情，肯定会努力去做。”

“你就是太理想主义。真是理想主义害死人啊……”

卞卞突然沉默了片刻，耳边响起刺耳的哭声。就在他们争吵的时候，爸爸把弟弟接回家了，刚上小学的弟弟被逼着上了四个辅导班，绘画班、演讲班、作文班和英语班。他上次的语文测试没考到满分，被妈妈一顿狠批，现在越来越不喜欢语文了。

卞卞无奈地说：“你看，痴痴现在被你们弄的，整天哭，我看他将来得跟我一样，受罪啊！”

“什么痴痴？那是你弟弟！你整天叫人家痴痴，将来跟你一样傻乎乎的！”

“这不是昵称吗？干吗这么严肃？”卞卞摔下手机，跑进客厅，从后面把痴痴抱起来，把漫画书递过去，痴痴的眼神顿时澄澈明亮，哭声也戛然而止。

八

这几日，成府路上依旧寒风狂吹，五道口以西的这片土地却热闹非凡，子嘤骑单车经过五道口地铁站时，简直要被密集的人群挤倒了。正逢傍晚，漫卷的彤云慵懒地醉倒在天际线上，落日熔金的画卷在成府路上空缓缓铺开。他顶着寒风一路狂骑，没过十分钟，就到了万圣书园门口。

“嘿！你也在啊？”

子嘤刚停下车，就听见一个熟悉的声音在身旁响起。

“鲁至正！”子嘤难以置信会偶遇高中老同学，“你怎么在这里？这么多年没见，你一点也没变啊！”

“你也是啊！我刚才一眼就看出你来了！”鲁至正颇为兴奋，“上次同学聚会后，就没见过你了，你去哪里了啊？”

“我还要问你呢！”子嘤笑着说，“我还在大学里呢！还没毕业，你呢？”

“我啊！现在当个家教，刚毕业……”

“我记得咱们是同行吧，哈哈，我也去高中实习教语文的！”

“那就太巧咯，你也来逛书店？”

“是啊,有段时间没来万圣书园了,随便逛逛……”

两人继续寒暄起来,一边叙旧,一边走进书店。鲁至正读书的时候,经常坐331路公交车来这边看书,有时跟朋友见面,也约在这里,逛完书店后还能去周围咖啡馆坐下长谈。他们走上二楼,浓重而熟悉的墨香便流淌过来。

子嘤缓步走进书店,几十种新上市的学术著作便赫然跃入眼帘。他翻阅着一本谈西方哲学史的新书,都没注意鲁至正已经走到一旁,在大学教育类书架前端详起来,他推了推眼镜,目光扫过色彩斑斓的书籍,仿佛借此能与历代哲人亲密交谈。鲁至正逛了一圈,望了望门口墙上贴出的本月好书排行榜,心领神会地笑了笑,便又钻入了知识和思想的丛林中。

各自逛了一个小时,子嘤叫鲁至正去吃饭。两人在附近的火锅店里点了个鸳鸯锅,鲜美的清汤与醒目的辣汁如两军对垒般各自摆开架势,两大盘羔羊肉在锅里拼命翻滚着,诱人的香气从锅底缓缓升腾。

“老兄现在在哪里做家教啊?”子嘤心想自己还没毕业,得从老同学那里多了解工作问题。

“我在给一个中关村那边的小孩教语文……”鲁至正把最近自己的经历都向老同学和盘托出,子嘤频频点头,直到听到卞卞的名字时,他惊讶地叫着说:“这么巧?我也教过这孩子!高一时候,我当过他们语文实习老师,这孩子挺爱读书,我跟他常聊天呢……”

鲁至正笑着说:“那就不意外了,难怪这孩子这么有个性,原来有你这样的老师啊!”

子嘤好像没听出来弦外之音,接着说:“过奖过奖!这哪里是老师教的,孩子有自己的想法,都是天生的,这样挺好的……更何况我很多想法,也是四库先生跟我讲的,我自己可想不到那么多……”

“四库先生是谁?”

“我一个大学老师,非常博学多才,我都叫他四库先生,《四库全书》嘛……”

“好吧,还是说下下,可能你不了解很多麻烦事……这孩子对应试不感兴趣,他家长正着急呢,我也想办法让他把注意力转移到应试上。”鲁至正沉思良久,又接着说,“高一的孩子压力小一点,不过也不能太松懈……”

“现在的孩子哪像我们那时候啊?”子嘤正嚼着一块绵软的土豆片,边吃边说,“我们当时也努力,也上一点课外辅导班,但哪有现在这么疯狂啊?”

“怎么讲?”

“你想想,十年前,我们也算省城的孩子,但也不是每个人都去上辅导班啊,至于减负,那是一直在减,我跟你一样啊,高中没少看课外书,当然也没走成自主招生,就算按部就班地高考,也还好啊,上个大学不难的。”

“上大学是不难,现在难的是上名校。”鲁至正斩钉截铁地说，“这问题我想了很久了，其实结果很简单，就是优质资源越来越集中在——”

“别说了，都明白。”子嘤插话道，“这问题我也一直在琢磨，孩子家长拼命想办法找辅导，真是病急乱投医了，不像十年前，现在的家长都明白这个了，教育与阶层问题直接关联……”他扭头看了看四周，说话声音越来越低。

看着子嘤欲言又止的样子，鲁至正有些焦急，他不知说什么好，只好转移话题：“对了，你打算毕业留京发展吗？”

“想……但很难，我倒不担心找工作的事，但落户、买房和孩子上学，这三件事挡在前面，就很难……”

“孩子上学，你考虑得挺早啊……”

“人无远虑，必有近忧……看来老兄你还是这么天真，我都改变想法啦，不过我还真不想让孩子在这上学，还不如回老家，虽然山东高考很难，但二十年后北京高考估计更难……”

“这话怎么讲？”鲁至正突然想起来以前有几个同学转到北京来高考的，结果都很好。

“三十年河东，三十年河西，你想啊，现在能拿到户口的新北京人有很多都是名校精英，全国各地的人才纷纷往北京跑，这些人当了家长，生了孩子，教育质量肯定很高，水涨船高嘛，未来这里高考竞争会越来越激烈，而且不同学区差异造成了……”

“也不尽然吧！”鲁至正显然无法接受这种判断，“你怎么得出这个结论的？”

“老兄，咱们之间没必要争吧，你看看卞卞这孩子，就已经在遭受这些变化了呀，起跑线上的竞争，强度越来越大……所以现在养孩子很累的，家长累，孩子累，最后有什么意义呢？可是他们已经在这个赛道上了，我这当老师的，难道要劝他们退场吗？既然已经做了，只能按照比赛规则拼下去……”

“那我就改变这个规则！”

“得得，你先改变好自己吧！你幼稚起来怎么跟卞卞似的……我没你那么热心，我觉得做好自己该做的事，就行了，其他的别管那么多。”子嘤有些慵懒地说，“我三年前的时候，跟你一样热血，现在呢，想这些有啥用啊？我就不理解你去甘肃山区支教，别说收入问题，这能解决北京户口吗？工作有编制吗？除了这些，扯别的都没用啊！”

鲁至正想不到眼前曾经白衣飘飘的青涩少年，如今变成了一个老成世故的家伙。高三那年，他在学校贴吧上看到子嘤发的帖子，上面写着“嘤其鸣矣，求其友声”，想在网上寻找志同道合的朋友，那时他们能在一起探讨《红楼梦》和古典诗词，还能一同分享“世界杯”上光芒闪耀的球星的故事，还在暑假一块去参观过北大校园，特别迷恋“身无分文，心忧天下”的状态，那是他们真正的黄金年代，一切都历历在目，一切又恍如隔世……而如今呢？子嘤早就不再是那个子嘤，而他自己难道就是当年的自己吗？

子嘤见鲁至正沉默不语，赶忙圆场，说自己没别的意思，只是觉得老同学未免太单纯，恐怕要跟现实格格不入了。鲁至正不喜欢跟人争辩，但看着一个个跟自己想法渐行渐远的朋友，又不知如何是好。他大口大口地把煮熟的白菜叶塞到嘴里，锅底的火焰幽幽闪烁。

九

才过了两个星期，成府路上的景象就让子嘤无法辨识了，这简直是他经历过的雾霾最严重的一天。此刻，他的面前迷雾蒙蒙，浓重的雾霾铺天盖地，他紧紧捂住嘴巴，把单车停在一旁，赶忙去路旁的小超市买了一袋口罩，但阴冷的尘土还是倔强地刺进来，灰黑色的铁幕沉沉地降下来。

子嘤在灰暗的世界里竭力骑行，一层层尘土从近乎板结的空气里落下，他几乎看不清眼前的道路了。过了许久，他终于摸索着来到一座低矮的灰色小楼前，这座起码有四十年历史的民居，正在孤倔地盯着道路上的行人，尘土飞扬之中，衰败的景象依稀可见。

他把单车存到楼下，快步走上楼梯，很快便来到四库先生家门口。他轻轻地敲门，房间里却无人应答，他只好拿起手机，正准备打电话，房门突然开启，一个面色憔悴的中年男人探出头来。

“快进来快进来！天气这么糟，你还来，真是辛苦了……”

子嘤侧身而入，一幅三米高的画作赫然映入眼帘，一只昂首远望的白天鹅定格在画布上。他擦了擦眼镜，眼前的世界由浑浊变得清晰起来。白天鹅似乎正在引吭高歌，悠扬的旋律渐渐飘出画布，这可人的生灵身下还有澄澈的碧波，浅浅泛起的涟漪向四面扩散着。在白天鹅的身旁，是一个庞大的书架，难以计数的大部头著作黑压压地堆在上面。

四库先生把眼镜拿在手里，一边擦拭镜片，一边瞅着房间角落的位置，那里有一大堆旧杂志，五彩缤纷的期刊封面争奇斗艳，却无法被放入书架。整个房间大概只有七十平方米，除了鞋柜上没有放书，书桌上、床头橱里、枕头旁和窗台上都堆满了书。子嘤每次来这里，都会帮着四库先生整理一下房间，但每次要挪动书的位置，他都很不愉快，似乎杂乱无章的状态很适合这座微型图书馆，四库先生倒也乐在其中，每次见到子嘤，他那张严肃的面孔上总会挤出一丝笑容。

然而，这一次四库先生的脸上挂满了伤感，墨云翻腾之下，还有更加浓重的烟霾。似乎这里刚刚经受一场骇人的战争，满地的狼藉与房屋主人的愁容，向客人释放着不愉快的信号。子嘤突然不知说什么好，他把卢梭《忏悔录》从书包里拿出来，轻轻递给四库先生。

“子嘤，这本书看了有什么感想吗？”四库先生虽然只比他大十岁，两人却是实实在在的师徒关系。

子嘤突然想起来，他们两年前在一场读书沙龙上首次见面的场景，虽是偶遇，却如久别重逢的朋友。四库先生在他身上看到了久违的青春激情，子嘤则仰慕对方的学问。当时，四库先生正在为评副教授的事情发愁，虽然他在学校里开的课很受学生欢迎，却不喜欢发表论文，尤其是很少在C刊上发文章，暂不符合评定资格。如今，四库先生的学问愈发精湛了，但似乎也更任性了，一起入职的同门每年起码发上七八篇论文，而他自己这两年竟然只写了一篇学术随笔。

四库先生见子嘤有些走神，便不再多问，他长叹了一口气，从书架上抽出一本马尔库塞《单向度的人》，正想递到子嘤手里，又突然想到了什么，便把书放了回去。

又是令人窒息的沉默时刻。十几秒钟，子嘤终于开口了："四库老师，您让我看的《忏悔录》，我都看了，感觉还挺有意思的，但觉得距离今天太遥远了，好多东西看不懂……"

"欧洲启蒙时代的名著，现在读起来依然像闪电一样震撼人心，你有没有感觉到？"听到子嘤谈读书，他勉强打起精神来，瞪大的双眼布满血色，却炯炯有神，灼热的感觉迅速蔓延到子嘤身上。

"这个……我感受不是很深刻。"子嘤有些惭愧，但也只好如实告知。

"当代人的精神困境，这些先哲其实早就看到了，这些都是人性里共通的东西，可惜我们视而不见啊……"四库先生在房间里自顾自地踱步，边走边说："我一直觉得你挺有慧根的，也有不错的学术积累，你有没有继续读博的想法？"

"这个问题您问过我好几次了……"子嘤有些犹豫地说，"以前很想读博士，不过我也在找工作了，刚找到了一个解决户口的工作，很难得，估计我会先工作吧……"

"行吧……读书和思考是一辈子的事，不读博士也没啥……"四库先生突然站住了，有些惋惜地说，"不过我还是觉得你挺有学术潜质的……你是不是对二十世纪的西方哲学更有兴趣？"

"其实也不是……当代西方哲学好多东西特别难，看不懂，还是古希腊更有意思……"子嘤有些不知所措，支支吾吾地乱讲起来，"我看了您推荐的法兰克福学派的一些书，挺有意思的，但还是觉得他们说话特别晦涩，也可能是翻译腔的缘故吧……古希腊的东西，理解起来简单一些……"

"不尽然。早期西方哲学的奥妙，不是你想的那么简单。当代哲学的晦涩倒是真的，但仔细读下去，还是很有收获的，只是好多人沉不下心来……"

子嘤看到四库先生头顶上卷起的怒涛，又瞅了瞅凌乱的房间物品，突然伤感地说："其实，我这次来，是跟您告别的……"

"怎么？连你也要走了吗？"

"抱歉，我工作单位要求我现在去外地干几个月，为了拿到户口，只能按单位规定来了，而且我女友——上次您见过的，咱们一起讨论《罪与罚》的时候，她来过一次……她想让我赶紧拿到户口，赶紧买房，这房价一直在涨……”

“那咱们的读书小组怎么弄？你可是召集人呀……”

“实在不好意思，这个您要不再找个人来做？”

“难……太难了……”四库先生沉重地叹着气，又沉默不语了。

十

经过一夜寒风的劲吹，苍穹下的雾霾终于渐渐散去。子嘤打开宿舍的窗户，久违的湛蓝天空像一幅触不可及的俄罗斯油画一样，散发着古朴而醉人的香气。子嘤随意拨弄着宿舍书架上的笔记本，一个坚硬的书签突然掉落，这个金属质地的玩意儿与桌面碰撞出尖锐的声响。

“嘤其鸣矣，求其友声。”书签上的这八个鎏金大字张扬着骄傲的面孔，毫不留情地嘲讽着自己的主人。子嘤想到上次鲁至正说的一番话，苦笑了一下，无奈地把书签扔到一旁。他无暇想太多，因为亲爱的恋人正在宿舍楼下等着他。

子嘤想带着女友一起去拜访四库先生。上次两人有些不欢而散，他一直愧疚在心，但想起来四库先生让他读的法国启蒙思想家狄德罗的著作，又头疼不已，他实在没法从这些先哲的大作里感到阅读的舒爽。但他羞于告诉四库先生这些，似乎在这个不苟言笑的大学老师眼里，只有这些哲学家的深刻思考才能让人愉悦。

“他是天生为做学问而生的。”这句话，子嘤不知从别人那里听了多少遍，几乎没人否认四库先生的学术天赋和勤奋，但他已近不惑之年，仍是孑然一身，只听说过仰慕他的女生，却从未听说他爱上过谁。读书小组的朋友暗自流传过好几个四库先生早年恋爱故事的版本，有初恋受挫说，有母胎单身说，还有人质疑过他的性取向，但也只是八卦一通，没人知道真相如何。

四库先生是学术圈里十足的怪人，他似乎很迷恋述而不作的“古风”，他愿意耐心解答学生的每一个问题，哪怕在他看来无聊至极，却极少写论文，除了被圈子里公认为严谨出色的那部博士论文外，工作这几年，他发表的论文数量竟然连学校里“优秀硕士生”都不如。每到评职称的时候，四库先生都不愿意填写冗长繁杂的表格，似乎他并不在意外界对他“讲师”头衔的指指点点。

但现实的生存状况并不乐观。外人都说，四库先生本来单纯地以为单位分房子，其实就是低价购买本来很昂贵的房子，但就是这样，等了七八年也没等到，因为一个奇葩规定是：已婚者可以优先拿到指标。单身的他就这么愣愣地等了六七年，眼见着房子分配的地段从三环变成了六环，好的学区就像好吃的羔羊肉，早就被人瓜分干净了，剩下的人只能去等啃骨头的机会，而四库先生连一小块骨头都没得到。

子嘤从来没听四库先生抱怨过这些，倒是听几个女老师吐槽过。刚工作的时候，还有几个已婚女老师要张罗着给他介绍对象，如今这些媒人也都没了踪影，除了几个仰慕他的女大学生，这还在圈子里一度产生了绯闻。

子嘤想起来，去年有一次他们正在聊福柯的思想，不知不觉间却扯到了婚姻话题，他开玩笑似的谈起那个女孩跟他的绯闻，不料四库先生勃然大怒，竟然义正词严地称，自己跟个别女生绝无暧昧关系，只是普通师生关系。子嘤从未见过他如此愤怒，赶忙好生解释，但四库先生还是一副忧心忡忡的样子，生怕自己的得意门生误会自己。

不过，子嘤倒也没觉得这有什么问题，因为那女孩对四库先生是真心喜欢的，说不定还能酿出一段佳话。但四库先生始终冷眼对待此事，反复称自己绝不会跟学生恋爱，还引出一段强权规则之类的话，子嘤听得云里雾里，既然说服不了他，也就不再多问了。只是这绯闻一直存在，甚至还有女生编出各种奇葩的细致情节来，子嘤跟四库先生说过两次，但他还是冷眼相待，或苦笑之后便不作声了。

四库先生真是个奇怪的老师，可他又那么有魅力，起码子嘤是发自内心地尊敬他。四库先生喜欢在讲台上前后踱步，当他把书置于身后的时候，站在讲台上俯视下面，满堂的学生似乎都成了他的恋人，他在课堂上总是不缺乏丰沛的热情。可一旦回了家，他又变成一个悄声细语的人，子嘤每次跟他聊天，都得拼命竖起耳朵来，生怕听错了四库先生的意思。

不过，女友对四库先生可没这么大兴趣。她最近找工作到了焦头烂额的地步，好工作找不到，烂工作看不上，上下摇摆不定。子嘤看她在宿舍楼下多等了一分钟，便面露难色，似乎又要发脾气。子嘤赶忙好生安慰，还说自己已经拿到了户口，她不一定也要拿户口。但这番话并不起效，女友眉心紧缩，嘟着嘴，闷不作声。子嘤见她故技重施，只好按照惯例哄她说，最近帮她买了个新的包包，跟她口红一个颜色，这才让她开了口，吐槽一番求职的难题。

子嘤带女友去街边的小饭店，当她喜欢的烤鱼被端上来的时候，她还是一番生闷气的样子。子嘤又聊起最近读书之事，她只说自己在重读《红楼梦》，等问及读到哪一回的时候，女友便说看到第十二回了。子嘤又说起“风月宝鉴”的故事，却只是自言自语，等不到半点回复。

哄了半天，女友依然闷闷不乐，子嘤心里却大致明白了，便拿出手机，看了看附近的酒店信息，赶忙订了一家装修精致浪漫的宾馆，开了个三小时的钟点房。他在女友面前晃了晃手机上的酒店照片：“怎么样？宝贝儿先把你最喜欢的烤鱼吃了吧……”她盯着手机看了一阵，绯红的颜色缓缓浮上脸颊。

品尝过饕餮美食后，子嘤便跟女友在订好的宾馆里好好享受了一番亲密时光，直到前台服务生第三次打来让他们续费的电话，他们才决定离开，晚上还是要回宿舍住。正要起身，子嘤突然眼前一黑，差点瘫倒在床上，一脸娇嗔的恋人赶忙扶住他。子嘤拼命晃了晃身体，却觉得浑身乏力。

“刚才好像被什么东西抓了一下……”子嘤声音发颤，有些不知所云。

“啊？怎么回事……”

“不知道，可能是太累了吧，不过你开心就好……”

“这叫什么话？”女友抓着子嘤的右臂，轻轻地晃来晃去，“你不开心，我怎么能开心？何况我本来就不开心，也就现在还好点了……”

“又说小孩的话……”

“人家本来就是小孩子嘛……”女友一边娇嗔着，一边拿起子嘤的手机，似乎里面藏着全部的世界未解之谜。

“又拿我手机——”子嘤抱怨的声音未落，就听女友惊讶地叫嚷起来，“哎呀，北京也可以积分落户啦！”

子嘤嘟囔着，说什么又是一惊一乍的，太不成熟，却没看到手机上刚刚弹出来的新闻。等他缓过神来，才发现女友已经抓着自己的手机看起来了。

“咳咳，你看我手机也没什么用啊？里面没什么……”

“谁看你那些隐私了？人家才懒得看！我是看新闻，哎呀，北京也可以积分落户了，我也不用直接找个有户口的工作了！”

“积分肯定难度很大，想都不用想。”子嘤穿好衣服，懒洋洋地站在房间门口，“快点吧，人家都催了，要不真得续费了……”

“还真是不容易啊，而且今天只是发布了一个征求意见稿……”

“我拿到了不就是了？夫妻有一个就行，不耽误买房和孩子上学……”

“那也不行啊，我要有户口了，才更有安全感嘛……”

子嘤呆呆地看着依然酥软在床上的恋人，却不知说什么好。

十一

子嘤回到宿舍，北京冬夜的寒风再次呼啸起来，紧闭的窗户似乎被无数尖锐的匕首狠狠地划过，好在宿舍里的暖气够足。他把书架上的《红楼梦》抽出来，泛黄的纸张任性翻动，直到目光停在第十三回《秦可卿死封龙禁尉　王熙凤协理宁国府》上。他躺在床上看了一会儿，疲乏感逐渐从脚趾向上流满全身，狭窄房间里的灯光渐渐微弱。

恍惚间，四库先生竟出现在眼前。子嘤挣扎着要站起来，四库先生笑着伸过手来，两只手紧紧地握在一起，子嘤却感觉不到丝毫体温。子婴惊讶地瞪大了双眼，难以置信自己没有关宿舍门，他正想问到底是怎么回事，四库先生却露出了温情的笑容，摆摆手，示意他坐在床上。

“明天还有雾霾吗？”四库先生笑着问。

“什么？我也不知道……”子婴支支吾吾，正想查看手机上的天气预报，却被四库先生叫住了。

“算了，我心里大概是知道结果的……”四库先生轻声说道，“咱们师生一场，你多保重，老师先走一步了……”

“什么意思？”子婴心里直犯嘀咕，却又不知如何开口询问。他沉默了几秒钟，就听见四库先生自顾自地说了起来。

“你还记得我房间里那幅白天鹅的油画吗？”

“记得啊，我看那幅画，很有俄罗斯油画的感觉。”

“是呀，上次老师让你读的《俄罗斯思想》，你看了吗？”

“是别尔嘉耶夫那本吗？看了一些，挺有意思的，我对书里说的弥赛亚精神挺感兴趣的……”

“如今知识分子正缺乏这个……”

“我不太懂，难道您还坚持什么救世理想吗？我看这未免太夸张了吧，别吓我，我可没想那么多……不过您也该想想现实问题，我女友都说您其实可以争取提一下职称，买上房子，娶上媳妇……”

四库先生苦笑了一下，接着说：“这幅白天鹅的画像，是我送给自己的，也是送给你的，这是我画的最后一幅画，昨晚它唱起歌来,好像是要飞走了,我也明白了,我也要走了……”

“走了?去哪里?”子婴依然一头雾水。

“去一个无法被毁灭的地方……真正的理想主义者必然要毁灭,不是被别人毁灭,就是自我毁灭。”四库先生斩钉截铁地说,忧愁的神色紧紧地扼住他的眉心。

“到底发生什么了?”

“没什么,就是来跟你说声再见……”四库先生低头沉思了片刻,接着说,“你还记得咱们刚认识的时候,我给你推荐的柏拉图的《斐多篇》吗?”

“有印象……但记不清具体讲的什么了,实在抱歉,我总是让您失望……”

“没什么,没什么,这都正常……”四库先生的脸上突然跃动着诡异的光亮,子婴眼前的影像渐渐模糊起来。

四库先生的动作十分僵硬,他轻轻地把厚重的眼镜摘下来,紧紧地攥在手里,笑着对子婴说:“必须记住,灵魂既然不朽,我们就应该爱护它,不仅在所谓今生今世,而且永远爱护它,如果我们对自己的灵魂漠不关心,那是十分危险的……”他顿了顿,接着说:“这句话就是苏格拉底临终前说的,柏拉图把它记在《斐多篇》里……智慧和美德的问题,是老师第一次上课就跟你说的呀……”

“学生记得……可是当时我就想到,勇气与真诚同样重要呀,如果丧失了勇气,尤其是面对现实困境的勇气,又如何保护美德呢?”子嘤见四库先生又讲起哲学来,不由得谈了谈自己的想法。

四库先生听子嘤说了不少,却沉默下来,不再言语了。他背过身去,宿舍窗台上的一摞书几乎要被他撞倒了。子嘤正想走上前去,再跟老师辩个清楚,却只见他突然坐在另一张床上,浑身是血。子嘤惊得几乎瘫软到地上,赶忙回身要拿手机拨电话,却怎么也找不到手机了。等他再转过身来,四库先生已经没了踪影,好像刚才的怪事并没出现过。

就像从冰冷的海水里突然跳出来,令人窒息的感觉瞬间被击碎,子嘤躺在床上大口呼吸着,耳边依然回荡着四库先生刚才说的话。他环顾四周,一切如常,才明白刚才只是一场梦,但想到那诡异的场景,仍心有余悸。他从床上挣扎着坐起来,发现《红楼梦》正摊在一边,他瞥了一眼,只看到书上的一句话:“凤姐闻听,吓了一身冷汗,出了一回神,只得忙忙的穿衣,往王夫人处来。”

他笑自己太久没看《红楼梦》,竟这么容易入戏,其实里面的情节,他早就烂熟于心。但思来想去,还是放心不下,他给四库先生打了电话,却被系统提醒“您拨打的电话已关机”。此刻,天边的暮色已经笼罩了整个穹隆,子嘤顾不上其他,赶忙出门,却怎么都叫不到出租车。一个清晰的骑行路线在他的脑海里瞬间生成,他赶忙骑上身边的单车,向四库先生的家飞速驶去。

过了十分钟，他就骑到了那座小楼旁。子嘤快步走上去，只见四库先生家的房门洞开着，一群陌生人紧张地围在门口，救护车的鸣笛声由远及近地传来。子嘤挤上前去，看见四库先生浑身是血，侧身躺在巨幅白天鹅画像下面。那只骄傲的天鹅渐成了深红色，从颈部到尾部都沾满了可怖的血腥气，唯独眼睛周围的黑色依然闪烁着幽幽的光芒。

子嘤又惊又急，正要冲上前去，却被旁人拼命拉住了。一个无比可怕的事实赫然立在眼前，他不知为何会这样，四库先生怎么会选择……他不敢想了，只觉得浑身酥软，顿时没了力气，肝肠寸断的感觉毫不留情地刺激着他……

……

等子嘤睁开双眼，却发现自己正躺在宿舍床上，女友焦灼的神情迎面而来。她脸上的泪痕依稀可见，娇嗔道："你真是吓坏我们了，幸好你醒了……"

"你是怎么进男生宿舍的？"子嘤刚一开口，就发现鲁至正也站在一旁。

"是我把她带进来的，还有你另一个室友，要不然我也不知道你住哪里。"鲁至正一脸无奈地说，"也是巧了，我当时刚给下下上完课，就看到了……"

子嘤如梦初醒，听他们说了半天，才知道自己已经昏睡了大半天，好在身体无大碍，不必住院，在宿舍休息几天便好。女友说已经联系好了宾馆，打算住进去，照顾他几天再说。但问及四库先生的情况，两人却沉默不语了。子嘤心中已经明白了大半，却不知如何开口。鲁至正一脸严肃地讲道，很后悔这么晚才知道四库先生的名字，竟然没能像子嘤那样跟着他求学几年，甚至都没见过这么纯粹的一个人……

十二

看了大量充斥着戾气的网络帖子后，干呕的感觉直冲天灵盖，卞卞揉了揉眼睛，对家长规定的"定时上网"活动开始厌烦了。过了几分钟，鲁至正老师敲门进来，但他脸上几乎没有笑容，平日就很深沉的他此刻显得更加严肃。

"鲁老师，是发生什么不好的事了吗？"

"四库先生，走了……"

"他是谁？"

"一个真正的理想主义者。"

"你别说，这个名字我还真有点熟悉……好像听以前一个叫子嘤的老师提过，他来我们班上讲过几次课……"

"遗憾了。以后听不到这位先生的课了。"

"您是说谁？子嘤老师吗？"

"不是，哦，也算是吧，子嘤说他不会再回教育领域了，不会再教书了……"

"为什么？"

“每个人选择是不一样的。他有更现实的选择……总不能像四库先生那样，谁也不会像他那样……”

“那就算了，反正他这个人物素材，高考作文里也用不上，又不是什么名人事迹……”

鲁至正简直不相信这句话是从卞卞嘴里说出来的。卞卞苦笑着说：“鲁老师，您别看我年龄小，很多东西，我们这代人比你们更清楚，我之前只是不想那么快投降罢了，可是……”

“什么？”

“很多事情别期望太高了……我不想再去看那个什么碑了，但还是很感谢您的良苦用心……我现在也不看电视剧了，但我明白一个道理，谁能保证自己是故事的主角啊，别人出现一两集就算多了，凭什么你要当四五集的主角啊？就算是知识分子，也有说法，千古文章未尽才……更何况也算不上那个什么……”

沉默良久，鲁至正又问起卞卞最近的成绩情况。卞卞把模拟考试的成绩单递上去，鲁至正看到了明显进步。他正想开口表扬，只听得卞卞妈妈笑嘻嘻地走过来，说这多亏了鲁老师的精心辅导，孩子成绩进步飞快，再努把力考上985大学问题不大。

等卞卞爸爸回到家，已是晚饭时间。他一脸喜色，非要叫着鲁至正也去参加他们的家庭聚餐。在中关村一家高档酒店里，鲁至正被带入一个装潢精致的包间里，卞卞爸妈毫不吝啬地点着菜，根本不看菜单上的价格，两人只是笑着讨论，哪个菜最有营养，哪个菜能活跃大脑，甚至帮助成绩提高。

卞卞妈妈满面春风，只是对鲁至正一通猛夸，却没有鼓励身边的卞卞。卞卞一脸呆滞，丝毫没有成绩进步后应有的开心，弟弟痴痴在一旁眨着双眼，似乎对眼前的一切都充满好奇。卞卞突然跟鲁至正窃窃私语，说自己最近看了法国思想家布迪厄的著作。鲁至正问他具体看了什么，他只说在《国家精英》这本书里看到了些许教育和社会分层的“真相”。鲁至正只好承认，自己并没看过这本书，但听说过布迪厄解释教育与社会关系中的“延迟淘汰说”。

听到这些，卞卞突然发出从未有过的诡异笑声，似乎是豁然开朗的笑声，又像是嘲讽的笑声，似乎鲁至正没看过这本书，简直是不可思议的事情，毕竟这位鲁老师向来标榜自己读书多，还总是拿着各种奇思妙想来教育别人。鲁至正突然不知说什么好了，但尴尬的谈话仍得继续，只好吐槽着糟糕的天气，说什么估计雾霾又要来了……

觥筹交错的声音从隔壁酒席上传来，酒店走廊里飘洒的轻盈音乐令人出神，鲁至正突然觉得这一切是那么不真实，又觉得黏稠的感觉紧紧地裹着全身。四库先生的死，就像一粒沙石被丢入大海，泛不起一点浪花。除了子嘤和卞卞，再也没人关心这件事了，可就是以前脑洞大开的卞卞，此刻也没有多问，似乎这些事与自己毫无关联。

直到酒店准备打烊，他们才打算走，鲁至正坚持到现在，也没好意思中途回家。临别时分，卞卞妈妈反复叮嘱，要鲁至正继续辅导孩子功课，还说要让他推荐小学语文名师来给小儿子做辅导，费用什么的都好说……鲁至正无奈地答应了，却看到身边的卞卞依然闷闷不乐，只有弟弟痴痴一脸无邪地望着哥哥。

回到租的房子里，鲁至正给子嘤打了个电话，询问处理四库先生后事的事情。电话那端的声音并不清晰，不知是沉郁的流云压倒了电话线，还是哀怨的情绪占据了对面世界，但他的确听不清子嘤在说什么。他只好暂时挂断电话，正想给子嘤发消息，却被快递员打来的电话惊到了。这么晚了还送快递？鲁至正嘟囔着，到楼下取了一个包裹，上面的信息显示这是从甘肃寄来的。

鲁至正的思绪迅速转动起来，他在微弱的路灯下打开包裹，一个精美的淡红色的心形礼盒跳入视线。打开礼盒，里面有一些手叠的星星，犹如一个星光璀璨的宇宙被捧在手上。在礼盒里面，还有一张手绘的明信片，荒凉的山岭、低矮的平房、红扑扑的孩子们的脸蛋一并出现在上面。有一个小纸条夹在一旁，打开一看，原来是蛋蛋写的："鲁老师，您不用再为我操心了，我也不是什么读书的料，但很感谢您让我们读《史记》，告诉我们什么是生活的真谛，什么是思考的力量。我也不能再让家人操心了，我要去兰州打工，靠真本事闯出一片属于自己的天地。”

看到这里，鲁至正忽然幸福地笑了起来。身旁的快递小哥一脸惊讶，打趣道，是不是收到了漂亮妹子的表白信。鲁至正笑着摇摇头，向他挥挥手，却差点碰到一个裹着黑衣的陌生人。快递小哥踏上电动三轮车，紧紧地裹了下大衣，开足马力，很快便消失在茫茫的夜色里。

第十章
醉酒天通苑

一

罗贯北紧紧裹住黑色大衣，在无边的寒夜里匆匆走过，几乎没人察觉到他的存在。他的心底灼烧着一团烈火，却被一层冰冷的硬壳裹在里面，微弱的火苗挣扎着，全身的血管挤成一团，沉重的双脚堆在下面。刚才他看到一个陌生的中年男人像醉汉一样瘫倒在地，竟如一具枯干的尸骸，粗粝的面容上没有一点血色。

倘若在几年前，罗贯北肯定是要走近看看的，不管是流浪者还是醉汉，起码都要嘘寒问暖一番。别说是个活人了，就是牲畜，他都不忍心看人家受委屈。十年前，有次在乡下老家，被人带去屠宰场看杀猪，眼见那一个个生命瘫在地上，鲜血从刀刃刺入的位置喷射出来，凄厉的嚎叫之后，只留下一大摊血迹。他不忍心看这些场景，甚至腿都软了，让身旁的小伙伴笑个不停。

遇上这类事，他只能认㞞了。还有一次，他跟同学去山里玩“农家乐”，遇上耍猴的，可怜的小猴子被皮鞭打个不停，稍有表演失误，就被耍猴人猛抽一身鞭子，不时发出痛苦的惨叫。围观的人看得不亦乐乎，他却大吼一声：“住手！”耍猴人一惊，还不知自己怎么惊扰了观众，他赶忙喊道：“太残忍了！太过分了！不看了！”他扭头便走，只留下旁人面面相觑。

可如今呢？面对这瘫在地上的人，罗贯北只是看看，内心却激不起丝毫波澜。“可怜之人必有可恨之处”，他心里念叨着，又裹了裹大衣，缓缓走向黑夜的深处。他的脚下简直有千钧重，每迈出一步，都有刺穿血肉之痛。

走了许久，他的眼前渐渐闪出点滴昏黄，那是南七家村一些低矮小楼的窗户里流出的灯光。再往前走，就是北七家村，紧接着就到了天通北苑，离家不远了。这里位于北京东北郊，算是城乡接合部，拥挤的自建房紧紧绑在一起，原本就不大的村子得以容纳更多外地人口，租不起天通苑房子的人，首选便是这里，或者西边的东三旗村。

他在搬入天通苑之前，也曾住在东三旗村。每逢傍晚下班，村里的道路挤满了年轻的面孔，廉价的服装店、小吃店和生活用品店密集地分布在狭窄的路旁，讲着不同方言的人却在讨价还价。虽然看起来乱糟糟的，待久了反而觉得很实用，不用出门太久就能满足日常所需。

不过，只要走出这方狭窄的天地，刺激与偏见就时刻存在。罗贯北在北京打拼七年，换了五个住处，早就学会了“精神胜利法”，只要不跟别人比，心安理得就好，便能寻到开心。可今晚的经历，实在让人咽不下这口气，罕有的羞辱感像毒蛇一样缠绕着他，整个世界都要被黑洞吞噬了。

八个小时之前，他去东边的别墅区见客户。如果不是为了公司的生意，为了自己的收入，他是断然不会去跟那种人深交的，但面对现实，还是要嘴上抹了蜜，极尽能事说一番漂亮话。虽然他们见面的咖啡厅离顺义主城区还很远，却是不折不扣的别墅区，公交车是到不了这里的，这些大客户似乎都藏在幽深的密林里，遇到陌生人就瞬间隐身，只有跟他们有利益交集时，才能获准进入那片神秘的丛林。

在那个监狱似的咖啡厅里，昏黄的灯光上方是摇摇欲坠的天花板，想挣脱枷锁的束缚，必须出卖自己的灵魂。哪怕深不见底的黑夜要把自己吞噬，也得拼命拿下这个单子。这个奇怪的中年男人，脸上的横肉几乎耷拉到肩上，一堆肉山堆在沙发上，狰狞的面孔下好像有正在等待他宰割的牲畜。他想起在屠宰场看到的那一幕，便实在不能接受这个土豪客户，竟也是这般面貌。他想起来，晚上与他聊起公司的业务，对方起初满脸笑容，后来突然墨云堆积，眉毛挑上了天灵盖，只是因为听到自己出的钱，比预期的要高一些。

做销售就是要用最低的成本赢得客户最大的价值，实现双方的共赢，这个道理，罗贯北心知肚明，只是对面那土豪客户一直在装糊涂。商战里的老油条，金钱场上的好猎手，从来不会向看起来强势的对手妥协，但对那些装傻卖呆的家伙，要多留几个心眼。罗贯北心里的算盘打个不停，一边察言观色，一边谋划着下一步的打算，经过一番讨价还价，总算让对方签了合同。

只是，那土豪客户嘴上不依不饶，说什么要考验一下罗贯北的“诚意”。他先是听不明白，后来只好装不明白，那人非要说这咖啡厅根本不是谈生意的地方，之前几个单子，都是一起泡澡时候落实的。罗贯北时常自诩是个“社会人”，关键时刻却又抹不开面子，拉不下脸，便说自己身体患病，不能去泡澡。谁料听闻此事，那人更兴奋起来了，硬说必须让罗贯北步行回家，要不然就不签单子。

罗贯北白天去爬了山，现在突然被公司叫去见客户，那人已经看到了他沉重的步伐，依然要求这般刁钻，分明是刻意戏弄。他突然想起来自己多年前见到的那只被鞭打的猴子，便气得要发作，却想到自己好不容易得来的高薪工作，还有在老家急着准备彩礼、娶媳妇的弟弟，用钱的地方实在太多了。他压低声音，竭力收起内心的怨愤，耐心地告诉对方，自己一定照办。

走了将近两个小时，罗贯北终于回到天通苑的家里。这个二十多平方米的小房间，是他选择北漂后的第五个家，租金一路上涨，买房遥遥无期，但他还是愿意在北京待下去，如果回到老家，连这点钱也赚不到了。至于眼前的这点苦，又算什么呢？推开门，他几乎瘫倒在床上，这是上一任租客留下的双人床，那是一对北漂的年轻人，在这里住了整整三年，最后还是回东北老家结婚了。

罗贯北从小读书成绩不佳，高中毕业后，就到社会闯荡了。工作后，更无暇读书，只有小时候最爱看的《三国演义》放在床头，污渍的书页上堆满褶皱。劳累了一天，他竟然不困了，便拿起《三国演义》随便翻起来。

他突然想起在东北黑土地上辛勤耕种了一辈子的父亲，不知他此刻是否已经醒来。哪怕没有农活，他也能照旧早起。父亲酷爱读书，年轻时却没赶上好时候，年纪大了，想读书也不现实了。自己的名字，就是父亲起的，村里有点文化的人还知道翻翻《康熙字典》，父亲喜欢三国历史，就效仿罗贯中的名字，给他起名贯北，毕竟身居北方，还是得和名人拉开点距离。不过，民间都说，名字起大了，不好养，还不如贱名让人有出息。果不其然，自己没当上什么文豪，也没成什么学者，十年前就浪迹社会各处，至今年近三十，也无多大成就。好在，忍气吞声地干下去，总算是攒下了一点积蓄。

窗外浮动的暗云像流沙一样起伏飘荡，已是凌晨五点，漫长的寒夜仍不见尽头。他百无聊赖地翻着手机上的网页，突然跳出一条“上门按摩服务”的广告。在一串电话号码旁边，是三百五十八元一次的标价，旁边还有大幅的广告图片：一个裸着上身的男人，一脸享受地趴在床上，五官精致的年轻姑娘靠在一旁，她纤细的玉臂与男人暗黄色的肌肤紧紧贴在一起。一个突然蹦出的念头冲上来，罗贯北狠狠地咽了一口吐沫，骤然间又想到了什么，便将手机扔在一旁，捂上厚重的棉被，全身缩了进去。好在今天不用上班，不怕自己沉沉睡去。管不了外面世界的天旋地转，被子里的密闭空间，是最大的自由之地。

二

临近年关，公司里的业务更加繁忙，好在年终总结也要到了。罗贯北笑盈盈地站在公司年会的领奖台上，头顶鲜红色的横幅上写着几个金色的大字：

"一五年，我们一起走过！一六年，我们继续努力！"

这句话，虽是毫无韵味的大白话，但倒也是句实话。经过一年的拼搏，自己总算是拿了个最佳绩效奖。然而，等拿到奖金，才发现只有区区两千块。按照公司规定，他也不敢询问其他同事的奖金数，本想找HR理论一番，想到最近网上常见的公司裁员的新闻，便忍了下来。

离开年会现场，他的心里更是一片凄冷。从脸色上看，身边同事貌似是几人欢喜几人忧，已婚的几个同龄男同事，脸上虽无表情，却看得出他们心里的淡定。还有几个刚工作的毛头小伙子，脸上都还挂着天真的笑容，仿佛现实的重压丝毫没有困扰他们。至于同龄的单身同事，那就真的很少了。

罗贯北在回家的地铁上，浑身酸痛，几乎站不住了。地铁

5号线贯穿城市南北，他每天的通勤之路都是一场煎熬，要跟自己浑身的疲倦抗争，要跟拥挤的人群抗争，从地铁天通苑站出来，还要走上十几分钟。此刻，已是晚上九点，他还没吃晚饭。他不想在公司多待一秒钟，那是对生命毫无价值的浪费，既无法给人快乐，又没有额外的加班费可拿。公司的绩效考核机制有大问题，他心里犯着嘀咕，又想到老板在年会上说公司当前经营压力很大，一种莫名的轻蔑感又蹿出来，他不知道自己为什么会这样想。

跟着下班的人群慢慢向东涌动，他的脸上毫无血色。没人真的想喜怒不形于色，都是为现实所迫，除了一味地忍受，他似乎也做不了什么。以前老板发怒时，他颤抖着身子靠上去，赶紧嘘寒问暖，好生伺候。要是客户脸色有变，他更是毕恭毕敬地赔笑脸，说着自己都要酸掉牙的话，只为了求得对方开金口，能签下一单生意。他突然想起前日被那个土豪客户羞辱的事，心头一紧，却又吞咽下一口吐沫，似乎只有这样才能掩盖心底的愤懑。

还有三天就是除夕了，这座城市即将进入一年中人最少的时候。他自忖道，路边步伐匆匆的人，大多也是跟自己一样的下班族，也是年前最后一天工作。这一切煎熬终于要结束了，但来年就一定有什么值得期待的事吗？

罗贯北转过一个街角，天通苑塔楼在不远处向他招手。他身旁一家美发店放着低音炮的音乐，几个鸟巢般发型的年轻人在门口扭扭跳跳，两个面色黝黑的中年男人歪着身子站在一旁，闷声抽着烟，打量着路过的年轻女孩。一个披着乳白色围巾的高个女子走过来，高筒靴踩着冰凉的地面，云朵般的烟圈一层层绕过她的红色毛呢长裙。一辆灰色的面包车从她身边疾驰而过，毫无顾忌地喷着呛鼻的尾气，刺耳的喇叭声播散开来，不远处一个小男孩捂住耳朵，一脸娇气地缩在父亲身旁，这个面容粗犷的男人一脸慈祥地搂着孩子，旁边一家小超市门口的摇摇车上的女孩哭个不停，一位老人在一旁打着节拍，扮着鬼脸，边笑边逗孩子开心。他还不时地跟身边的年轻夫妻聊天，裹着粉色外套的女人满脸甜蜜地依偎在男人怀里，眼神里尽是幸福的神色。罗贯北低着头快步走过，别人都有各自的快乐，他只觉得烦闷无聊，身边的一切都看不到自己的存在，也与自己毫无关联。

回到家，他在床上躺了片刻，便起来收拾屋子。他稍微打扫了下房间，把乱糟糟的物品归类放置，又把存了许久的脏衣服扔到洗衣机里。隔壁的几个租客已经回老家了，只留下他独自享受这片久违的安静。他照旧在手机上随意浏览网页，他平时不喜欢看新闻，只觉得那些事情多数无聊，可自己喜欢的事情，着实不多，若不跟人在网上聊几句，更是烦闷。他从厨房的冰箱里取出一瓶啤酒，往酒杯里倒了满满一杯，望着窗外流淌的夜色，心里满是落寞。他举起酒杯，似乎要吞咽下整个北京城的孤独。

在家里躺了两天，终于熬到大年三十。他心里嘀咕着，这年一点也没年味，又抱怨着这特殊时间里，连叫外卖的价格都贵了不少。但他是不愿做饭的，倒也不是不会做，做个清炒土豆丝、西红柿鸡蛋之类的小菜，还是很容易的。只是自己做饭实在无趣，时间久了，也就懒得开火了。

罗贯北晃了晃手机，发现屏幕上又弹出一条色彩绚烂的广告。仔细一看，竟跟上次那个按摩的广告一模一样。看到上面的标价，似乎更贵了点。三百九十八元一次的上门服务，全身SPA按摩，两个小时。实惠吗？他在心里飞速打着算盘，想到不满意的奖金，他便准备关闭这个诱人的广告。可一想起那个土豪客户跋扈的表情，他就烦闷无比，又想到自己从未尝试过这种按摩，便宽慰自己，只试这一次，算是过年的自我犒劳吧。

跟对方打电话确认后，他焦躁的心逐渐平静下来。推开窗户，不再有平日万家灯火的景象，只有少数小区房间亮着灯，多数外地人都回家过年了，只有少数外地人和本地人留在这里，可像自己这样独自过年的，恐怕是少之又少吧！

如今，北京城里禁放烟花，他也见不到别家在烟花下灿烂的笑容，心想倒也清静了许多。一家团聚之类的话，他只跟别人讲过，却不敢幻想自己能得到片刻的温馨。他跟家人打了个电话，告诉他们，自己正在拼命赚钱，给他们赚养老钱，给弟弟挣老婆本。手机那头的家人似乎早就料到是这样，似乎早就安排了集体台词，说着一些不痛不痒的话，让他安心在外面赚钱便是。只有父亲问了一句他的终身大事，还说什么时候回老家相亲，他只好回应一番客套的话。

放下手机，他的脸上没有丝毫落寞，依然是麻木的神情，空洞的瞳孔里没有丝毫光亮。长年的压抑，让他一点脾气都没有，也让他亲手切断了一切情感的枝叶，只留下一株朽烂的枯木，深深地扎在腐臭的泥土里。

三

乔心蝉照旧化了个淡妆，敷上保湿水，简单抹了粉底，带上工具箱便出门了。从高中毕业开始做按摩行业，她已经换了四个城市，之前在杭州、上海和天津都干过，直到去年来北京，直接做起了上门按摩。相比在实体店里做，如今这份职业更自由，收入也相对高点。

银灰色的出租车沿着京城的中轴线一路向北驶去，车里的气息沉闷乏味，司机师傅面无表情地盯着前方。乔心蝉坐在后排，轻轻摇开车窗，弥漫的夜色顿时闯进来。这逼仄的空间被撬开一个微弱的出口，她心中的思绪也慢慢散开。

她曾以为自己是不惧任何寂寞的，直到来了这座陌生的城市，满眼的男男女女来来去去，却没人可以停下来，听她倾诉内心的故事。老板刚才打电话来，让她一小时内到天通苑，刚才有客户下了单。她说今晚是大年三十，自己没能回老家过年，已经很委屈了，实在不想跟陌生的男人过这个年。老板在电话里一阵怒吼，说自己从没让一个客户失望过，必须拿出百分百的热情来服务，又说了一通好听的话，客户专门点钟要她做，还要给她开出双倍工资，等等。想到能比平时多赚一点钱，她才硬着头皮去上钟。

她有些担心这个陌生客户是个怪人，毕竟之前遇到的怪人怪事太多了。大年三十点钟的人不多，至于除夕夜里做按摩的，更是罕见。她想起来半个月前，自己到通州上钟，那个客户住在一栋奢华的别墅里，操着一口标准的京腔儿，却时不时带点南方口音，让人摸不准他到底是哪里人。更怪的是，那人看起来年近四十，却自称才三十岁。他家里的装修非常简单，却说这附近有五个独栋别墅都在自己名下。

还有上周末晚上，老板让她去顺义上钟，本来约好在机场附近的一个小区见面，却临时被改到一个城中村。她很少去村子里见客户，那夜又黑又冷，她实在不想去了，但老板拿双倍工资诱惑，她还是按图索骥去见了客户。那个男人自称原来是住在别墅区的富人，最近有些缺钱，住处才十分简陋。做按摩的时候，那人的眼球一直滴溜溜地转，始终盯着自己身体的各个部位，长满茧子的双手隔空在她身边蹭来蹭去，好像一条恶狼要吃掉这个主动送上门的绵羊。好在自己对此早有应对，说了一番客人要自重之类的话，才避免了更麻烦的事。

至于奇怪的女客户，则要少很多，但也不是没遇上过。点钟的女士以回头客为主，独身和离异者居多，或者与另一半长期分居，她们多数不太受力，只能用柔和手法来做。在身体按摩之外，她们似乎更渴望精神交流，如果对方愿意聊，她也会陪着聊一会儿，但绝不会主动过问客户的隐私。

只有一次，她在海淀见到一个女客户，那是一个很有商务范儿的中年女人，即便脱下正装，卸下妆容，依然能从她精明透亮的目光里看到其职场女强人的模样。她住在一个价格高昂的学区房里，自称是给孩子上学准备的，却始终没见到她的孩子，家里也没有任何小孩的生活用品。她依然不会过问客户隐私，对方欲言又止，并没有聊下去，却在做背部按摩时，怯生生地哭了出来。她拿出纸巾，帮她擦了擦眼泪，又免费给她加了个采耳的项目。直到此刻，她都不明白，那人到底在哭什么。

四

乔心蝉轻轻敲了三下，房门应声开启，一个满脸枯槁的男青年站在面前，不大的房间里有一张双人床，房间里杂物甚多，但还不算太乱，似乎刚刚有人简单整理过。

“您好，请问您是罗先生吗？”乔心蝉拿出专业的服务态度，面带微笑地问道。

“是……你应该就是按摩技师吧……请进来吧，外面很冷吧……”

“嗯，不过一直在车里，还好啦……”乔心蝉边说，边换上自带的拖鞋，把门关上，脱下厚重的长外套，露出粉色的贴身毛衣，深黑色的打底裤在灯光下反射出幽冷的光芒。

乔心蝉轻轻蹲下身子，从工具袋里拿出一条宽松的短裤，双手递给罗贯北：“这个一次性短裤，做全身SPA按摩时穿，麻烦您换一下。”

羞涩的神情在他脸上突然一闪而过，他紧接着说：“那好，你稍等下，我去卫生间里换一下……”

“您还需要洗个澡吗？”

“什么？还有这个项目吗？怎么洗？”

“哦，不是，我是说您自己可以去洗个澡，如果皮肤太干燥，一会儿不好做。”

“哦哦，明白了……”罗贯北脸一红，“好吧，其实我刚刚洗过了，那我再洗一次吧……”

等他从卫生间里出来，发现床上已经铺上了一层白色的轻纱，还有一束玫瑰放置在床头。面对罗贯北惊讶的表情，乔心蝉笑着说：“您是第一次做吗？看来还不太习惯我们的服务方式。”见到罗贯北在一旁愣神，她示意需要仰面躺在床上，先做一下头部放松与四肢按摩。

当陌生女孩的手指轻微划过时，罗贯北身体一激灵，差点打出喷嚏来。酥软的感觉迅速从头顶向四肢蔓延，身上微微泛起的红晕让紧密的毛孔缓缓打开，冰冷的脚底也逐渐暖和起来。乔心蝉双手抹上精油，顺着他的肩膀向下摩挲，来自不同方向的舒爽感穿过宽阔平坦的地带，抚过厚实的肌肉，汇合在小腹的位置。她的指尖在他身上四处起舞，仿佛身材修长的芭蕾舞者翩跹跳跃。

乔心蝉顺着经络方向按摩，手掌、手背和手指的力量交替登场，让他全身的血液加速流动起来，也帮助他打开了几乎要闭死的心门。她俯下身子，几缕长发垂到他的脸上，从未嗅到过的香气飘然而至。罗贯北近乎本能地伸出舌头，舔了舔垂下的秀发，空前的快慰恍惚而至，短裤上不争气地崛起一座尖峰。

"罗先生，您是自己住吗？"乔心蝉生怕等会尴尬，赶忙岔开话题。

"哦哦，是啊……要不然这时候也不会叫你来做按摩……"

"我猜您应该是单身吧……"

"猜得挺准，那肯定啊……你看我难道不像单身？"

"我还能猜到，您是不是没谈过女友？"

"是啊……哦，不对，谈过！"罗贯北生怕别人借此奚落自己，发自本能地改了口。

乔心蝉尴尬地笑了笑，似乎发现了一些难堪的秘密。她一边给罗贯北做着按摩，一边问道："罗先生，您腿上肌肉也挺多的，平时运动挺多吧，我看你皮肤也不错，尤其是手好看，一点也不糙……”

“嘿嘿，多谢夸奖，其实还好啦，我就是长得显老，皮肤还可以……”他顿了顿，突然问道，“你怎么看待大龄处男？”

“母胎单身的人，当然是处男。”乔心蝉脱口而出，但话音未落，就捂上了嘴，知道自己说了错话，赶忙满怀歉意地说，“那个……其实，我的意思是说，大龄处男的群体，是很少啦，比大龄处女还稀罕，要像保护大熊猫一样把他们保护起来。”

“你也对大龄处男有偏见？”

“不不，我没有那个意思。”乔心蝉耐心地说，“小哥哥不要这么敏感嘛，我就是打个比方……”

“小哥哥？”

“可不嘛，估计你比我大不了多少。”

“你多大？”

“你看我像多大的？”

“十八岁？”

“哈哈，哄人也不能太离谱，我其实都二十六了，看不出来吧……”

“那还真是没比我小多少……”

“是啊，虽然大龄处男罕见，但这跟大龄处女一样，都是个人选择，外人没什么好说的。”

“不是啊，你刚才那表情，那反应，就跟见了妖怪一样，怎么，大龄处男受到的偏见还少吗？”

乔心蝉见对方不悦，赶忙解释：“我以前给一个姐姐按摩过，她三十多了还没谈过男友，我也能理解……”

“那不一样。你不是男人，你不懂社会舆论对大龄处男的偏见，大龄处女还能被看成洁身自好，他们都觉得大龄处男是因为没能力才泡不到妹子。你不知道吗？人家都说，与处男偏见对应的不是处女偏见，而是荡妇偏见。”

“什么？”

“就是那种跟男人很随意的女人。”罗贯北又咽了一口吐沫，板着脸说，“其实我也不敢说她们有什么不好，每个人都有自己选择生活方式的权利啊，我只希望别人少一些对处男的偏见。”

乔心蝉不再说话了，听到刚才那两个字，她的心头猛然暗了一下。游荡的思绪顿时凝结在一起，在她心里搅来搅去，痛苦记忆的影像飞速呈现出来。她在很多年前就离开了农村老家，不是因为成绩差，只是因为家里穷，还要供弟弟读书，家人强迫自己出去赚钱，还要让她赶紧嫁人，拿男人给的彩礼，给弟弟上学和结婚。那些令人窒息的往事，总在不经意间从心底翻出来。而“荡妇”这两个自己不愿意提及的字，虽出自眼前这个陌生男人之口，却多次被老家一些人借此点着名来羞辱自己。

自从有了这个教训，她不再敢跟亲人说自己在外面做按摩技师，尽管她从来没有任何不正规的操作，但这个身份被污名化，被一些自以为是的人拿来秀优越感，却是她没法阻止的。

早在杭州工作的时候，她就听经验丰富的大姐说过，自己结婚多年了，都不敢跟老公说自己在做什么，只说在饭店做服务员。至于远在他乡的老公，自己也管不了，他要做什么，自己只能睁一只眼、闭一只眼。孩子在农村老家，由老人照看，各自拼命活着，只为将来可能的好一点的生活。这样的尴尬与无奈，还有背后的偏见，又岂止是单单针对自己的职业？

见对方面露难色，罗贯北也赶忙岔开话题，突然问道："听你口音，有点熟悉，你是哪里人？"

"不用问，咱俩老乡。我早就听出来了，你口音很重……"

"哎，在北京常见老乡，希望老家发展再好点，我就回去，不在北京了，真没意思……不过好多人都说，投资不过山海关，我就不服气……"

"没有啥服气不服气的，现实就是现实……"乔心蝉突然看到床头那本《三国演义》，接着问，"呦，你喜欢看三国呀！"

"哈哈，平时没事的时候，就看看……"

"你最喜欢三国里的哪个人物？"

"常山赵子龙！"

"不错啊，我也喜欢，武功高，长得帅……"

"哈哈，我小时候的梦想，就是能像赵云那样在长坂坡七进七出，一杆银枪挑天下名将！”

“那现在呢？”

“现在啊，我才发现自己不是赵云，而是在长坂坡被赵云枪挑的无名小卒啊……”罗贯北尴尬地笑了笑，翻过身，让她给自己按摩背部。

“看不出来，你还挺逗的……”

罗贯北扭头说道：“哪有哪有，就是说说真心话而已……对了，我还没问，你叫什么名字？”

“乔心蝉。”

“瞧什么？哪三个字？”

“大乔小乔的乔，心心相印的心，貂蝉的蝉……哦，是虫字旁的蝉，不是女字旁的婵……”

“我知道呀，整天看三国，貂蝉是哪两个字，我还是清楚的……”

“嗯嗯，你可以叫我小乔，或者小蝉……”

“怎么不是小心呢？”罗贯北笑着说。

“你……”

五

两个小时的按摩，在两人的聊天里很快结束了。乔心蝉从来没跟陌生的客户聊过这么多，她内心的坚冰渐渐融化，却不知道对方是否满意自己的服务。罗贯北穿好衣服，坐在床上，笑着说：“看你们网上广告那么……没想到你们的服务这么正规专业！”

“这个……广告归广告嘛，我从来都是纯绿的服务，想体验专业手法的话，再找我就行，跟你聊得也挺开心的……”

“纯绿？”

“嗯，这是行话，就是非常正规的意思。”

罗贯北突然问道：“你为什么要做这个行业？”

“赚钱多。当然，相比之下，纯绿的赚得并不多，但不绿的赚法，我暂时还不能接受。我多累累，多上几个钟，争取给家里多赚点钱。”

“不容易……”

“大家都不容易，希望您能给我一个好评，老板会派人跟您电话回访。”

“没问题，我不为难别人的……”罗贯北顿了顿，接着说，“你要走了吗？今晚是除夕……”

“是啊，该过年咯……”

“你不回老家？”

“回不去，没法回。你呢？”

“大家都一样……”罗贯北突然打开了话匣子，趁着刚才聊天的热劲，竟然喋喋不休地讲了起来，好像面前是一个相识多年的好友。他把自己在工作中遇到的难事，原生家庭带来的困乏,甚至自己内心的寂寞,向她和盘托出。

过了许久,乔心蝉才开始插话,她不愿意打搅对方的雅兴。直到罗贯北说起上次见那个土豪客户的事情,乔心蝉突然打了个激灵,赶忙说,自己也见过那个人。她紧张兮兮地说:“什么土豪啊? 我知道那人的底细,就是个冒充的! 他根本不住在你说的那片别墅区,那些土豪不至于那么无礼,还无聊! 你就是单纯,才被他忽悠了!”罗贯北听罢,愣了片刻,心底无谓的顾忌瞬间消失了。他突然走向厨房,从冰箱里拿出几瓶啤酒:“反正我们都没人陪着过年,要不一起? 我这里没电视,不过你想看,我可以打开电脑,你要看春晚吗?”

乔心蝉看着摆满一桌子的啤酒,有些犹豫。令人尴尬的几秒钟过后,她终于慢吞吞地说:“自从离开老家,就不再看了,总觉得春晚是一家人在一起看才有意思……如果你不开心,我可以陪你喝两口,但喝完我就走……我们规定不能在客户家里过夜。”

“那可以,我先开一瓶吧……”

乔心蝉捂着嘴笑着说:“你先别着急,这酒都是从冰箱里拿出来的,太凉了。你果然没谈过恋爱,你应该先问问我,能不能喝凉的。”

“哦哦,好吧……”

“跟你开玩笑的,嘿嘿,我现在能喝凉的……”

“你真好看。气质古典而优雅……”

“你竟然会撩妹啦……”

两人又畅谈起来，窗外浓郁的夜色温柔地流淌进来，罗贯北的耳边似乎响起了银铃般的笑声。乔心蝉也讲起自己的过往经历，本来已经压在心底的往事一幕幕浮现出来，时而捧腹大笑，时而低眉沉思。不知过了多久，罗贯北已经醉意盎然，面前这个气质可爱而忧郁的女孩，竟也眼神迷离起来。他颤抖着左手，举起酒杯，全北京城的孤独似乎仍在酒里。但乔心蝉也晃动着酒杯，两个冰凉的灵魂碰撞在一起，好像那些一个人的漫漫长夜从未有过。

六

冬日的暖阳像乔心蝉纤细的手臂一样，勾勾粉拳就能把他叫醒。罗贯北睁开双眼，大叫一声：“哎呀，天亮了！”他见已经穿好衣服的乔心蝉，有些尴尬地说：“实在不好意思，昨晚我们都喝醉了，你说有规定不能留在客户家过夜……”

乔心蝉笑着说：“没事儿，这是给你叫的早饭外卖，我要走啦——”

“外卖也不容易啊，大年初一还能来送餐……”罗贯北挠着头说，“那个，你可以为我保守这个秘密吗？”

“什么秘密？”

“我昨晚跟你说的很多话，还有咱们喝醉酒的事……”

“当然可以。不过……”

“什么？”

“我的故事，也同样跟你讲了，我是从来不跟客户说私事的。所以……”

“明白，我永远记得你说的话，但也永远为你保密。”

“那好，那就再见啦……新年好哦，你多保重。”

“哦哦，新年好……”罗贯北不知道要说什么了，见她毫不犹豫地要走，只好送她出门。她很快便消失在自己的视线里。罗贯北突然想到了什么，他赶忙追出去，却见不到她的身影。他回到房间里，透过窗户向外望去。

乔心蝉走下楼，绕过一个拐角，走上空荡荡的街道，眼前只有几辆公交车缓缓行进。微寒的南风迎面拂过，慵懒的阳光透过枯树的枝干，轻柔地洒在她的眉眼之间，乌黑的长发随风摇摆。她回望了一下楼上的那一扇小窗户，看见罗贯北那瘦长的身影。

可她看不清他的面容，她挥了挥手，那个身影也晃了晃。她突然想回去，再跟他继续聊昨晚没聊够的话题，这还是她在北京第一次跟人交心畅谈。可她还是忍住了，只觉得这是一场生于虚无、死于虚无的幻梦。她也没告诉罗贯北，昨晚她也喝醉了，竟趴在他身上睡了一夜。无梦的觉，醒来却了无烦恼，只是面对整座北京城的陌生人，孤独的火焰依旧缠绕升腾。

第十一章
望京路口的指路人

一

春节假期里的望京远不如平日繁华，即便离开天通苑多日了，但除夕之夜的经历仍历历在目。乔心蝉打开窗户，灰蒙蒙的天空下，几株枯树向着逼仄的空间垂死挣扎，似乎有千万根骸骨从上方垂落下来。她刻意不去想那些不愉快的事情，可周边孱弱的影子颤抖不停，流淌入室内的微寒，在昏暗的室内留下长长的投影。

只要不去主动揭开伤疤，内心还不会太焦灼。乔心蝉拼命压住脑中流动的记忆，盯着窗外若隐若现的天际线。此刻，她只是想多赚点钱，至于其他的事情，大概还是要态度冷漠一些吧。

手机上的信息再次跳出来，她看到新的订单，客户就在自己隔壁小区。她赶忙拿起眉笔，对着镜子迅速化妆，熟练地将自己的颜值提升了好几分。但她还是看到了额头上泛起的褶皱，惶恐的心思又从心底缓缓升腾。

好在这次不用打车出门，省了一大笔钱。乔心蝉沿着望京街朝东南方向走着，街上的行人还不如街头飞驰而过的私家车多，平日拥堵的路段终于变得开阔通畅起来，压抑许久的情绪竟也渐渐舒缓开来。

这次的客户是个独居在家里的老先生。乔心蝉很少见到这么有范儿的老人，虽然年过七旬，却精神矍铄，小腿和背上的肌肉比很多年轻人都坚实。从神色看，他几乎没有老态，只是头顶如同被一片冰雪覆盖，但看得出，那里曾经长着茂密的幽深丛林。他的房间不大，却有一个独立的书房，上百本书紧凑地堆积在一起，波澜的书脊砌成了坚固的城墙，似乎只有博学的主人才能理清头绪，从中找到想看的书。服务的一个多小时里，老先生一声不吭，她也不好意思发问，后来匆匆结束，除了基本的客套话，也没多说什么。

乔心蝉离开老先生的家，心里仍直犯嘀咕，她实在想不通他的儿女为何不在身边，而他也不像那种落寞的独居老人，倒是很像浸润在天伦之乐里的老人。路过大山子路口的时候，一个披散着头发的老头儿叫嚷着，手里还拿着一个硬纸板，上面歪歪扭扭地写着“指路”两字。这个老头儿表情怪异，一边叫嚷着，一边走上前来，好像要跟她搭讪。乔心蝉心头一紧，觉得此人太过怪异，便躲到一边，快步离开。奇诡的念头开始充斥着脑海，她想不通为何总遇到奇怪的事情。突然，手机上又弹出了消息提醒，竟然有两个客户点了自己的钟，一个在北边的来广营，一个在南面的酒仙桥，还有一个是老客户，实在不敢怠慢，赶忙回家准备。

整个春节假期，就在这样的忙忙碌碌中度过。等各路北漂人马回到北京，短暂冬眠的首都回归喧闹的世界。乔心蝉算了下春节假期的收入，竟有两万多元，真是狠狠赚了一笔。她心里暗想着，要是这样的假期多点就好了，但又想到假期多了，同行竞争也激烈，未必能赚这么多，便怏怏不乐起来。好在今天的业务依然繁忙，到了工作日的傍晚，预订的客户反而更多了。她看了看订单，这次还是酒仙桥的那个老客户，她记得清楚，这是个中年老板，跟老婆分居半年了，虽说不差钱，总是点最贵的项目，但脾气很大，动不动就对她发牢骚。她是不想再去了，但实在不敢得罪老客户，若老板怪罪下来，自己可承担不起。

奇诡的念头随着全身血液的流动而飞速转动，困惑的思绪不停叨扰着头顶上的神经，恍惚间，她才发现自己刚才竟瘫在床上睡着了。她看了下手机上的时间，距离预约时间只有二十分钟了，她已经来不及化妆，赶忙叫了辆出租车，一路飞驰，连过两个绿灯，总算看到了不远处那栋熟悉的居民楼。虽然还有不短的距离，但那栋反射着阳光的小高层住宅楼，已经迫不及待地闯进自己的视野。

司机师傅突然把车停下来了，熄了火，一边擦着汗，一边无奈地说："又堵车了。就这里，每次都堵。"乔心蝉本来坐在后排，她前倾身体，冲着前面瞪了几眼，才发觉色彩各异的车辆挤成一堆，一些私家车不耐烦地按着喇叭，丝毫不顾及交规的限制。

“师傅，这得多久才能过去啊？”焦灼的心思包围了乔心蝉。

“你看看，前面两个路口，这个望京街，跟京顺路和首都机场辅路的路口，整天堵车……就是这个大山子路口，两个路口跟三岔路口连在一起，能不堵吗……”

“那怎么办呢？我着急赶时间。”

“我看你也快到了，要不你就从这下车吧，走过去，十分钟就到……”

乔心蝉只好照做，她扔给司机师傅二十块钱：“还有三毛钱，不用找了，就这样吧……”

她刚踏上人行道，就一个踉跄，差点摔倒在地。一个散乱着头发的老头儿探过身来，把硬纸壳做的招牌递上来，激动地说：“你这个女同志，怎么不长眼啊？也不看看旁边有没有人？”

她见对方神色怪异，也不敢纠缠，赶忙道歉了事。她拿出纸巾，俯身擦了一下高筒靴上的灰尘，看到那人趿踏着一双油迹斑斑的黑皮鞋，上面是深蓝色的西裤，松松垮垮的外衣套住他干瘦的身材。

“你要问路吗？你去哪里啊？指路三块钱，去哪里我都知道……”他一边说，一边挑着眉毛，眼神忽而严肃忽而戏谑，见乔心蝉一脸茫然，竟哽咽起来……

“大爷，您别这样……”乔心蝉后退一步，生怕碰到他身上的污渍，“我不问路，就是等红灯，准备过马路……”

“这样也好，就是去哪里，跟我说，我可以给你指路……”

“不用了，谢谢啊，我知道去酒仙桥怎么走。”

“酒仙桥！”他突然扬起声调，一脸兴奋地说，“你往前走，过两个路口，就到了……好了，你给我三块钱吧，问路费！”

“什么？我没问你路啊，我知道怎么走……”乔心蝉感觉自己遇上难缠的人了。

对方仍是不依不饶，晃着身子，好像要给自己鞠躬，还叫嚷着，引得几个路人投来怪异的眼神。乔心蝉心里一片乱麻，赶忙说：“行行行，您也别这样了，我惹不起还躲不起吗？”她拿出钱包，扔给他一张五元纸币：“得了吧您，我也没一块钱零钱，您拿这个钱去洗洗衣服吧。”

“你这个年轻的女同志，怎么说话呢？小小年纪，就不知道敬老啊！”

乔心蝉不愿与他多纠缠，见绿灯已亮，赶忙快步离开。

二

大山子路口的拥堵就像春天暧昧的暖风一样，一旦在望京地区登场，就没有丝毫减弱的迹象。持续攀升的气温，跟缠绕在一块的车流一起，不断散发着浮躁的气息。即便晚上九点，匆忙行走的下班族依然从望京的写字楼里鱼贯而出，浮动的暮色里上演着一幕幕候鸟定时迁徙的故事。

“老堵！”一个精神矍铄的老先生径直走过来，拍了拍他的肩膀，“有段日子没见了吧，您还在望京这儿的路口遛弯儿呢！”

“哪里是遛弯儿啊！”他晃了晃手上的硬纸板，“老赵，您还不知道，我这事业还在干呢！”

“呦！这是大买卖啊，干了几十年了，还在坚持，不容易啊！”

“您说话还是这么局气，三十年前就这样……”

两人寒暄着，说着客套话，老堵心想着，咱哥俩好像多年不见的好友，其实春节前还在一起打牌呢。他瞅了瞅旁边一群跳广场舞的同龄人，笑着说：“怎么，老赵您也想来跳了？还是光陪着聊天？”

“哪有啊，我就天生体质好，也不愿意出来遛弯儿，闷在家里，还能看看书，退休后清闲多了。”

“真是雅兴……”老堵懒洋洋地说，“我看你就是命好，跟我同岁，身体这么硬朗。”

“可不是嘛，上次一个小姑娘还说我小腿上肉结实呢……”

“哟！哪来的女同志啊？”老堵撇了撇嘴，“前段日子，遇上一个女的，还真能赏光，给了五块钱问路费，真是难得啊……”

“您不是问路费三块钱吗?”

“是啊,她没让我找钱啊! 可能有急事吧……”老堵又懒洋洋地说,“我这个行当,干了大半辈子,如今光景真孬……”

“老堵,您啊,就是想得太多了,你差钱吗? 就是非得要人家承认你这路路通的本事,何苦呢?”

“您这话说的,我可不爱听,您不也是在读书穷讲究吗? 就是要争那口气,要面子?”

“我这哪是穷讲究? 就是业余爱好,反正儿女都在国外,也不回来了,自己过也挺好的。”

“好个屁。”老堵盯着老赵壮实的脖颈,“你有老伴儿,我又没有,你不懂。”

“这话说的!”老赵赶忙辩解,“我也不能整天见到她。还不是跟你一样?”

“咱哥俩,可不一样,我又没有……除非咱俩变成一个人,你又不愿意。”

“还说这茬子事儿呢?”老赵神色突然严肃起来,“说出去让人笑话。”

“这叫什么话呢?”老堵摇头晃脑地说,“您看,我这个问路的招牌,还是你给的硬纸板。”

“我看,是该找个人来扯扯闲篇儿,您就没这么多牢骚了……”

三

老堵从摇摇椅上站起来，立在望京街西侧，怅望着东面的一整排写字楼。在不远处的对面，便是曾经的大望京村。六年前，村子里开始大规模拆迁，如今耸立的高楼替代了群蚁排衙式的平房，有地的村民得了巨额补偿，不少人已经搬离望京，到他处寻觅快活日子去了。只有自己这个老古董，三十年来一直傻乎乎地待在这里，过去给人指路还能赚点快钱，如今这日子，却是乏味感一日胜过一日。

老赵快步走过来，他的眼珠飞速旋转着，狡黠的目光在老堵身上扫视了一遍。他原本严肃的神情突然舒展起来，眯着眼睛笑道："老堵啊，上次说的那事，找个人跟你聊天，您啊，也别小看这孩子，他也是个路路通，整天研究地图啊交通啊，保准聊得来……"

果然，一个戴着厚重眼镜的小伙子从老赵身后闪出，他个子不高，身材偏胖，五官却十分精致立体，高挺的鼻梁犹如被精雕细刻过，只是暗淡的肤色让他显得有些苍老。

"孩子，你多大呀，你也懂指路的学问？"老堵的确无法判断其年龄。

"我啊，才二十二，还没大学毕业呢。"

"少年英才啊！"老堵随口就是奉承话，心里却十分不服气,他从不认为能有人比自己更精通这些东西,何况自己有几十年的经验。

老赵在一旁插话道:“老堵啊,您看,这孩子是不是挺有范儿的,他可不只是懂交通啊,我隔壁刘姐家的孩子,从小就考试拿第一那种,猴精儿!”

老堵轻轻哼了一声,对方似乎没听见。他晃了晃身子,坐在摇摇椅上,扬着眉毛问道:“孩子,你可知道我的名字?”

“不知道……您在这里帮人指路几十年了,估计很熟悉北京的道路交通,我就是来跟您讨教的。不过赵老师说这里经常堵车,人家都叫您老堵,但我还是得敬称您——”

“可别,咱老爷们儿也见不得扭捏的人,太局气了吧,还是叫我老堵就行,亲切嘛……”

“那……老——算了,我还是觉得别扭……赵老师说你们是几十年的老朋友了……”

“呦,他倒挺会说话!”老堵擦了擦额头上渗出的汗珠,脸色一变,突然问道,“孩子,你知道王爷坟这个地方吗?”

“就在附近吧!我看老地图,二十年前还有这个村子,不过好像叫王爷屯。”

老堵微微闭上眼睛,好像在养精蓄锐,无数沉睡的记忆在脑海中逐渐苏醒。他叹了口气,接着说:“是啊,望京这块在几十年前就是农田,有好几个名字里边带坟的村子,不过北京城外坟多的是,也没什么奇怪的……”

沉默片刻，老堵接着问道：“估计望京这片你很熟了，我问你个偏的，你知道大王庙在哪里吗？”

“怎么不知道？在丰台的永定河边上嘛，坐313路公交车能过去，那路车也是很神奇的，班次极少，算是孤独的河堤巴士了，我还跟几个公交迷专门去运转过这个路线呢！”

“呦，挺牛啊，这都知道，这个路线很偏的，你都知道？”

“这不算啥，更偏的我都知道呢！我想到一个路线，您知道357路吗？这路车可是很有历史了！”

老堵轻轻哼了一声，兴奋地说：“当然知道，你们这些号称公交迷的小孩，就喜欢说这个车，不就是昌平东关到高崖口吗？我跟你说，这车几十年前就有了，我在九二年的时候还坐过一次。”

“厉害厉害，果然是前辈！九二年，我还没出生……”

“这不算啥，你要喜欢看地图，我送你一些，我家里收藏了不少……”

“哦哦，我其实也收藏过一些老地图呢，您说的九二年的北京地图，我也看过的，还记得一些很神奇的公交路线……”

“比如呢？”

“那时候的大1路还是从八王坟到公主坟……很多人都以为四惠呢，其实那是后来的事啦……还有331路，那时候好像是从新街口豁口到圆明园的，现在呢，都跑到香山那边了，不过这个路线一直连着北师大、清华和北大那边呢，算是个变化不大的线路。”

“你没说错，你还记得那时候地铁1号线是从哪到哪吗？”

“苹果园那时候就有了吧，我记得东边是到复兴门？”

“还差一点儿，复兴门往东也有了，终点是西单。”

“哦哦，我记错啦，我是说2号线没什么改变，那时候就修好了环线。”

老堵有些得意地说：“要说起九二年的时候，望京里边都没公交车，最近的车也是到大山子路口的，我那时候就给人指路，指向机场三块，指向来广营两块，很多人都不知道怎么走，那时候附近荒得很，就是几座矮房子，哪有今天这么堵……”

“那时候竟然有到这个路口的公交车？”

“怎么没有？当时的402路，从郎家园开过来，终点就是环铁，那个线在当时算长的了，经过呼家楼、亮马桥、酒仙桥，在大山子路口有一站，前面就是电机厂和环铁路口了……还有好几路车呢，401路到东直门的，403路到火车站的，其实酒仙桥这边去二环里边挺方便的，当然那时候望京还没开发……这路口也根本不堵啊，好多人都下来问路，我就跟他们讲讲这交通……”

老堵看到眼前的年轻人投来钦佩的目光，心底的坚冰也渐渐融化，似乎自己回到了几十年前那个风华正茂的岁月，指挥着城东城西的车辆，点拨着天南海北的路人，只要嗅到马路上飞起扬尘，兴奋的感觉就立刻充满全身的血液与神经。

四

乔心蝉刚结束一个钟，回到家里，就被手机上突然弹出的消息惊到了。屏幕上弹出的新闻链接上，写着醒目的标题:《震惊！北京落魄大爷，竟能把三十年来公交路线倒背如流！》，下面还有一行小标题:《街头七旬大爷变身记忆之王，名校学生自叹不如！》。

一个熟悉的面孔赫然跳出来。她心头一惊：这不就是前段时间，拉着自己要指路的老头儿吗？

她看到下面的自媒体报道的内容，顿觉哭笑不得。原来，可能连这个老头儿自己都不晓得，在他跟年轻人聊公交和交通话题的时候，竟被旁边的看客拿手机录下了视频，在网上转发，已经登上热点话题榜了。一群网友在帖子下面纷纷留言，仿佛在膜拜一位德高望重的学者，有人又惊又喜，连连声称这位老先生简直是男神，还有人说，自己马上就要考试了，希望在这里拜拜记忆大师，好让自己顺利通过考试。还有一些言语夸张的账号，也不发文字，就是近乎疯狂地重复一些奇怪的表情，还有一连串的叹号，让人摸不着头脑。

乔心蝉笑了笑，把手机扔到一边，心里想着，这世界真是奇妙，麻雀变凤凰，竟是一瞬间的事。她想到自己从事这个行业，见证了人性里最复杂和最幽暗的部分，早就对各种虚假的把戏不屑一顾了。

收拾好工具箱，简单化了妆，乔心蝉顶着午后的烈日，步行前往附近的小区，那里有一个客户正满怀期待地等待着自己。走到大山子路口的时候，那个人果然还在，只是多了几个看客，除了几个老大爷正跟他漫无边际地聊天外，还有几个浓妆艳抹的女孩，蹲在地上，一脸崇拜地望着他那张苍老的面孔。

他手里拿着写着“指路”两字的硬纸板，面部表情十分夸张，嘴唇快要跃到眉毛上方了。他喋喋不休地跟旁人讲着自己早年给人指路的故事，全然不顾车辆驶过扬起的灰尘。突然，他似乎被什么呛到了，声音也沙哑起来，一个手持摄像机的男孩赶忙招呼身边一个同事，给眼前这位大人物递上一瓶水。这位指路经验丰富的老人，咕咚咕咚地一口喝掉半瓶水，便接着讲述自己那些传奇的经历，惊得几个女孩连连发出赞叹声。

乔心蝉下意识地想拿出手机拍下这一幕，又突然想到什么，便把手机放回包里。她看了看手表，指针清晰地提醒她，距离预约的时间，只有十分钟了。她十分厌恶地盯着眼前拥堵的马路，漫长的红灯就像一盏灼热的灯笼，在额头上高高悬挂，又散发出阵阵喜庆欢腾的气息。她却觉得这是一个讽刺，那群开心的路人，跟自己又有什么关系呢？

经过一路小跑，她终于按时赶到客户家里，这是一栋高档写字楼的顶层，冰冷的大理石地面能清晰地倒映出她的影子。

开门的是个跟自己年纪相仿的姑娘，但她气质更加老练，一身黑色制服尽显商务范儿。乔心蝉瞅了瞅她的眼睛，却发现一丝澄澈，混乱的思绪在她心里转得飞快，这女孩大概还有清纯的一面吧。她一边在心里给眼前的人涂着画像，一边把喜悦的神情堆在脸上，笑着说："女士您好，请问是您下的单吗？"

"是我——你过来吧！"一个略带沙哑的男人声音从隔壁房间传来，"小艾，你先休息会儿吧，让她进来就行。公司还有事，你先看看我刚才给你的表格——"

话音未落，眼前的姑娘就快步走进隔壁房间，拿出一沓厚重的文件，赶忙跑到另一个房间里去了。乔心蝉环顾四周，这是一个四室一厅的大房子，东南亚风格的装潢尽显异域风情，古铜色的壁纸混杂着鹅黄色的灯光垂落在一旁，一尊象牙雕刻的关公像挺立在一旁，扬起的青龙偃月刀直指西南方向。

她快步走进房间，一个圆球般的东西从沙发上站起来，用沙哑的声音说："哦，没晚点，开始做吧。"

乔心蝉自诩有一流的服务态度，但眼前这个中年男人的外形实在令人无法恭维。他那颗地球仪般的头颅，被一堆崇山峻岭覆盖，但珠峰的位置不是鼻梁，而是比长城还厚的嘴唇，还有最深的马里亚纳海沟，竟然长在了头顶，几乎秃掉的天灵盖上，有好几个深深的凹槽。他的肚子狠狠地垂下来，灰黑色的皮肤褶皱之间，条条泥垢若隐若现。

她深深地吸了一口气，努力让自己平静下来。这个中年男人挥了挥手，示意她把旁边的床收拾一下，上面还有一件深蓝色的女生短裙。乔心蝉赶忙按照要求行事，丝毫不敢怠慢。

好在整个服务过程都是严格走流程的，这个奇怪的男人并没有什么异常动作。乔心蝉耐着性子，做满了两个小时，整个过程，她一言不发，对方也没说一句话。

清冷的工作时间终于结束了。乔心蝉收拾好工具箱，正准备离开，那个男人突然开口了，声音像从千年前的坟堆里传出来的："你来的路上，看到那个人了吗？"

"哪个？"乔心蝉一愣，不知道他是何意。

"就是披散着头发，倒在地上的那个老头儿啊，一堆看热闹的人，在那里围着呢，我刚才路过，就看到了嘛……"

"哪里？"

"就是那个路口啊，整天堵车的那个。"

"什么老头儿？"乔心蝉一惊，突然想到了什么，赶忙问，"您说的是不是那个指路的老人？"

"就是那个，在那边晃悠好多年了，感觉脑子有点问题吧，也没家人看着他，也够奇怪的……"

"我看到他了！"乔心蝉压低声音说，"好像他出名了，好多人来拍他，炒作一番……"

"拍什么？你看错了吧，我刚才看他倒在地上，一动不动。看样子，他死了。"

"不会吧！"乔心蝉捂着嘴巴，硬是挤出一句话，"我看他好着呢，高兴得都不知道自己是谁了，成了新闻热点人物了！您……您没看错吧？”

“你不信问小艾——”他指了指旁边的姑娘，“就是我的助理。我们刚才开车经过了，亲眼所见，生意人不说谎话。”

小艾眨了眨水晶般清亮的眼睛，笑着点了点头。

“死了？”一种莫名的惶恐浮上来，她突然不知说什么好了，只好表示自己可能是看错了。

“钱总是我见过的最实在的人，肯定没忽悠你。”小艾在一旁插话说，“再说了，这种事也没必要忽悠你，没意思……”

乔心蝉赶忙给眼前这个其貌不扬的男人道歉：“钱先生，实在不好意思……可能我看错了，只是他怎么……”

“死了，就是死了。”钱总漫不经心地说着，“那老头儿我见过几次，脑子有些问题吧，像个傻子。关你屁事？就是有点晦气……”

他摆了摆手，示意小艾送客。乔心蝉赶忙说：“您太客气啦，不麻烦您，我自己走就行，这离我家不远……”

钱总还是让小艾把她送下楼。在电梯里，乔心蝉实在按捺不住心里的疑惑，问身边的姑娘：“小艾，你真的看见那个人死了？”

“是的，千真万确。钱总都说了，生意人不说谎话，你还问……”她扬着眉毛说，“还有，小艾是钱总叫的，你别这样叫，我有大名，艾易心，叫我艾女士就好。”

“好好，艾女士好……”她紧了紧手腕上的工具箱，紧张的神情浮动闪现，“我有点好奇，你们钱总应该是个大老板吧，他做什么生意？还有，那个人真的死了吗？”

“问多了吧。刚才钱总就觉得有点晦气，做生意最忌讳这个，你还说……”她冷冷地说，脸上没有一点血色。

“抱歉……”她实在猜不透眼前这个同龄女孩的心思。

两人告别后，乔心蝉没有回望那栋高端的写字楼，快步走向那个熟悉的路口。两个小时前，围在那个老头儿身边的人群，已经消失得无影无踪。急速跳动的心脏，几乎要从她的眼睛里钻出来。她不知道自己到底在担心什么，只是有些莫名的惶恐。她快步走过去，看到一个写着“指路”两字的硬纸板孤零零地倒在地上，却没有它主人的身影。

乔心蝉抚了抚裙子，蹲下身子，眼前的硬纸板似乎变得光滑了。在强烈的日光下，一个姑娘的面部轮廓缓缓映射出来。一股奇怪的力量吸引着她，等贴近一看，一个披散着头发的怪老头张牙舞爪，几乎要从这个密闭的空间里爬出来。

她惊得把硬纸板扔到一边，几乎瘫坐在地上。几个陌生人从身边走过，一个讥讽的声音滑过：“看这个奇怪的人，真像个傻子！”乔心蝉假装听不见，突然邪魅一笑，冷冷地说：“不是傻子，是个死人。”

眼前的陌生人早就快步离开，根本没听到她的声音。乔心蝉冷冷地望着这个路口，密集的车流堆在前面，它依然持续着日常的拥堵。人来人往，似乎大家都有各自繁忙的事情，并没有人看到她。不知为何，她突然想起除夕夜在天通苑遇到的那个小伙子，已经冷却的心又渐渐灼热起来。但温存的时刻转瞬即逝，手机上弹出的消息，提醒她又要去上钟了，一个土豪客户点名要她。

赚钱的巨大压力再次席卷而来，她冷冷地看了下倒在地上的硬纸板，笑自己刚才真是个傻子。她默默地坐上网约车的后座，前面的陌生人似乎没注意到她。这一路上，钱总那句“关你屁事”还在耳边回荡，眼前成排的高档写字楼展现出狰狞的面孔，那是一片野蛮而雄奇的峻岭，她决心与这个世界战斗到底。

第十二章
中山公园里的食物链

一

两个月前的那一刻，道道白线在京城上空划出有序的线条，沿着飞机勾勒出的白色轨迹，不同面貌的北漂从四面八方涌入。朱文允至今还记得，刚下飞机的时候，首都国际机场的建筑与车辆，像卫兵一样整齐地向自己敬礼，仿佛是在迎接自己的归来。

这一刻，来得太久了，也来得太快了。尽管朱文允只离开北京一年，但早已归心似箭。在香港读研的短短一年里，他每天都会在网上搜集北京的消息，曾经一同追寻北大梦的研友们，如今也四散各地，尤其是老家在内蒙古呼伦贝尔的吴梦学，竟然杳无音讯。好像那些一同立下的誓言，一起畅谈的未来，也随着梦想的坍圮而彻底消失了。

刚下飞机，他便打车直奔畅春园小区，这是他在北大周围租住过的地方。出租车沿着机场高速与北五环飞速驶过，他摇开窗户，北京夏末的风景飘然而入。他大口大口地呼吸着京城的空气，丝毫不顾忌其中的粉尘颗粒，久违的畅快感在心中激荡着，这一刻，他真是等的太久太久了。

在门口等待自己的还是以前的房东，这个曾租了两年的房子，此刻终于迎回了曾经的主人。朱文允这次只签了两个月的租期，他心里一点都不慌，家人早就卖了老家的两套房子，只待借此置换北京的房子。只要自己工作确定下来，买房便是顺理成章的事。

安顿下来后，他便步行来到北大西门，两座威仪的石狮子，依然蹲坐在门前，模样与之前没有任何变化。他跟着游客的人流想挤进去，却被一名戴着圆形眼镜的保安小哥拦了下来："游客请走东门，学生请出示北大证件。"朱文允冲他笑了笑，有些尴尬地说："没有证件，以后再补吧。"保安小哥挥了挥手，一改刚才严肃的口吻，突然笑着说："我认得你，你之前不是经常跟那个七战哥在一块吗？"

"你是？"朱文允只觉得对方气质有些儒雅，却丝毫认不出来："你知道七战哥？我们见过吗？"

"怎么不知道？我在这儿当保安两年了，你们这些旁听生，考研生，我认识不少，我经常在讲座上看见你。不过有段时间没见着了……你是不是也回老家了？"

"没有没有，我去香港读研了，刚毕业就回来了……"

"还是你脑子转得快，我们这样的，是没钱去外面读，别跟那些人学，考个四年五年有啥用？"保安小哥方才一脸迷惑，但又接着说，"其实吧，我也是想来自考的，不过也不容易，现在干得也不错，能赚点钱，还能蹭蹭课……"

朱文允又尴尬地笑了笑。保安小哥收起脸上的笑容："不过你还是不能进，要么你走东门，游客都从那边进。"

"行吧，以后再去吧，我也没什么特别的事儿……"朱文允转身离去，没再多看一眼。两座石狮子依然冷冰冰地蹲在那儿。

短短两个月，朱文允就完成了华丽的转身，从一无所有的北漂变成了京城有房一族。当然，这房子是家人出钱买的，总价四百多万元，首付三百七十万元，象征性地留了点还贷空间。三十万元的贷款，分十年还清，每个月还贷不超过三千元，相比每月收入，这压力不算大。在不久前的招聘考试上，虽然报考者数以千计，名校毕业生也不少，但他的简历很幸运地过了第一关。朱文允想不到，这个港校的硕士身份还能被HR看在眼里，或许是自己要求太苛刻了，还是运气变好了？他想不通。不过，之后的笔试和面试更为轻松，凭借专业知识的积累，他轻松进入一家知名国营出版社，成为负责文史类图书的内容编辑。试用期之后，到手的月薪勉强过万，还算可以，反正自己没有买房和租房压力了。

朱文允胡思乱想着，又想起出版社HR看着自己简历时脸上古怪的表情，他更是心有不甘。尽管HR极力掩饰着内心的不解，但他紧锁的眉心还是透出了异样的神情："你本科毕业到读研，怎么有两年空白啊？就是二〇一三年到二〇一五年之间的两年……"

“哦哦,我考了三年研……”朱文允极其尴尬地回答。

“难怪哦,原来是考研了,其实没必要的,耽误两年时间呢!好在你研究生才读了一年,别人一般是两年或三年,这也差不多啦……”

“授课型硕士和研究生硕士,时间不一样……”朱文允更加尴尬了,哪怕身边人都在赞誉自己,他也不能原谅自己北大读研梦的失落。这一切努力对他来说,实在是太重要了,外人根本没法理解,他也深知,没必要跟别人解释……

二

朱文允坐在网约车上,思绪却穿过十三年的记忆之海,回到二〇〇三年秋天,那个青春的起点。那一年,他十二岁,刚上初中。那是一所培养过不少作家、美术家与科学家的百年老校,也是全市成绩优异的学生最集中的地方。朱文允不记得是谁说过,某某大领导的孩子也在学校里,但人家异常低调,让人察觉不到。但朱文允身边大学教授的孩子、富商的孩子的确不少,虽不能说生源非富即贵,但它毕竟身处省城中心地带,套用今天的话说,这至少是个城市中产家庭子女聚集的地方吧。

刚上初中的孩子,便已想法各异。在宽松的学校环境里,荷尔蒙旺盛的学生们尽态极妍,似乎每个人都有一个小世界。

父母开始担心他的成绩，尽管班主任每次在期末家长会上，都会点着朱文允的名字。“人家朱文允怎么门门考试都前几名？咳咳，说你呢！”班主任把粉笔头扔出去，它在空中划过一个标准的抛物线，精准地落在教室中间的桌子上。一个满脸青春痘的男生站起来，憋着气说：“老班，成绩下降，这不怪我啊，都怪您给我安排这同位……”全班立刻爆发出哄笑声，坐在他旁边的一个面色发黑的女生，脸上瞬间炸出红褐色的斑点，混杂在粗糙的皮肤上，如同中了轻微的毒。

班主任不明就里：“人家成绩又不差，怎么耽误你了？”男生傻傻地笑着，从嘴里迸出一句话：“您不知道，她被评为班上三大丑女之首，我本来长得就不咋地，我们在一起，不成了恐龙战队了？”又引来全班一阵哄笑，班主任生气地喊着“谁评的”，却很快淹没在众人的嘲笑声中。朱文允没有笑，他厌恶地瞅了一眼旁边一个瘦高的男生，这个称号便是他给别人起的。这分明是刀刀入心的伤害！朱文允侧身看着那可怜的女孩，她发黑的面部更加扭曲了，冷冷地低着头，不敢看身边所有人。

“你起来，你们换下位置，你，到文允同学边上去吧。”班主任让那女孩做了朱文允的同桌，她似乎有些羞涩，竟不敢抬头看他。下课后，朱文允从书包里拿出家人给准备的虾条，双手递给她：“你别在意他们的话，我不会笑话你的。”一个诡异的笑容从她暗黑色的鼻孔下挤出来，似乎是在感谢，但也像是嘲讽。放学后，几个调皮的男生朝朱文允走来，笑嘻嘻地说：“小朱同学，恭喜恭喜，总算是找到对象啦。”朱文允冷冷地盯着他们，随后转身离开。他只听得有人在身后喊到：“喂！我们没别的意思，就是想跟你说，你对女人太好啦，比对哥们还好，傻蛋一个，将来早晚毁在女人手里！”朱文允不知何意，却又觉得自己与他们格格不入，便仓皇离去。

刚进入青春期的男生就像冬眠归来的长蛇，在湿滑的雨林中蜿蜒盘旋，似乎对一切猎物都充满强烈的攻击欲望。同学之间开始流传着几本言情小说，爱来爱去的流行歌曲也时常在教室的角落里想起，朱文允却像生存在空气里一样，竟游离在时尚之外。

初二时，有次在体育课的休息时间里，一个男生悄声跟朱文允说，自己在隔壁大学的美术学院里发现了人体素描，那些极具诱惑的曲线，竟让他夜不能寐。朱文允脸一红，心里也起了波澜，便跟他一同潜入美术学院，总算是在走廊里看到了几张视觉冲击力空前的图像。回到家，他看着满屋子的藏书，随手翻开《红楼梦》，竟看到《贾宝玉初试云雨情　刘姥姥一进荣国府》这章。他百无聊赖地躺在床上，随手翻到身边的《诗经》，跳入视线的竟是《国风·野有死麕》篇。“林有朴樕，野有死鹿。白茅纯束，有女如玉。舒而脱脱兮，无感我帨兮，无使尨也吠。”这段寻常的古文，却有着万千的姿态，如同记忆里最甜腻的糖果，回味无穷，却又遥不可触。

时光一晃到了初三，中考的压力大了起来，班里成双成对的同学也多了起来。班主任无奈，只好拿出班会的时间，跟大家好好谈了谈“早恋”问题，又在家长会上，要求父母跟孩子写信谈谈“何为爱情”。朱文允自忖，自己与此并无关联，父母倒也省事，直接跟老师说，我家孩子哪里会有这种困扰？一直都是老师眼中的好学生，家长眼中的好孩子，什么“早恋”啊“晚恋”啊，都是不着调的学生才有的事儿。朱文允倒也明白事理，按照父母的要求，为了保住好成绩，连家里的电脑都收起来了，别说玩游戏，就是上网看个新闻也成了泡影。母亲的眼光格外敏锐，把家里所有跟爱情有关的书都藏了起来，连语文老师让买的《李清照诗词集》，还有他最爱的《红楼梦》和《聊斋志异》，也一并锁在了橱子里。朱文允的青春期，被打造成了一个无菌的桃花源，他自己都不知道，这种压抑人性的氛围，在将来会发挥怎样的“奇效”。

记忆的锁链从十五岁连到二十五岁，漫长的青春十年，朱文允的记忆却生涩起来，每每浮现出具体的面容轮廓，心里另一股强大的力量，就会把它拼命砸下去，似乎只有这样，才能给他足够的安全感。

但事已至此，除了及时止损，别无他法。朱文允听说中山公园有个相亲角，正好可以解决单身之困。但他并不喜欢相亲的形式。但年龄带来的焦虑在蔓延，内心的颓败难以挽回，朱文允实在无奈，除了抱着尝试的念头，他几乎别无选择。

三

初冬的中山公园有些萧索，残枝败叶慵懒地躺在几株枯木下，好像死神的翅膀刚刚从上空掠过，留下长长的阴影。从视线的尽头，却依稀传来喧哗的声音。朱文允打车来到中山公园，绕过一处拐角，便是相亲者聚集的地方。远远望去，只见一堆色彩斑斓的展板在光线的透射下若隐若现。走近一看，展板上写的都是相亲者的个人信息，一群中老年人蹲坐在各自的展板旁，仿佛是商品展销会上的销售。

面对猛然出现的海量信息，朱文允的眼神游离着，竟不知如何是好。一个戴着老花镜、鬓角斑白的女人快步走过来，开口便是纯正的京腔："小伙子，你多大呀，你看看我闺女行不行？"

没等朱文允反应过来，一张标准宋体字覆盖的传单便被递过来，上面清晰地写着："北京女孩，独生女，年龄32，身高160，性格温和，长相甜美，大兴区公务员，211硕士毕业，有独立住房，父亲国企工作，母亲退休，家庭条件有保障。寻找35岁以下单身男士，要求至少211本科毕业，北京有房，家庭门当户对，收入稳定（不限外地人，有京户最好）。"

朱文允笑道："阿姨，这女孩挺优秀的，就是年纪比我大太多了，我才二十五呢……"

对方叹着气说:“唉,每次都是卡在年龄上!我闺女年轻时候不着急,现在我替她着急,她还是不着急,你说女孩子的青春就这么短,再拖下去,真嫁不出去了……”

“怎么会呢?”朱文允赶忙安慰她,“阿姨,现在女生三十多岁单身的很多啊,可能她有自己的想法吧……”

“怎么不会?”一个眼睛瞪得浑圆的中年男人凑过来,厉声说着,“你闺女算好的了,我家那个小子,三十五岁了,都不结婚,也不处对象,最后我才知道,他喜欢男的!”

“啊?”朱文允惊道,“那怎么办呢?”

“还能怎么办?任他去吧,我管不了他了,反正他长大了,随便他怎么样,我这把老骨头,总不能被他气死吧!”

“您还算开明的……”朱文允无奈地说,“现在社会观念都多元化啦,年轻人中出柜的也多,不管男女,其实都是个人选择啊,自己开心就好……”

“你这话说的,难道不要家庭责任了吗?现在的孩子,就是不受管教,太有自己的想法。我们年轻的时候,哪有这么多毛病事儿?还不是家里人介绍,只要看对眼儿了,就能结婚啊!”女孩的母亲在一旁继续唠叨着,丝毫不顾及几个年龄相仿的家长上前围观。

朱文允赶忙从围观圈中挤出去,生怕自己又被当成砧板上的肉,被按在相亲的标尺上用力摩擦。他侧身走了几步,险些与一个男生撞在一起。等他站稳一看,才发现此人面容清瘦，身材笔挺，脸上泛着一层浅浅的笑容，眉眼之间却缓缓流出几丝忧郁。

“老兄，你也来相亲吗？”对方竟然主动搭讪了，让朱文允颇为意外。

“啊哈，我就是来看看，我还小呢！”朱文允赶忙回答。

“我看你跟我差不多大吧！不到三十？”

“才二十五，刚硕士毕业参加工作啊！”朱文允接着说，“听你口音，貌似也是山东人？”

“对啊，我老家山东济南的。”

“还真是老乡啊！”朱文允笑道，“我也是济南的，在北京，咱们老乡挺多的。”

两人赶忙寒暄起来，颇有一见如故之感。朱文允看到他手中握着的表格，便要来一看。原来，这是热心红娘发的个人信息表，他很仔细地填写了上面的信息，似乎对在这里择偶寄托了很大的希望：

“鲁 × ×，男，年龄30，身高178，985硕士毕业，央企体制内工作，年收入30万，在京有房，省城中产家庭，父母大学教授。个人兴趣爱好：读书，写作，旅行，足球等。”

在这段基本介绍下面，是一些详细的信息，包括他的本科、硕士毕业学校，所学专业，工作单位名称与职务，父母工作单位与职务，等等，可谓应有尽有。看到本科毕业学校一栏时，朱文允惊呼：“哟，咱们是大学校友呢！”

听闻此言，对方也有了兴趣，便互通了姓名，原来这位比自己大五岁的师兄兼老乡，名叫鲁至元。朱文允也道出自己的名字，颇为疑惑地问:“鲁兄，你这么仔细地写自己的个人信息，就不怕隐私泄露吗?”

“那又能怎么办? 现在相亲都是实名验证，想处对象，不管别人怎么做，我想自己还是先拿出点诚意来吧。相亲角这都不算什么，我之前在相亲机构，还把毕业证、房产证都给对方看了呢，他们要求这样，我也没办法啊……”

鲁至元虽然表面上说话客气，但其中深深的委屈与无奈，还是被朱文允敏锐地捕捉到了，他的眼神里暗藏着忧郁而张扬的神采，似乎有千万个跌宕起伏的故事，静静地藏在记忆之海的深处。一些可怖的往事突然野蛮地击打着大脑，欲裂的痛感毫不留情地侵扰着他，熟悉的压抑感迅速包裹了全身。

朱文允突然想到了什么:“鲁兄，你读书的时候，咱们学校生源还不错吧。”

“你要从高考分数上看，生源其实一直还行。但是，你不觉得身处其中，压抑和闭塞是常态吗? 反正我是拼命熬出来了，但留下的后遗症，一直在啊……”

“什么后遗症? 看来你也挺委屈啊。”朱文允似乎找到了诉旧的知音。

“没什么……”鲁至元一字一顿地说，“俱往矣。”

但是，他的面容忽然扭曲起来，紧锁的眉心之下似乎有万般心事，只是难以启齿。朱文允无奈地说："咱俩真挺像的。你不说，我也能猜到一些，大概身处其中，又想认真对待未来的人，总归是无奈与孤独的吧！还好，你算熬出来了，有个比我还小几届的学弟，好像都休学了呢，别人觉得不可思议，我倒能完全理解，就像正常人在疯人院里，八成也变成神经病了……"

"真有此事？"鲁至元又扬起眉毛，似乎不敢相信。

"千真万确。这学弟叫史三观，我们见过几次，他当时状态很不好，说自己上了大学，真是三观俱碎啊！还说自己高中过得像大学，活该大学过得像高中，其实比高中还压抑苦闷啊！他后来好像也来了北京，再之后的事情，我就不知道了，希望他能好运吧……"

听朱文允喋喋不休地讲起以前的事情来，鲁至元神色愈发紧张，十年来挥之不去的焦虑感再次袭扰着他。

朱文允见状，便说道："算了，都是陈年往事，不提了，还是说说现在吧，鲁兄，我是真的不想相亲，你经验比我丰富多了，你怎么还相亲啊？难道没有找对象的其他途径了吗？"

鲁至元一脸严肃地说："没办法，我太难了。你现在还年轻，我不一样……工作后找对象，差不多三个渠道，一个是找大学同学，一个是在工作社交里结识，再就是相亲。前两个渠道我都没可能，我在体制内日复一日地工作，也基本不接触人，我经常想，哪怕自己做点小生意，也能不断地跟人打交道啊，你知道的，我是爱社交的，无奈现在缺乏社交渠道，只能相亲。”

“其实吧，我也不是完全反对相亲这种形式，就是觉得很多人太功利……”朱文允无奈地说。

“人们都这么说，都嘴上说着相亲没有爱情，可又离不开相亲。我这几年，经验不敢说有多少，教训倒是不少，我花在相亲上的钱，起码两三万了吧，至于浪费的时间、精力和感情，就更多了……”

“天呐！你是怎么做的，怎么相亲花这么多钱？”朱文允实在难以置信。

鲁至元苦笑着说：“我这可能还不算花钱多的。相亲渠道，无非是家人介绍、同学和朋友介绍、相亲机构介绍，这三种情况，家人介绍的往往是家庭合适的，长辈嘛，基本就是外在条件合适，就会给你匹配，但是不是聊得来，就难说了，而且颜值也够呛……同学、朋友介绍是一个不错的渠道，但机会是可遇而不可求的，相对来说，相亲机构的红娘介绍，就是最直接的，效率最高，但肯定要花钱的。现在相亲也算是个暴利行业，不管是网上的相亲平台，还是线下的相亲场所，他们就跟中介一样，给你介绍对象，要收不少钱，便宜的几千，贵的上万……等你交了钱，或者别人给你介绍了女生，你总得见面吧。我见面都是请妹子吃饭，一顿饭最少二百吧——”

话音未落，朱文允着急问道：“二百也不多啊，这也花不了多少钱吧？”

鲁至元的语气里全是无奈：“二百是不多啊，可是，我不是只见一两个人啊……少说也得有三十多个了吧，多数情况下，见一次，就不会有第二次了，要么是自己没感觉，要么是互相没感觉，这种情况也常见，当然也有对方对你没感觉的，这都很正常，但几十次下来，没有任何成果……尤其是年纪大了，你的已婚同龄人都在专心拼事业的时候，你还要在这些事上浪费时间、精力和感情……有这工夫，做点什么不好呢？我宁可拿这些钱请朋友吃饭，或者自己去享受。北漂的男生，只要是依靠自己的，哪个不是埋头苦干，凭什么要为不相干的人分心？”

听到此处，朱文允赶忙说道：“鲁兄，你先别激动，我差不多能明白你的意思，但你现在是不是陷入思维怪圈了。相亲这么多，怎么就遇不到合适的人呢？”

“以前我的思路还不太清晰。”鲁至元的情绪渐渐稳定下来，“说实话，目标明确的人容易相亲成功。我觉得好的爱情能帮人确立清晰的定位，既能认清别人，也能认清自己，相亲也是这样的。以前只要妹子愿意见我，我都会见，我基本上来者不拒，但见面之后，会发现未必聊得来，很多观念差异太大。”

“那你现在思路清晰了？”

“应该比过去好一点吧，毕竟走了那么多弯路。我说这些，也是希望文允兄别跟我一样，二十五岁前在大学里谈恋爱走弯路，还有补救机会，二十五岁以后，经不起瞎折腾了，工作的压力会随时给你警醒……绕了一大圈，我才发现，自己还就是个读书人，书生的优缺点，我差不多都有，我喜欢爱读书、内心纯粹的人，不论男女都这样……”

“我也这样。你别老看我……”朱文允笑道，“我最向往的，就是钱锺书和杨绛那种婚恋模式，志趣相投，既能在一起阳春白雪，又能柴米油盐，那是真的幸福。只是你想找一个灵魂伴侣，这年头，可不容易……我的处境更糟糕，还不如你好找……”

“我认同你这种婚恋观。但首先，你得有人家的底气和运气……”鲁至元想到些许往事，便笑道，“我看你也是够晚熟的。你要是大学时候身边有位不一样的女人，大概人生轨迹会很不一样吧，起码不用现在来相亲角浪费时间了。”

“说到底还是自己不成熟，也怪不得别人。为啥走弯路的是自己呢？其中的原因，我心里清楚。”朱文允晃了晃身子，仿佛要抖掉坠落在身上的粉尘，“看来咱们情况是差不多的。我现在也着急找对象啊……”

鲁至元笑道：“文允兄，你现在处在一个好时候，正好在一个年龄的槛上啊。过了二十五岁，就进入青春期的下半场了。”

“还青春期呢？二十岁就到青春期尾巴上了，你这是跟我一样晚熟啊，到现在还说这些没用的。”朱文允无奈地摇了摇头，叹着气说，“鲁兄，我要到你这个年纪还是单身，得急死了。”

鲁至元脸上挤出一丝苦笑：“急啥啊？关键是，着急没用啊，我从你这么大的时候就开始相亲了，到现在还是单身呢，年纪越大，越难了吧。”

“鲁兄你相亲相了五年多，竟然都还没遇到合适的，单身这么久？”

“那倒不是，中间也谈过……”鲁至元顿了顿，接着说，“从恋爱步入婚姻也不容易。我小时候，总觉得结婚容易，恋爱难，毕竟人总归是要结婚的嘛，可真爱难寻……但现在觉得，恋爱容易，结婚太难。结婚考虑的因素太多了……”

“那恋爱怎么变容易了呢？”

“起码在相亲里，两个人从陌生人变成恋人，还是挺容易的，只要能接触下去，差不多就能谈成。”鲁至元眉心紧锁，抑郁的神色闪现了几秒钟，便释然了，“如果你能将就的话，结婚其实也不难，无奈我不是能将就的人。”

“我也不是啊！”朱文允苦笑着说，“我现在就很有危机感了。”

“你急什么？才二十五岁！”鲁至元突然扬起声调，“你现在还有太多尝试机会，说实话，我的时间不多了。”

“看你这话说的，才三十岁啊，正是风华正茂的时候。再说了，你长得显小，看着跟二十五六岁的人差不多。”朱文允耸着肩说，“其实吧，你条件这么好，根本不愁吧，想结婚还不容易？”

“你说这话，跟我那个不着调的表弟一样……”鲁至元突然低头沉思，似乎时间在这一刻凝固了。片刻之后，他一脸严肃地说：“文允兄，你觉得好的爱情是什么样的呢？”

“这个问题……我其实想得清楚，就是三观契合，志趣相投，彼此之间相互欣赏，相互照顾。”

“你这个看法，就是烂大街的标准答案吧，换个人，八成也是这样回答。”

“我又不是多叛逆的人，观念正统也没什么吧。难道你不是这么看的吗？”

鲁至元压低声音，似乎在喃喃自语：“我跟你看法差不多，可你知道这种想法有多么理想主义吗？可能到了我这个年纪，都放弃希望了。更何况，结婚更难，组成家庭，考虑的问题太多了……”

“那你觉得怎么样才算是好的婚姻？”朱文允反问道。

“婚姻算是爱情加上亲情吧，起码我是这么看的，可能我比较保守吧，婚姻不能没有爱情……而且，从现实因素看，婚姻算是抵御风险的小共同体吧，而且，这个风险不只是包括经济风险……”

“鲁兄，你怎么这么理性？难道你就没法对一个女孩子投入感情吗？未免太理智了吧。”朱文允对他的话不以为意，自己偏偏又是个慢热脾气，不愿与人争执。

不料，鲁至元羞赧地说：“怎么没有投入过？当你傻乎乎地投入后，等到的是背叛与谎言，自己遍体鳞伤，你还敢投入吗？理智，都是被逼的……等你到了三十岁，再看看这个观念吧，你刚工作，涉世未深，很多东西还不懂，慢慢地你就明白了，这里面很复杂……”

“或许吧，不过——”朱文允刚开口，就被一阵急促的喧哗声打断了。几个年轻人簇拥着一个穿着红色长外套的中年女人，她口中似乎念念有词，手上还拿着一沓表格，仿佛掌握着什么机密文件。一个女生激动地喊着“赵姐来了！”，鲁至元也回头望去，发现自己正好挡在了他们的行进路线上。

赵姐见两个小伙子迎头撞来，便笑盈盈地迎上前去，将一张密密麻麻的表格递过去：“看看吧，你们也是来相亲的吧，你赵姐最近弄的这个相亲积分表，好使着呢！促成好几对了，我这也不要你们钱，就是你们结婚了，请我喝个喜酒就行！”

“还有这等好事？”鲁至元眉心紧锁，简直不相信还有这么热心却不求回报的红娘。

“我这不退休了，没事儿干，出来牵牵线，促成姻缘不说，还能解闷儿！”赵姐脸上堆满了笑容，简直要把冷酷的相亲角融化。

朱文允低头仔细看着这份相亲积分表，上面的内容令他瞠目结舌：

男性版

基础分0分。

未婚加1分。

四十岁以下加2分。

月收入一万以上加5分，两万以上加6分，三万以上加8分，四万以上加10分。年收入百万以上加15分。不可累计加分。

大专毕业加2分，大学本科毕业加5分，一本毕业加10分，985、211类大学加15分，北大清华毕业加25分。硕士毕业加10分，博士毕业加5分。可累计加分。

城市家庭背景加20分。父母都有退休金加10分。家庭资产在200万以上加10分，500万以上加15分，1 000万以上加20分，2 000万以上加25分，5 000万以上加30分，一亿以上加40分。父母之一担任副厅级（含副厅级）以上领导职务者加25分。可累计加分。

在北京有房加30分，房子在东城、西城、朝阳、海淀加10分，重点学区的房子加10分。有两套及两套以上房子加20分。可累计加分。

有北京户口加30分，户口在东城、西城、朝阳、海淀加10分。父母之一的户口在北京加5分。可累计加分。

身高180以上加5分。颜值身材较好加5分，颜值身材出色加10分。不可累计加分。

女性版

基础分0分。

未婚加3分。

三十岁以下加5分，二十七岁以下加7分，二十五岁以下加10分。不可累计加分。

身高160以上加2分。颜值身材较好加40分，颜值身材出色加70分。不可累计加分。

大专毕业加5分，大学本科毕业加7分，一本毕业加15分，985、211类大学加20分，北大清华毕业加30分。硕士毕业加2分，博士毕业加1分。可累计加分。

城市家庭背景加15分。父母都有退休金加5分。家庭资产在200万以上加5分，500万以上加10分，1 000万以上加15分，2 000万以上加20分，5 000万以上加25分，一亿以上加30分。父母之一担任副厅级（含副厅级）以上领导职务者加10分。可累计加分。

有北京户口加35分，户口在东城、西城、朝阳、海淀加15分。父母之一的户口在北京加10分。可累计加分。

在北京有房加20分，房子在东城、西城、朝阳、海淀加5分，重点学区的房子加5分。有两套及两套以上房子加5分。可累计加分。

月收入一万以上加1分，两万以上加2分，三万以上加3分，四万以上加4分。年收入百万以上加5分。不可累计加分。

朱文允看后大怒。这哪里是在寻找爱情？分明是配种，严丝合缝地讲究各方面的匹配，年龄、长相、家庭背景、教育背景、工作收入等各方面，都变成了精准的数字。朱文允惊呼："这样不好吧！这么极端量化的做法，让人一点尊严都没了。"

"啥叫没尊严啊？这叫匹配度，用你们年轻人时髦的话，这叫大数据！"赵姐笑着说，"你这孩子，是真傻还是装傻？不听老人言，吃亏在眼前！"

朱文允一脸嫌弃地说："我根本不相信靠这个能找到合适的人。"

"你这孩子，咋这么不懂事？"赵姐喋喋不休，"我这边匹配成功的海了去了。分数差不多的，肯定是层次相当的。古人都讲，门当户对，相亲不看这个，你看什么呢？难道看谁嘴皮子溜儿吗？比起表面的玩意儿，看看条件，还是稳当的。"

"可这男女标准差别太大了！"朱文允的目光聚焦在颜值一项上，"为啥男生长得帅才加10分，女生漂亮能加70分？"

"男才女貌，从老祖宗那时候就讲这个啊！"赵姐一本正经地说，“你没看到收入那块，男生分数比重比女生高多少吗？再说了，我还没把家庭条件放在特别高的位置上呢，你要知道，很多女孩子家里很看重这个。”

“这样不合理吧！”朱文允颇为不满，“怎么能用分数来衡量人的条件呢？为啥不问问，有没有阅读的习惯，哪怕问问喜不喜欢健身也行啊！”

“你这都是天真的想法，现在相亲谁跟你谈这个？也就哄哄单纯的小姑娘，社会上这些人，个顶个的猴精儿！”赵姐哭笑不得地说，“你这孩子，可别又是个书呆子。之前我遇到过一个北大男博士，好像是学什么哲学的，本来觉得他条件不错，我给他介绍了个特优秀的姑娘。你猜他见面怎么着？真是个怪人！把人家姑娘吓一跳，跟人家聊什么黑格尔，还有什么尔泰……”

“伏尔泰……”

“对对，伏了泰，你别管是什么泰，他就太不着调，太不靠谱了！”赵姐一边抱怨着，一边夺过相亲积分表，“得嘞，你不喜欢看就算了，好多人还想看呢！”

朱文允愣在一旁，大脑沟回里仿佛挤满了恶臭的虫豸，仅仅是因为听到了赵姐这番扭曲自己价值观的话。他眼前的一切变得狰狞起来，相亲展板上密密麻麻的小字，如同吸满了人血的毒蚊，匍匐在冰冷的墙面上，除了他自己，似乎没人能注意到这些骇人的邪物。朱文允在寒风中飞速敲击着手机桌面，一条微信从屏幕底端挤了出来：我竟然会来中山公园相亲，真是昏了头！

四

整个冬天，朱文允始终忘不了鲁至元师兄跟他说的那些“相亲法则”，更忘不了喧哗声中风头正盛的赵姐，那张刁钻刻薄的相亲积分表，简直戳中了他心底最脆弱的部分。这哪里是找对象？这跟菜市场上的买卖有啥区别？

很快又到了年底。朱文允在出版社的日子可谓波澜不惊，体制内一成不变的工作流程，让他看到了可预期的未来光景，却总是难掩心中的热血。昔日攀登博雅塔的苦读岁月，正以诡谲的神色嘲讽着日益庸常的自己，在逼仄的空间里，他自忖难以遇到美好姻缘，前方的路，终究还是得踏踏实实地走下去。

元旦假期前夕，老友吴梦学的前女友苏墨心，突然打来电话。朱文允暗想道，跟老吴都好久没联系了，跟苏学姐更陌生，这算哪门子关系？倒是苏墨心直言快语，在电话里就讲，自己听说中山公园有个相亲角，但从没去过，想起来他在微信上说去过，便想打听下经验。尽管朱文允不愿回忆那些场景，但还是如实告知，电话另一端的苏墨心似乎有些兴奋，还约他元旦时去相亲角逛逛，说她这边单身资源很多，要给他介绍北大学妹认识。朱文允无力推辞，又想着苏墨心确实有资源，便答应下来。

朱文允一踏入中山公园相亲角，熟悉的气息就迎面撞来，那股骇人的蛮力几乎可以摧毁一切单纯的想象。在“欢庆2017元旦”的硕大横幅下，赵姐笑嘻嘻地向他打着招呼：“嘿！又是你呀！有段时间没来了，你脱单了吗？”

“没有。”朱文允赶忙低下头，似乎做错了什么。

“你看看，还是得听你赵姐的，相亲积分表还在吗？这次来匹配试试？说不准能找到呢？呦，旁边站着的是谁呀，挺高的闺女啊，过来瞅瞅，看看有没有满意的小伙子，带走一个……”

赵姐一面招呼着，一面递给苏墨心一张表格。苏墨心瞅着上面的文字，脸上却毫无血色。片刻之后，她抬头对朱文允说：“现在相亲这么刻薄了？我这条件，要长相没长相，要家庭背景没家庭背景，也就毕业学校还好看点，但很多人也不愿意找学历太高的女生吧！”

朱文允笑道：“你不找老吴，可惜了。”

“别说这陈年往事了。”苏墨心把脸一沉，赶忙转移话题，“这积分匹配的玩法，只适合高端玩家，我这种普通姑娘，要啥啥没有，怎么相亲啊？”

朱文允淡淡地说：“其实吧，选择自己合适的才是最好的，干吗要跟别人比来比去？一味看条件的人，真的没资格谈爱情。只有聊得来，三观对路子，才有可能成。”

“你这理论一套套的，就是不实践！”赵姐在一旁发着牢骚，“你看看，好多小伙子都在我这里找到对象了，按条件匹配，这是从老祖宗那里传下来的方法，你不信，将来吃亏了，可别怪好心人没劝过你！”

“我知道您是好心，但不能强买强卖啊！”朱文允又想到了什么，但看着赵姐黑洞一般的瞳孔，他把堆到嘴边的话，又咽了回去。

“什么相亲，就是交易呗！但像我这样的，相亲也没人要啊！”一个戏谑的声音从背后传来。朱文允转身看去，原来是个身材瘦小、肤色黝黑的男生，看年纪大概也是同龄人。他的声音低沉而沙哑，似乎在喃喃自语：“你们还能在这找，我连这机会都没有。中山公园这边多是家长来替孩子找对象，现实得很，京房京户是标配，像我这种长相、收入、家庭都不行的，基本就不被当人看了。”

“有这么夸张吗？”苏墨心探过头来，她没穿高跟鞋，却发现自己比这男生还要高半头。

“这都是很现实的。”他后退两步，双手插兜，继续说道：“偏见无处不在，被歧视都成常态了。我家在甘肃一个小县城，你们肯定没听过它的名字，我就不说了，反正穷得很。就是把我卖了，也换不了北京房子一个马桶的位置啊！可不来北京，我更没出路。你们不知道，我家那边，光棍找对象有多难！从村里到县城，介绍人可吃香了，谁家有单身女孩，立马就会被抢走。见面费五万，彩礼十几万，很多人根本付不起这个钱！还有女的，就靠这个赚钱，专门欺负光棍，别管什么俊的丑的，是个女的就有人要！苦了好多光棍，三十岁还寻不上媳妇的，早晚闷死在家里。老光棍没女人，天天熬日子，真是生不如死。还有人娶不上媳妇，却花光了介绍费，还有结了婚，媳妇跑了的，也要被人笑话死。"

朱文允瞠目结舌，似乎是在听什么民间奇闻，简直不相信自己的耳朵。

"一看你就是养尊处优长大的，经历的事儿太少。"他脸色突变，诡异地笑着说，"这种事太多了，说都说不完。上次我来这里，一个四十岁的单身大叔跟我说，他已经对找对象不抱信心了，到了这个年纪，没家庭没老婆，父母年纪也大了，现实的压力让人窒息。挑年纪小的，人家看不上你，同龄的单身女，稍微漂亮点的，都非常挑剔，根本看不上自己……不过也是活该，谁叫我们以前重男轻女呢？不像在北京，我们那里，男多女少，村里都没啥年轻人了，有点本事的都走了。我在老家，肯定娶不上媳妇，还不如出来混，说不定还有机会。"

赵姐插话道："咳咳，你这小子，又来传播负能量了，能不能说点开心的事？"

"这哪里是负能量？您弄这个相亲积分制，难道不是负能量？"他转过头去，竟跟赵姐怼了起来，"什么相亲积分制？不就是个食物链吗？大鱼吃小鱼，小鱼吃虾米，虾米吃沙子，我就是粒毫不起眼的沙子啊！”

“你这就是——”赵姐毫不客气地说，“你这就是进城晚的嫉妒进城早的，你看看我们皇城根儿脚下的，就没你这么多怨气。”

“好了好了，说点开心的吧……”苏墨心赶忙圆场，“赵姐，您这个积分制，真的管用吗？”

“这还差不多，还是这闺女会说话。”赵姐又拿出一沓厚厚的表格，文字密集地扎在上面，如同一面陡峭的山坡上，群蚁排衙地分布着数不清的贫民窟。她口中念念有词，说什么自己促成几十对了，还说什么相亲公司都不如她效率高。

“苏墨心！”一阵银铃般的声音坠入耳中，闻声看去，原来是何悦声学姐。苏墨心主动搭讪，赶忙掩饰脸上的羞愧：“学姐，你怎么来了？”

何悦声身穿猩红色冬裙，在深黑色高筒靴的衬托下，显得更加妖娆多姿。她修长的身材与浅浅的笑靥融在一起，如同盛开在冰封雪地上的一朵莲花。她闪烁着蓝宝石一样的眼睛，在冬日暖阳的滋润下，缓缓流露着缱绻的情思。她一开口，朱文允便感到身体酥软，浑身的毛孔都舒坦地张开了。

“墨心，你怎么也来相亲了？”何悦声笑道，“我还以为你都结婚了！”

“学姐又说笑了，脱单哪有那么容易啊！”相比之下，苏墨心的声音沧桑而苦涩。

赵姐循声而至,她呆呆地瞅着何悦声,喃喃道:“多俊的闺女啊,这是怎么长的啊,这么水灵……来,我瞧瞧你的个人信息表。”

朱文允这才发现,何悦声早就从赵姐那里拿了相亲积分表和个人信息表。

赵姐低头审视了良久,嘴里啧啧不停,时而发出的惊叹声令人厌恶。

“你到底是哪个大学毕业的?”赵姐突然问道。

“中关村文理学院……”何悦声低下头,小声说道。

“什么?没听说过这学校啊!”

“哎,我们相亲时候都这么说!”苏墨心插话道,“何悦声学姐跟我一个师门的,刚博士毕业,女博士怕相亲时候的偏见,何况是北大博士呢?”

赵姐笑道:“原来如此,不过在我这边,女生学历高和学校好,还加分呢,我这边优秀的男人海了去了,好多北大清华的,你不愁找的。”

何悦声按照积分规则,简单一算,自己共有二百六十一分。赵姐激动地叫唤着:“哎呀,你是我见过分数最高的人了,上一次,有个小伙子二百五十一分,算挺高了,你这个更高。你差不多每个指标都是最好的了吧!”

何悦声面带羞涩,小声说道:“也没有……我就是如实算的分数……”

赵姐语速极快:“上次有个小子呢,分数是挺高,尤其是家庭背景不错,当时说他爸准备从副厅升正厅了,结果呢,今年还没过完,就进去了……”

“进去了?”何悦声怯生生地问道。

赵姐面无表情:“是啊,这有什么奇怪的?现在查得厉害,这种事儿常见,尤其是在北京以外的……你也来匹配一下吧,我这边新来了一个特别优秀的男孩子,跟你一样大,也才三十二岁,也是咱老北京,在投行工作,年薪百万吧,好像准备自己开公司了,学历嘛,跟你差不多,好像是清华的吧,你们正合适。”

何悦声依然是怯生生的,似乎有些害羞,又有些惊惧。她的耳边不断回响着赵姐的声音——“他就住这附近,我让他现在就过来”。冬日的中山公园异常萧索,似乎天穹之下的寒气都集中在这片逼仄的空间里,这里简直是北京最偏远最无趣的角落。

不到半小时,一个身材高大、西装革履的男生便快步走过来,与赵姐打了个照面。她赶忙向等在身旁的何悦声介绍:“闺女,这就是我给你介绍的优秀男生,他分数是二百五十五,跟你差不多,你们是相亲积分表里分数最高的一对,肯定合适……你们聊吧……”

这对积分最高的男女颇为尴尬地相互打了招呼。男生有条不紊地介绍起自己来，原来，他也是北京人，条件与赵姐介绍的一样，当然，他也是极其挑剔的，一般条件的女生难入他的法眼。何悦声保持着一贯的优雅，十分客气地应对着他一连串问题：你本科也是北大吗？你家在什么地方？父母工作怎么样？业余爱好是啥？诸如此类，不胜枚举。

何悦声觉得这不是在交朋友，而是在面试，外表儒雅的面试官，实际上是个苛刻的操盘手，似乎她的颜值、身材、家庭、收入、学历、兴趣爱好都被完全量化了，他的眼球在灰色的眼眶里飞速转着，似乎在进行高强度的数学计算，直到十分钟后，何悦声主动叫停了这场尴尬的面试。

赵姐关切地问起来，她不明白何悦声到底为难在何处。何悦声依然怯怯地说："赵姐，感谢您的好意，只是……我觉得这不是谈恋爱，我没有感觉，对方条件再优秀也不行啊……"

何悦声谢绝了赵姐纠缠不清的好意，正要离开相亲角，却听到身后那男生低声说道："臭美什么啊，还没我条件好，不就是长得好看点吗？中学还不如我，现在找对象，不光看大学，中学在名校才是真优秀，她中学在郊区读的……"

赵姐赶忙说："你个大男人，矫情个啥，男才女貌，你这还不懂？你是没见过，多少只是长相好的女生一个个胃口大着呢，这闺女单纯得很，少见啦……"何悦声装作听不见，快步向前走去。她的眼前是一团灰蒙蒙的雾气，仿佛要吞噬冬日仅存的薄弱的温暖。

一个戴着圆形眼镜的女生与她擦身而过。她看到何悦声身后海浪般此起彼伏的信息展板，急切地问道：“姐，这边就是相亲角吗？”

“哦，你是来相亲的吗？”

“是啊，来看看。这不年底了吗，家里催得急。”

“哦，这是相亲的地方，但得小心被食物链裹挟。”

“啥？果什么？”她显然没听懂何悦声的意思，甚至怀疑自己听错了。

何悦声不知如何解释，她浅浅地笑了笑，好像在冰冻的湖面上划过清脆的响声。上百张信息展板在远处张牙舞爪，相亲角依然人声鼎沸，几个披着黑色外套的中年人还在讨价还价，身旁的年轻男子满脸尴尬。有些人的绚烂青春已然逝去，刚刚绽开的心扉再次紧闭，但没人看到这些，直到最后一点灵光在沉沉的黄昏中消散。

第十三章
酒楼上的无穷远方

一

或许再过十年，柏望舒都不会忘记此番与华必雄的重逢。这位老同学的名字听起来很霸气，很容易让人想到《三国演义》里的华雄，但他的外形实在配不上如此伟岸的名字。他的脸色灰蒙蒙的，头顶稀疏的头发如同一片荒漠上突兀生出的零星杂草，并不高大的身材竟然还有轻微的驼背，只有他那厚重的眼镜悬在脸上，好似一个研究古奥学问多年的老先生。

华必雄在美国费城读了多年的书，虽然看起来像个中年人，实际上才二十九岁，毕业后在美国待了许久，没找到合适工作，便只好回国。他来北京后，并无固定住所，只能先投奔高中同窗柏望舒。十多年前，他们都在郑州市最好的高中读书，两人平时成绩差不多，后来望舒考上了香港中文大学，而他因为发挥失误，再加上报考失误，一落千丈，只勉强上了一个河南省内的一本学校。那是一个他自己也不愿意提及的地方，哪怕它在外人看来也已经相当不错。

华必雄没有逢人便说自己曾经的志向是北大，对河南的考生而言，北大距离自己曾经那么遥远，却也一度那么近，但终究还是距离最初的梦想渐行渐远了。华必雄想过退学再考,却又不愿意承担风险,便只好硬着头皮在那个闭塞的校园熬了四年。

这四年,几乎让他头顶原本茂密的黑发掉光了,他不知道为什么会这样,邻宿舍的人笑他是单身太久的缘故,华必雄知道这话里有话,便愤愤地怼回去,但自己母胎单身的命运终究是没能改变,直到此刻,他都不知道和女孩子拥抱是何种滋味。

柏望舒虽然已在北京奥林匹克森林公园附近买了一套小房子,却不入住,非要在畅春园这边租房子住,说是为了方便去北大旁听讲座,还能参加五道口的文化沙龙活动。每每想到这里,华必雄总是自忖:这个道理似乎也讲得通,更何况人家已经有了佳人相伴,只等着领证结婚了,工作和生活都相当美满,跟自己比起来,柏望舒早已是人生赢家。

在北大西门的石狮子旁,华必雄见到了柏望舒,他依然神采飞扬,瘦高身材与儒雅气质相当契合。柏望舒推了推金丝边眼镜,赶忙走上前来,两人拥抱了一下,便寒暄起来。

华必雄跟柏望舒絮絮叨叨,说起自己在美国费城的求学经历,一开始语言与观念的隔阂,倒还不是问题,毕竟也有不少中国的留学生,只是自己所在的留学生圈子,竟然更让自己格格不入,还不如自娱自乐。华必雄喜欢一个人钻到学校图书馆里,在藏书不多的汉语书籍的书架上随意翻阅自己喜欢的书。

柏望舒知道两人年纪相差不大，但老同学华必雄却比同龄人看起来苍老一些，更是心疼起来。他赶忙说："老兄，我这几年辗转了不少地方，现在虽然暂时在北京安顿下来，但也是天天给老板打工，谁压力都不小。至于你说的对象……好吧，我去年是谈了一个，不过后来也分了，现在也是愁这事儿呢，这周末又得去参加相亲活动了……"

"下次去相亲活动，叫上我一起去吧。"华必雄邪魅一笑，慢吞吞地说，"这个事儿，有时候想想真让人头疼，但到了这个年纪，也没办法，总不能一直打光棍吧？"

"闹呢，除非你压根儿不想找，要不怎么可能一直单身？"柏望舒拍拍他的肩膀，向前走去，边走边说，"我看你也是有自己的想法，才不好找的。现在北京就是这样，年龄越大越不好脱单，想法越多越容易单身。"

华必雄知道自己说不过柏望舒，又暗忖他不见得真理解自己，便转移话题，一脸严肃地说起下一步的打算："说实话，我回国之前，就已经想好了，不想错过曾经的梦想，我也不喜欢大学的专业，我要跨专业考研，我要考北大中文系。"

柏望舒听到如此斩钉截铁的话，便明白这是华必雄深思熟虑的结果。只是他是金融专业，虽然平时也喜欢看看小说，但实在不懂文学，便有些担心地问道："老兄，你已经硕士毕业了，为啥还要考研？我记得你大学也是学商科的吧，干吗要考文学专业呢？咱们又不懂这个……再说了，这专业毕业了能干啥？难道你要当老师？”

“我还没忘北大梦。再说了，当老师没什么不好，我还真想当老师。如果早几年我能遇上一个好老师，或许我也不至于沦落到这一步……”

“咳咳，你这话太夸张，你就是要求太高，太有自己的想法了……”

“谁不是这样呢？每一个来北京的外地人，难道不也是有自己的梦想吗？”华必雄的声调突然提高了几度，“咱们不都是这样吗？如果在老家，早就过小日子了，孩子可能都会打酱油了。既然来了北京，那总得舍弃一些东西吧……”

柏望舒边走边说：“老兄，你说的，我都明白，只是咱们年纪不小了，必须得考虑现实呀，我是觉得学商科却没法拿这个换高薪，实在太可惜了。甚至在相亲里，如果……”

“这些东西没有多想。”华必雄摆摆手说，“或者说，我想过，但觉得精于算计的人生，真的没意思。”

“咱们还没到需要‘难得糊涂’的年纪吧？”柏望舒扬起眉毛，推了推金丝边眼镜。

华必雄没再反驳，只是动了动嘴角，却听不见他的声音。

二

今年北京的深冬格外寒冷，走出考场，眼前的横幅“欢迎报考北京大学硕士研究生”依然迎风飘扬。华必雄看了一眼横幅，攥紧了拳头，大步流星地向前走去。就在刚才，他在考卷上指挥着千军万马，在短短的三个小时里，似乎一个世纪的风云变幻都在他的笔下再次上演。

老同学，哦不，老朋友柏望舒在北大西门等着他，门口那两座历尽沧桑的石狮子，此刻似乎也成了站立在道路两旁的卫士，正在向这位刚刚经历过战场厮杀的将军致敬。“考完啦——”柏望舒给了他一个深情的拥抱，华必雄有些不好意思，低声说道：“嗯，考完了。”

“好好准备复试！”柏望舒兴奋不已，似乎是他被北大录取了。倒是华必雄冷静地说：“不着急，再看看。”

登上二楼，他们选择了一个靠窗的位置。窗外乌黑色的云朵缓缓流淌着，点点雪花竟然毫无声响地飘然而下。“呦，竟然下雪了。”柏望舒惊叹着说，“刚才来的路上，还没觉得下雪呢。”

“风云突变，天道难测哟。”一个雄浑的男声突然在身后升起。柏望舒回头一看，一个个子不高、身材瘦小的男生赫然出现。

“你这话真唬人——”柏望舒话音未落，那人就开口道：“先生，您几位？”

“早就定好了。”华必雄嘟囔着，打趣似的说，“想不到你还研究哲学？”

“先生，我这哪算什么哲学？纯属瞎鼓捣。”那人笑了笑，便把菜单递上来。柏望舒与华必雄两人一边看着菜单，一边跟服务员聊起来。原来，此人姓潘，人称小凤，在东郊的皮村住过很长时间，一直在四处打工，最近着急找新的住处，没法继续租房子了，只好跑到畅春园食街这边一边打工，一边去北大旁听一些有趣的课。

听到旁听一事，华必雄立刻来了兴致，赶忙说，自己也做过旁听生。两人聊得投缘，便加了微信，但不知何故，潘小凤看到华必雄朋友圈上显示的自己的名字，却突然打了个寒战，竟然愣在一旁。柏望舒笑道："我们点好啦，快去上菜吧。"

三

眼前的老友华必雄刚刚走出考场，却丝毫没有放松的神情。他无奈地叹了一口气，将目光游离到窗外。飘扬而下的雪花渐渐堆在暗红色的窗棂上，方才稍许温柔的北风竟也变得狰狞起来，北京最寒冷的冬天终究还是来了。

华必雄似乎嘟囔了一句什么，便不再发呆，拿起一双黑色的筷子，紧紧夹住盘子里的油炸冰淇淋。柏望舒也品尝起这道特色菜，当牙齿轻轻碰触它小麦色的外衣时，爆浆的瞬间绽放出魅惑的味道。柏望舒感觉自己的味蕾得到了巨大的满足，但华必雄依然一脸沉默。片刻之后，潘小凤快步走过来，京味十足的美食赫然出现在眼前。

华必雄瞅着餐桌上的京酱肉丝，嘴角缓缓动了动，他终于从漫无边际的混乱思绪中走了出来。柏望舒将全套北京烤鸭放在中间的位置，又将筷子伸向右手边的乾隆白菜。他边吃边说："老华，我觉得你没问题的，复习了这么久，你的底子也好，肯定能过，好好准备复试就行。"

华必雄低声道："我这最多才准备了半年，还算久吗？你是不知道，考个两三年的都大有人在。"

"你不是之前在美国还看了不少书吗？"

"那也只是随便看看，毕竟我不是科班出身，文学专业考研也没你想得那么容易。"

柏望舒笑了笑，接着说："再难还能比考CPA难？"

"根本不是一回事。咱们过去学的商科，跟中文系的很多东西，思维方式差异太大了。"

"我现在只关心怎么更好地提高交易效率，怎么更好地帮助别人赚钱，当然，最终也是早日让自己实现财务自由。至于文学什么的，以前上学的时候还偶尔看看，现在觉得都太虚了，没啥意思了。"柏望舒尴尬地笑了笑，接着说，"其实，我到现在都不太明白你为啥要从金融转到中文专业。"

华必雄稍有不悦，慢条斯理地说："文学拯救了我，你可别小看了文学。"

"没小看，没小看，所以我这不也支持你考研嘛，只是担心你走火入魔咯。”柏望舒扬着眉毛说，“我看不少作家都很务虚，还是咱们搞商科的比较接地气。”

“研究文学又不是为了当作家。”华必雄有些失望地说，“再说了，难道关心精神世界的人就一定务虚？适度的务虚就一定不好吗？望舒兄，这可不像你说的话啊，高中时候，你不是也很崇拜作家吗？”

“那都是十多年前的往事了，谁还没个幼稚的时候？”柏望舒叹了口气，接着说，“如果你像我一样，多参加几次集体相亲活动，就知道你这些话有多幼稚了。你如果把什么追求精神生活写在相亲资料表格上，你看看能吸引到多少妹子？还不如把自己的收入和房产情况写上去。对了，老兄，你老家那几套房子还在吧？其实可以想办法置换北京的房子了。”

“哦，还有两套。其他的都换成我去美国读书的钱了。”华必雄一脸麻木，透过柏望舒那双已然浑浊的眼睛，他似乎已经想象到自己在集体相亲活动里的尴尬情形。

“这还是有钱啊，有家底，你怕什么呀？”柏望舒笑道，“说句容易被骂的话，咱们这种人，本来就是省城中产家庭出身，来北京，那也是进可攻、退可守，努努力，就留在北京，实在不行，大不了回老家。你看看咱们周围那么多北漂，有几个能有这种条件？大部分人，终究还是要离开的，只有咱们才是新北京人。”

华必雄不悦的神色愈发明显了，他有些焦躁地说：“望舒兄，你什么时候也变得这么有优越感了？你以前可不这样啊！”

“以前，以前，你咋就知道说以前呢？一切向前看，向钱看，好不好？”柏望舒觉得这位老友真的读书读傻了，一些想法简直无法理喻。

“我在美国费城最孤独的那几年，只有我一个人，默默承受着一切……”华必雄的记忆之海猛烈地翻腾着，那些扬起的浪花，将曾经的苦闷时光赤裸裸地呈现出来。他用低沉的嗓音说道：“我好像不太喜欢留学生们那样喧闹的活动，那段时间，我就喜欢一个人闷在学校图书馆里看书。在东亚图书分区里，我竟然找到了灵魂的知音……”

“是谁？”柏望舒笑着说，“其实我大学时候也泡图书馆了，那时候多撩妹，现在就不用相亲了。”

“是鲁迅先生。”华必雄没有理睬他岔开的话，自顾自地说道，“你可能没法想象，当我看到鲁迅的小说和杂文的时候，是多么激动，才知道中学的时候误会了他，当时看不懂鲁迅，直到我陷入了苦闷和绝望里，才真正想去了解他。我很喜欢鲁迅先生那句名言：‘无穷的远方，无数的人们，都和我有关’……”

“哦哦，我当是谁呢，原来是鲁迅呀。”柏望舒没听懂他的弦外之音，依然笑着说，“老华，你这么深沉严肃，可别去相亲，多点幽默，才好撩妹呀……”

“我说鲁迅，你说撩妹，唉……其实鲁迅先生也有自己的幽默，至于你们喜不喜欢，那就另说了。反正我也没指望别人能懂……”

“好啦，好啦，众人皆醉我独醒，这种调调或许在八十年代还有市场，今天可别这样了。老华，我这样说，真的是为你好，可别跟鲁迅笔下的孔乙己似的……”

“你说啥就是啥吧，我也不想解释太多了。”华必雄的脸色与窗外愈发沉重的夜色正在融为一体，他突然一字一顿地说，“如果非得说像谁，我觉得自己越来越像吕纬甫了。”

“吕什么腐？”柏望舒突然愣住了，他猛地吞了一口鸭肉，接着问道，“这是哪位大哥？”

“吕纬甫，我最喜欢的鲁迅小说《在酒楼上》里的人物。”

“没听说过。”柏望舒边吃边说，“对了，你们是不是要考这个题啊？所以你得背过这个知识点？”

华必雄没有理会他的话，声音有些沙哑地说：“其实吕纬甫并没有走远。我看自己就挺像他，只是我还没完全放弃，我还在挣扎，我不想变成自己曾经厌恶的人……”他的眼神缓缓流向窗外落寞的夜色中，那是一个寒风呼啸的世界，坚固的门窗，将那无边的寒夜隔绝在酒楼之外，但他体内的血液却好像要凝结成冰了。

柏望舒见气氛有些压抑，便从包里掏出两个淡蓝色的瓦罐，放在乾隆白菜旁边，笑着说：“你看看，又想以前那些事儿了,真没必要。看看这是啥?”

“桃花酒?”华必雄看到了瓦罐上的字。

“是啊,来这里怎么能不喝点小酒呢?咱也别点啤酒了,来点有情调的,我专门带来的桃花酒,咱们都沾点桃花运,以后找对象就更顺了……”

“望舒兄,你现在真是三句话不离找对象的事。”

“可不是嘛,我现在就差这个了。”柏望舒扬起眉毛,似乎有些得意地说,“我在相亲里算条件好的。你不会不知道吧,像咱们这样优秀的金融男,在相亲时那可吃香了。”

柏望舒说到这里,三年前的某个场景突然浮上心头:那是一处位于北京后海附近的咖啡馆,被临时改成了相亲场地,七八十个年龄不同的参与者陆续就座,每个长长的桌子前都坐了两对男女。现场一片喧哗,并无丝毫浪漫或暧昧的气息。有人向他挥了挥手,示意他坐在自己旁边,这里正好缺一个男生。他有些尴尬地坐下来,跟面前的女孩礼貌地打了个招呼。这是个不施粉黛的女孩,柏望舒一眼就看出对方五官精致、穿着朴素,属于气质内敛低调的女孩。她把一张表格递到柏望舒面前,原来这是每个人都要填的基本信息表。上面的信息还不少,昵称、年龄、身高、户籍地、家庭情况、毕业学校、工作领域、收入状况、兴趣爱好等等,都清晰地写在上面。目光转向表格背面,他发现还有一栏要填写“对理想的另一半的期待”,甚至还要写一段自己对爱情的理解。一分钟后,身旁喧哗的声音渐渐升起。后面的活动便是依样画葫芦，女生在座位上不动，男生轮流去其他十几桌，跟其他女生依次交流。他不太相信短短五六分钟的交流就能聊出什么来，除非是一见钟情，但他还是走完了全程。虽是如此，他还是颇为得意，起码环顾四周，没有男生的资料比他更闪闪发光。

柏望舒渐渐回到现实，看着有些发愣的华必雄，邪魅一笑：“当然，在陌生人面前，还是得收起优越感，咱们心里明白就行啦。”

“那我现在算什么？”华必雄刚刚有些舒缓的神情紧缩起来，一脸无奈地说，“半道出家的文学男？失败的留学生？孤独的北漂单身？”

“别这么说嘛……”柏望舒赶忙说，“老华太谦虚了，干吗这样说自己呢？”

“就我这身高在相亲时也没戏了吧。”华必雄一脸阴郁，内心已是万箭穿心。

柏望舒愣了一下，叹了口气，又拿出一副商务范的职业微笑：“咳咳，怎么会呢？人家都说，萝卜白菜，各有所爱，我觉得咱们在相亲时都没问题——”

话音未落，服务员潘小凤便端上了紫菜蛋花汤。华必雄摆了摆手，赶忙说：“点得太多了，真的吃不了——”柏望舒紧接着说：“反正我请你，吃的了，吃的了。”潘小凤见桌子上有桃花酒，便从一旁拿来两个高脚玻璃酒杯。柏望舒笑道：“哎，喝这酒得用酒盅，我这有，不麻烦你了……”他边说边从一旁拿出三只白色的酒盅，斟满酒，分别将酒盅递给华必雄和潘小凤。

“我？”潘小凤似乎还没见过顾客这样做，一时不知如何是好。

“一起喝点！今天我陪兄弟聊个痛快！反正这个点也没几个顾客，你就跟我们聊会儿，我看你在一边听我们说话挺长时间了，你是不是认识我们呀？”柏望舒刚才就发现这小伙子总是站在一旁，似乎听得入神，却欲言又止。

潘小凤怯生生地说：“我们店里不允许……”

“怕什么？店里问起来，我去说，就聊一小会儿嘛……”柏望舒拉来一把椅子，让潘小凤坐过来。稍作交流，他便发现，原来这个潘小凤还真不简单，虽是打工多年的北漂，一直住在东郊皮村，但他有空就往北大这边跑，还参加了一个什么皮村文学小组，经常组织一些讲座与读书活动。柏望舒对潘小凤连连称赞，他挠了挠头，都有些不好意思了。

潘小凤无奈地说：“哎，刚才你们说的，我听见一些，要是我能有你们这样的家底和本事，我做梦都能笑醒了。你别看我整天跑来跑去，其实都是瞎忙，你们都是有未来的人，我跟你们不是一个世界的，我这样的，才是早晚要离开的北漂……”

华必雄见状，深知潘小凤的不容易，也鼓励了几句。潘小凤听他说在考北大中文系的研究生，便送上了祝福，脸上也流露出了艳羡的神色。得知潘小凤不得不离开原来租的房子，接下来不知如何是好，柏望舒长叹了一口气，竟彻底沉默了。

此刻，窗外呼啸的寒风愈发强劲，漫天的飞雪已经将沉重的夜幕涂上了惨白色的染料。潘小凤不再吭声，他缓缓地昂起头，摇晃着乌黑色的头发，瘦小的身材向后倾斜，端起酒盅，一饮而尽："我干了！我先去干活了！"

望着潘小凤孤独离去的身影，华必雄低声说道："这小伙子，才是真的不容易。望舒兄，刚才你还说了那么多急功近利的话，怎么对他又这么宽容？"

"人家不都说了嘛，又不是一个世界的。"柏望舒突然冷冷地说，"不是一个阶层的，毫无利益关联。既然这样，当然有同理心了。"

听闻此言，华必雄心底刚刚有些融化的坚冰，再次冻结起来，他无法想象柏望舒竟然会说出这样的话。但仔细一想，这似乎又很符合物竞天择的道理。柏望舒似乎猜透了他的想法，微笑着说："老华，你是不是不接受这种社会达尔文主义的观念呢？其实我以前也不接受，但又能如何？与世沉浮久了，心思也就变了……"

华必雄再次沉默了，他原本灵活的口才，此刻却变得异常笨拙。窗外呼啸的寒风更加凄厉了，似乎远方的高楼也在轻微地摆动。他知道只不过是错觉罢了，但仍将目光狠狠地刺向远方，似乎那里有着无穷无尽的人，正在各自的世界里拼搏，似乎又有无数难言的孤独与落寞，在这绵延无边的夜色里起起伏伏。

他想起来，当年柏望舒也是个热血青年。在大学之初，虽然他们没法经常见面，却在校内网上时常聊天，有时畅谈时事，有时分享读书心得。尽管后来校内网改名为人人网，网络社交的环境也不断变化，但他们志同道合的友谊却未曾改变。二〇〇八年汶川地震后，华必雄赶忙找到柏望舒，虽然快到期末考试了，但两人在各自的学校都申请做了志愿者。当时一脸青涩的柏望舒，竟然自费从香港坐飞机赶来成都，他们又一起前往灾区，见证了震撼人心的历史，也给自己留下了一段青春往事的记忆。华必雄都没能察觉，自己竟然喃喃自语，将这些回忆低声道出……

柏望舒似乎又读懂了老朋友的心思，但他或许并没有真的读懂。他无奈地笑了笑："现在都二〇一七年年底了，都过了快十年了，还想呢？我都不想这些事了，感觉以前自己有些想法挺幼稚的，如果是今天的我，啥事也没拿绩点重要，都没撩妹重要，管好自己的事就行了。"

"是啊，那些往事，可能真的就成了记忆里的废墟了……"华必雄叹着气说，"可能你不知道，我在去美国之前，又专门去了一趟汶川。咱们以前走过的地方，现在已经是废墟遗址了，有些东西，终究是要埋葬的吧……"

柏望舒又没听出弦外之音，自顾自地说："这事我还真不知道，那个时候，我正忙着在香港上环找实习工作呢，你不知道我那时候有多忙，好在我的第一桶金，就是那时候拿下的……”柏望舒的嘴角又扬起了得意的笑容，似乎已经登上了成功人士的宝座。

“其实我一直觉得，汶川地震前前后后的事情，算是中国八五后和九〇后的精神成人礼。我也是那个时候，才觉得自己突然成熟了。”华必雄继续自言自语，“只是，有些看起来成熟的东西，也只能埋葬在废墟里了，我其实挺怀念之前的时光，我们那些还没有被埋葬的——”

话音未落，柏望舒又打断了他的话：“咳咳，说啥呢？我可没埋葬什么，要埋你埋吧，我可没这个心思。老华，你是不是真的读书读傻了……”

“怎么会呢？”华必雄突然狡黠一笑，似乎明白了一切。

“不说这些了，来，喝酒！”柏望舒端起酒盅，向昔日的好友微笑致意。华必雄的目光却又望向窗外，孤独而喧哗的北京城，此刻正与漫天的飞雪融为一体。他突然想起，自己中学时代第一次见到柏望舒的时候，好像也是一个雪花乱舞的寒夜。曾经那个清瘦的翩翩少年，经过几年时光的淘洗，如今却已经让他认不出了。

华必雄将酒盅放在胸前，对着窗外的寒夜，还有那无穷的远方，将酒中的孤独一饮而尽。

（本书故事纯属虚构，请勿对号入座。）